M3

BASTEI
LÜBBE

Von Christine Dorsey sind außerdem folgende Taschenbücher lieferbar:
18296 Folge deiner Sehnsucht
18632 Im Rausch der Glückseligkeit

»Fans von Christine Dorseys Serie werden von ihrem neuen Zeitsprung-Roman bezaubert sein: mit den Ahnen aus ihren früheren Figuren und einer zeitlosen Liebe.« Romantic Times

Über die Autorin

Christine Dorsey wohnt in Richmond, Virginia. Sie lebt dort mit ihrem Mann Chip, ihrer Tochter Elizabeth und ihrem Cockerspaniel Camden. Ihre beiden Söhne Christopher und Ben sowie ihre Schwiegertochter Dori wohnen auch in der Nähe. Von der Zeitschrift *Romantic Times* wurde Christine Dorsey als »eine der talentiertesten Autorinnen von Liebesromanen« bezeichnet.
Mehr über die Autorin erfahren Sie unter http://www.infokart.com/dorsey/christine.html.

CHRISTINE DORSEY

Wohin dein Herz mich führt

ROMAN

Ins Deutsche übertragen von
Eva Malsch

BASTEI LÜBBE

Bastei Lübbe Taschenbuch
Band 186644

1. Auflage: Januar 2003

Vollständige Taschenbuchausgabe

Bastei Lübbe Taschenbücher ist ein Imprint der Verlagsgruppe Lübbe

Deutsche Erstveröffentlichung
Titel der amerikanischen Originalausgabe: The Rogue and the Heather

Dieses Werk wurde vermittelt durch die Literarische Agentur
Thomas Schlück GmbH, 30827 Garbsen.
Titelillustration: John Ennis / Agentur Thomas Glück GmbH
Einbandgestaltung: Beate Stefer
Satz: KCS GmbH, Buchholz/Hamburg
Druck und Verarbeitung: AIT Trondheim, Norwegen
Printed in Norway
ISBN: 3-404-18644-3

Für meine Familie. Ich liebe euch alle. Und wie immer für Chip. Und für John Scognamiglio, einen echten Gentleman.

1

London, 1749

»Hattest du wieder diesen Traum?«

Lord Foxworth Morgan beobachtete, wie sein Atem das Fensterglas beschlug. Dann ließ er den roten Samtvorhang fallen, um den Morgennebel auszusperren, bei dessen Anblick ihn fröstelte. Er drehte sich um. »Ich konnte kaum ein Auge zutun.«

»Deshalb bin ich doch hier, nicht wahr?«

Für diese verführerischen Worte wurde seine Gefährtin mit einem Lächeln belohnt. Fox wandte sich zum Bett und betrachtete Katherine Salingers schönen Körper. Sinnlich rekelte sie sich auf den seidenen Laken. »Möchtest du mich nicht nach Ashford Hall begleiten? Ohne dich würde ich mich dort schrecklich einsam fühlen.«

»Soll ich das alles verlassen?« Mit einer anmutigen Geste wies sie auf den Luxus des opulenten Schlafzimmers hin, auf die kunstvoll geschnitzten, vergoldeten Mahagonimöbel. »Du weißt, wie ich dich vergöttere, Fox. Aber ich fürchte, wir würden streiten, wenn wir zu oft beisammen wären.«

»Das würde ich verhindern«, erwiderte er galant. Doch er verfolgte das Thema nicht weiter, weil er ihr Recht gab. Eigentlich wusste er gar nicht, warum er sie eingeladen hatte. Auf Ashford Hall würde er sich sehr einsam fühlen, aber Kate würde das Problem sicher nicht lösen.

Während er zum Bett zurückkehrte, verlangsamte ein wachsendes Bedauern seine Schritte. Am letzten Abend hätte er nicht so viel trinken und danach nicht hierher kommen dürfen. Und es wäre besser gewesen, er hätte nicht gespielt. Wie viel Geld hatte er verschleudert? Daran erinnerte er sich auch nicht.

Jetzt erfasste Lord Morgan tiefe Reue – insbesondere, weil er Kate von seinem Traum erzählt hatte. Er würde gern glauben, sie hätte ihm das alles irgendwie entlockt. Nur widerstrebend gestand er sich die unangenehme Wahrheit ein.

Vor fast zwei Wochen hatte er sich sinnlos betrunken. Der Brandy und eine seltsame Melancholie lockerten seine Zunge. Fröstelnd dachte er an den Tod seines Bruders Dalton, die Qualen, die ihn jede Nacht peinigten. Kate tröstete ihn mit sanften Worten und ihrem weichen, warmen Busen. Und so hatte er sich alles von der Seele geredet.

Das war ihm jetzt furchtbar peinlich. Dass sie ihn so mühelos durchschaute, ebenso – obwohl er sie schon jahrelang kannte und oft genug in ihrem Bett gelegen hatte.

Natürlich war es der Traum gewesen, der ihn vor fast zwei Stunden geweckt hatte.

Im grauen Morgenlicht sah er, wie sich Kates Augen verengten, ehe sie ihn an ihren Körper zog. Dass er fror, merkte er erst, als er den Unterschied zwischen seiner kühlen und ihrer warmen Haut spürte.

Was erwartete er, nachdem er am kalten Fenster gestanden und Erinnerungen an eine Schlacht heraufbeschworen hatte, die er besser vergessen sollte? Aber er konnte Culloden nicht aus seinen Gedanken verbannen. Ob er wachte oder schlief – die grausigen Visionen, die Schreie und der Geruch des Todes zogen ihn unweigerlich in ihren Bann. »Ich sollte meinen Diener rufen und nach Hause fahren.«

»O nein, Fox, es ist viel zu früh. Und so, wie du dich anfühlst, willst du mich noch gar nicht verlassen.« Ihre blauen Augen funkelten, als sie sich über ihn neigte und ihre magischen Finger über seinen Körper glitten.

Um den erotischen Angriff abzuwehren, hielt er ihre Handgelenke fest. »Zweifellos könntest du eine Leiche erregen, Kate. Aber ich muss zum St. James's Square zurückkehren. Außerdem hast du in dieser Nacht ohnehin schon ausgezeichnete Arbeit geleistet.«

»Mit deiner Hilfe.«

Lachend schwang er die Beine über den Bettrand. Dann holte er tief Atem, rieb sich die schmerzenden Augen und strich über die Bartstoppeln auf seinem Kinn.

»Wann reitest du nach Ashford Hall?«

Für diesen Morgen hatte er seine Abreise geplant und sein Personal war bereits verständigt. Doch der Gedanke an Devon erschien ihm wenig verlockend – nicht nur, weil Regimentstrommeln in seinen Schläfen dröhnten. Er schüttelte den Kopf, was den Rhythmus noch beschleunigte und warf seine dunklen Locken in den Nacken. Unentschlossen zuckte er mit den Schultern.

»Hast du schon einmal überlegt, dass es dir gut tun würde, eine Zeit lang auf dem Land zu leben, Fox?« Der Blick, den er ihr zuwarf, hätte ein zimperliches Mädchen erschreckt. Aber Kate rückte ihr Kissen zurecht und blickte ihn herausfordernd an. »Wie wir beide wissen, bist du seit … Culloden nicht mehr du selbst.«

»Und wer war ich vorher, wenn ich fragen darf?«

»Mit deinem Sarkasmus beeindruckst du mich nicht, Fox. Also heb ihn dir für jemanden auf, den deine scharfe Zunge leichter verletzen kann.«

»Es reizt mich nicht, irgendwen zu verletzen.«

»Wirklich nicht?«

Trotz der pochenden Schmerzen in seinem Kopf stand er auf. Aus diesem Grund hätte er nicht hierher kommen dürfen – Kate liebte es zu bemuttern. Ihre Mädchen. Ihre Kunden. Besonders die Gentlemen, die sie mochte. Und *ihn* ganz besonders.

»An jenem Tag hast du dein Bestes getan, Fox.« Kate setzte sich auf. »Was geschehen ist, konntest du nicht verhindern. Das musst du akzeptieren.«

Verdammt, darüber wollte er nicht reden. Nicht jetzt, wo er sich noch so deutlich an den Traum erinnerte. Als er ihr davon erzählt hatte, musste er verrückt gewesen sein. »Mein *Bestes*, wie du es nennst, war nicht gut genug. *Das* habe ich akzeptiert.« Fox verzichtete darauf, nach seinem Diener zu läuten. Er schob eines seiner langen Beine in die blauseidene Reithose.

»Niemand beschuldigt dich.«

Ungeduldig zerrte er an der Seide, die an seinen Zehen hängen geblieben war. Kates Angebot, ihm zu helfen, lehnte er ärgerlich ab. »Vielen Dank, ich kann mich allein anziehen – und dass ich damals keinen Befehl missachtet habe, weiß ich selber. Es gibt nichts, wofür ich mich schämen müsste.« Nun gelang es ihm endlich, auch das zweite Bein in die Hose zu stecken.

»Genau, Fox. Zieh für eine Weile aufs Land, ruh dich aus und genieße deine Rolle als Gutsbesitzer. Vergiss diese alberne Schlacht!«

»Um Himmels willen, es war nur ein Traum, Kate!« Erbost schlüpfte er in sein Hemd, die bestickte Weste und das Jackett. »Du interpretierst zu viel hinein«, fügte er mit einem gezwungenen Lächeln hinzu. »Aber in einem Punkt hast du Recht – ich werde noch heute nach Devon reisen. Höchste Zeit, dass der neue Lord Morgan seinen Landsitz besucht.«

Er hatte sich nicht getäuscht. Während er die bernsteinfarbene Flüssigkeit anstarrte, die er in seinem Glas schwenkte, gestand er sich die Wahrheit ein. Kate durchschaute ihn viel zu leicht. Deshalb dankte er den Göttern, dass sie seine Einladung nach Ashford Hall nicht angenommen hatte. Er sank auf ein Sofa in der Bibliothek seines Hauses am St. James's Square.

Wenn doch seine Schwester Zoe hier wäre … Sie könnte den düsteren Nebel verscheuchen, der sein Gemüt bedrückte. Aber sie bekam in Amerika zusammen mit diesem verdammten Schotten, den sie geheiratet hatte, ein Kind nach dem anderen. Schon dreimal hatten ihn die beiden zum Onkel gemacht. Nun, wenigstens war sie glücklich. In ihren Briefen schilderte sie geradezu enthusiastisch die Abenteuer ihrer Söhne, die offensichtlich ihrem robusten, temperamentvollen Ehemann glichen.

Fox legte seinen Kopf an die Rückenlehne des Sofas und dachte an die Rolle, die er bei der Heirat seiner Schwester gespielt hatte. Hoffentlich war seine Handlungsweise richtig gewesen. Er hatte versucht, die Ereignisse jenes Frühlingstags vor drei Jahren wieder gutzumachen. Damals war das Culloden Moor in Nebelschwaden gehüllt gewesen, Schneeregen erschwerte die Sicht. Seine Soldaten hatten so viele Feinde niedergemetzelt. Er glaubte immer noch die Schreie der Verwundeten zu hören, den Pulverrauch zu riechen, das eisige Regenwasser im Kragen zu spüren.

Auf dem Schlachtfeld war er Keegan MacLeod begegnet, dem Schotten, Zoes späterem Ehemann, und dem Rebellen

Padraic Rafferty. Fox seufzte. Auf welch seltsame Weise das Schicksal sie alle vereint und dann wieder getrennt hatte …

Fox leerte das Brandyglas. Er genoss das Brennen, das der Alkohol in seiner Kehle hervorrief. Dann stand er auf. Die Kutsche mit seinem Gepäck hatte er bereits nach Devon geschickt.

Nun musste er endlich losreiten, statt beklemmenden Erinnerungen nachzuhängen. Im Hof hinter dem Haus wartete sein Pferd.

Nach einem letzten Blick auf die Bücherregale eilte er aus dem Haus. Der Hengst scharrte mit den Hufen, als wollte er ihn zum Aufbruch drängen. Durch schmale, belebte Straßen ritt Fox zur London Bridge. Vielleicht hatte Kate Recht, und es würde ihm tatsächlich gut tun, der Stadt mit all ihren Lastern für eine Weile den Rücken zu kehren. An der Themse zügelte er das Pferd und ließ das geschäftige Treiben Londons auf sich einwirken. Er schaute noch einmal zurück auf die pulsierende Stadt, doch sein geistiges Auge wanderte darüber hinaus.

Nach gut zwei Wochen erreichte Lord Morgan das Drummoissie Moor. Ein beschwerlicher Ritt über schlammige Straßen, Übernachtungen in schäbigen Absteigen, die man in Schottland Gasthöfe nannte. Und wozu? Um die trostlose Gegend von Culloden wiederzusehen. Was zum Teufel war in ihn gefahren?

Wo er sich aufhielt, wusste niemand. Womöglich glaubte das Personal, er wäre tot. Sobald er lange genug seinen Gedanken nachgegangen war, würde er sich in einen zivilisierten Menschen zurückverwandeln und einen Boten nach Ashford Hall schicken. Dann würde er ihm folgen und seine Torheit vergessen.

Verlor er den Verstand? Ein beunruhigender Gedanke …

Aber wie sonst sollte er sich den wahnsinnigen Ritt in ein Gebiet erklären, das nur böse Erinnerungen weckte? Bildete er sich ein, das Moor würde eine heilsame Wirkung auf ihn ausüben? Wenn ja, hatte er sich getäuscht.

Nichts befreite ihn von den Schuldgefühlen, nichts half ihm, die Ereignisse zu akzeptieren. Im öden Moor erkannte er nur, wie schnell die Natur ihr Recht zurückforderte. Was vor drei Jahren geschehen war, konnte ein ahnungsloser Betrachter nicht mehr erahnen. Fox strich über sein stoppelbärtiges Kinn. Waren seither wirklich nur drei Jahre vergangen? Der Zeitraum erschien ihm wie ein halbes Leben. Doch – damals war er zweiunddreißig gewesen. An diesem Tag wurde er fünfunddreißig. Welch eine großartige Idee hier seinen Geburtstag zu feiern …

Allein.

Er stand im kalten Nieselregen und versuchte dem Echo des Donnergrollens zu lauschen, das von der Bucht herüberdrang. Stattdessen hörte er den unablässigen Krach der Artillerie, das Geschrei der Verletzten, seine eigenen Herzschläge.

Verrückt. Er war verrückt. Und anscheinend nicht fähig, etwas dagegen zu unternehmen. Nicht einmal, als der Himmel seine Schleusen öffnete und ein heftiger Regenguss auf das Heidekraut herabprasselte. Nicht einmal, während grelle Blitze den dunklen Himmel zerrissen, von ohrenbetäubendem Donner begleitet, und Hagelkörner schmerzhaft seinen Kopf trafen …

Bis auf die Haut durchnässt, breitete Fox seine Arme aus, hob das Gesicht zum Himmel empor und wünschte, die Wassermassen würden ihn von allen Sünden rein waschen. Könnte er doch noch einmal von vorn anfangen.

Ein Prickeln durchfuhr seinen Körper, sein Nackenhaar

sträubte sich, aber er zuckte mit keiner Wimper. Irgendwie wusste er, was auf ihn zukam, als der weiß glühende Blitz herabraste. Sein letzter Gedanke galt dem Datum. Der 16. April. Der Tag seiner Geburt.

Seltsam – auch der Tag seines Todes.

2

»Zweifellos bist du die eigensinnigste, dickköpfigste Frau ganz Schottlands, Grace MacCammon.«

»Weil ich dich nicht heiraten will?«, fragte sie den Mann, der neben ihr durch das dichte Gestrüpp stapfte. »Findest du das nicht ein kleines bisschen arrogant?«

»Mach dich nicht lustig über mich! Diesen Heiratsantrag meine ich ernst.«

Graces Lächeln erlosch. »Ja, natürlich, Alex, und ich weiß es zu schätzen. Aber ...«

»Seit fast vier Jahren ist Dugald tot. Auch ich liebte ihn, wie einen Bruder. Trotzdem müssen wir den schweren Verlust hinnehmen und weiterleben.«

Die Augen mit einer Hand beschattet, um sie vor der hellen Morgensonne zu schützen, blieb sie stehen und wandte sich Alex zu. »Glaubst du, die Erinnerung an Dugald würde mich nicht loslassen und in mir den Eindruck erwecken, mein Leben wäre vorbei?«

»Habe ich damit nicht Recht?«

»Nein«, erwiderte sie instinktiv. Nachdem sie kurz nachgedacht hatte, wiederholte sie bekräftigend: »Nein.« Gewiss, Dugalds Tod hatte sie tief bekümmert, und die Umstände verwirrten sie immer noch. Sie hatte ihn stets für einen guten, charakterstarken Menschen gehalten, der bereit gewesen war, für seine Überzeugungen einzustehen. Hoffentlich irrte sie sich nicht.

»Inzwischen haben die meisten Leute vergessen, was damals geschah, Grace.«

»Bist du wirklich dieser Ansicht?«, fragte sie und lächelte wehmütig.

»Es spielt keine Rolle«, versicherte Alex. »Wenn du meine Frau bist, wird es niemand wagen, dir respektlos zu begegnen.«

»Früher dachte ich, Dugald – und ich selbst – wären über die öffentliche Meinung erhaben. Aber jetzt weiß ich, dass sich niemand darüber hinwegsetzen darf.«

»Das ist es also? Du lässt dir von einer kleinen Gruppe unwissender, pöbelhafter Leute Vorschriften machen? Eigentlich hatte ich vermutet, du wärst stärker.«

»Wie du dich wahrscheinlich erinnerst, war es keine kleine Gruppe, sondern ein Großteil der schottischen Bevölkerung.« In ihren grünen Augen erschien ein sanfter Glanz, als sie den Freund betrachtete. »Mit bemerkenswerten Ausnahmen.«

»O Gracie – was über Dugald behauptet wurde, habe ich nie für bare Münze genommen.«

»Vergiss nicht – man traute ihm einen Diebstahl zu. Und mir warf man vor, ich hätte ihn dazu getrieben.«

»Wie konnte man eine so absurde Anklage gegen dich erheben?« Erbost trat Alex gegen einen Erdklumpen. »Am liebsten würde ich diese selbstgerechte Bande vor dir niederknien und um Verzeihung bitten sehen – und mein Schwert gegen sie richten.«

»Bitte, Alex!« Flehend legte sie eine Hand auf seinen Arm. »Belaste dich nicht mit meinen Problemen.«

»Es sind auch *meine* Probleme«, betonte er und nahm ihre

Hand. »Heirate mich, und niemand wird dir je wieder zu nahe treten. Das schwöre ich.«

»Vielleicht fällt es dir schwer, mir zu glauben, Alex. Aber es sind keine Angstgefühle, die mich von Edinburgh fern halten.«

»Was sonst? Warum verkriechst du dich in Glenraven?« Er trat wieder gegen das feuchte Erdreich. »In dieser öden Einsamkeit kannst du nicht glücklich werden. Komm mit mir nach Edinburgh. Wir heiraten und leben unter Menschen und nicht inmitten verdammter Krähen!« Mit einer ruckartigen Geste zeigte er zu den Vögeln hinauf, die über seinem Kopf kreischten.

»Ich bin nicht allein. Hast du Maude vergessen?«

»Wenn ich es bloß könnte! Nein, Grace, so meine ich es nicht. Nimm sie in die Stadt mit. Selbstverständlich ist sie mir willkommen.«

Daran zweifelte Grace, aber sie verfolgte das Thema nicht weiter. Wie sie seiner stolzen Haltung und dem vorgereckten Kinn entnahm, erwartete er, sie würde seinen Plan gutheißen. Sie konnte ihm sein Selbstvertrauen nicht einmal übel nehmen. Mit seinen kupferroten Locken, die im Sonnenlicht glänzten, und den himmelblauen Augen wirkte er sehr attraktiv. Und was seine körperlichen Kräfte betraf, würden ihn nur wenige Hochländer übertrumpfen. Außerdem war er klug, gütig und ehrlich. Ein wahrer Freund.

Und Glenraven? Warum hatte sie sich nach Dugalds Tod auf den Landsitz ihrer Ahnen zurückgezogen? Hier gab es niemanden, der sie freudig empfangen hatte. Es war nicht einmal das Heim ihrer Kindheit. Und hier lebten Menschen, die sie für Dugalds vermeintliche Fehler verantwortlich machten – aber in ihrem Herzen fühlte sie sich unschuldig. Seufzend betrachtete sie die düstere Landschaft.

»Hast du mir zugehört, Grace? Willst du nicht antworten?«

»O Alex … « Sollte sie seinen Antrag annehmen? Vielleicht wäre es tatsächlich besser, sie würde Glenraven verlassen. Aber als sie den Mund öffnete, um diese Gedanken auszusprechen, schnaubte ihr Pferd, das sie in der Nähe an einen Baum gebunden hatte. Als sie zu ihm ging, stieß es ganz sanft gegen ihre Schulter. Geistesabwesend berührte sie die samtigen Nüstern und flüsterte beruhigende Worte.

»So ist das also?« Alex stapfte davon, und seine Stiefel schienen sich im Nebel zu verlierenen, der den unebenen Boden nur noch erahnen ließ. »Mir gibst du keine Antwort. Aber mit deinem Pferd redest du. Noch dazu so freundlich und liebevoll!«

»Alex!«, rief sie, hob den feuchten Saum ihres Reitrocks und eilte hinter ihm her. »Sei nicht albern! Wie viel mir deine Freundschaft bedeutet, weißt du doch.«

Als er zu ihr herumfuhr, verdunkelten sich seine Augen. »Ist das alles, was ich für dich bin? Nur ein Freund?«

Dieses Wort klang so abfällig, dass sie wünschte, sie könnte ihm erklären, wie wichtig sie seine Freundschaft nahm. Doch er war wohl kaum in der richtigen Stimmung für solche Enthüllungen.

Wie besänftigte man einen abgewiesenen Verehrer? Wenn sie das bloß wüsste … Sie wünschte, sie hätte seinen Heiratsantrag vorausgeahnt. Aber damit hatte sie nie gerechnet. Schon gar nicht bei seiner Ankunft vor sieben Tagen. Nur wenige Besucher fanden den Weg durch das Moor nach Glenraven. Und obwohl ihr das im Augenblick sehr angenehm erschien, war es immer wundervoll, Alex wiederzusehen.

Ihr zuliebe hatte er die Reise von der Festung seines Clans im Hochland nach Edinburgh unterbrochen, wo er seinen Sitz im Parlament einnehmen würde. Am nächsten Morgen wollte er in Inverness an Bord des Paketboots gehen und den Firth of

Forth in Richtung Süden entlangfahren, zur Hauptstadt. Verständlicherweise fieberte er den bevorstehenden Sitzungen entgegen. Während seines Aufenthalts in Glenraven hatte er kaum ein anderes Gesprächsthema als die Politik und die verdammten Engländer gefunden, wie er sie nannte.

Hätte Grace das Missverständnis vorausgesehen, zu dem der Ritt über das Moor führen würde, wäre sie im Bett geblieben, unter dem Vorwand einer Erkältung oder heftiger Kopfschmerzen. Aber sie war bereitwillig auf seinen Vorschlag eingegangen. Und nun musste sie das Problem seines Heiratsantrags lösen. »Du warst immer mein Freund, Alex. Noch bevor ich Dugald kennen lernte.«

»Hätte ich ihn bloß nie mit dir bekannt gemacht! Wäre ich ihm selber niemals begegnet!«

»Das meinst du nicht ernst, Alex.« Ihre Stimme war nur ein Flüstern.

Nach einer langen Pause zerriss seine Antwort die unheimliche Stille. Stöhnend strich er durch sein Haar. »Ich habe dir Dugald vorgestellt, von der Überzeugung bestärkt, er wäre ein wunderbarer Ehemann.« Dann schien sein Zorn zu zerschmelzen wie Nebel unter der Sonne. »Weißt du, wie glühend ich ihn beneidet habe? Wenn ich mir vorstellte, wie du ihn lächelnd in deinem Salon begrüßen, an seinem Arm ein Zimmer betreten – und sein Bett teilen würdest ...«

»Bitte, Alex!«

»Worum bittest du mich, Gracie?« Behutsam streichelte er ihre Wange. »Glaubst du, daran hätte ich nie gedacht – und mir niemals ausgemalt, wie du ihn küssen und ihm alles geben würdest?«

»So darfst du nicht sprechen.« Unfähig, die Leidenschaft in seinem Blick zu ertragen, wandte sie sich ab.

»Natürlich, Grace, entschuldige bitte.«

»Das habe ich nicht verlangt.«

»Trotzdem hoffe ich, du verzeihst mir. Was ich über Dugald sagte, war nicht so gemeint.«

»Das weiß ich.« Ihr Herz flog ihm entgegen. Gemeinsam hatten sie Dugald gefunden. An einem schönen, sonnigen Mittwoch. Seit Monaten gingen Gerüchte durch die Hauptstadt. Die New-Caledonia-Kolonie am Golf von Darien war verloren, die Kolonisten hatten den Tod gefunden.

Über der ummauerten Stadt lag ein düsterer Schatten, und alle Bewohner stellten sich dieselbe Frage: »Was ist geschehen?«

Die Idee war so gut gewesen, jeder hatte größere oder kleinere Summen investiert und einen fabelhaften Gewinn erhofft. Jetzt waren viele Menschen mittellos. Die meisten suchten einen Sündenbock.

Und der war nicht schwer zu finden. Dugald MacCammon hatte zu den Direktoren der Scotland Company gezählt. Von seinen Überredungskünsten zu Investitionen verleitet, büßten zahlreiche Leute ihr ganzes Vermögen ein. Nur er selbst erzielte anscheinend einen beträchtlichen Profit. In Edinburgh gab es keinen anderen Gesprächsstoff.

Das wussten Dugald und Grace. Auch ihrem Freund Alex war es nicht entgangen. Eines Nachmittags kam er in das Haus der MacCammons und drängte sie, ihn zu begleiten. Der Earl of Maymont, Hugh Archey, gab eine Dinnerparty, auf der alle Parlamentarier und höheren Beamten erscheinen würden. Wenn sich Dugald und Grace versteckten, betonte Alex, würden sie den Gerüchten neue Nahrung geben. Nun sei es an der Zeit, ihre Unschuld zu beteuern.

Beide stimmten zu. Aber Dugald erklärte, vor der Party

müsse er noch etwas erledigen. Grace und Alex sollten vorausgehen, er würde ihnen etwas später folgen.

Vergeblich versuchten sie ihn umzustimmen. Auf der Dinnerparty kehrte ein Gast nach dem anderen der jungen Lady MacCammon den Rücken. Insgeheim verfluchte sie ihren Ehemann. Warum hatte er sie nicht begleitet, seine Unschuld bewiesen und seinen eben erst erworbenen Reichtum erklärt? All den Leuten – und ihr? Aber er ließ sich nicht blicken. Alex brachte sie schließlich nach Hause.

Und da hatten sie ihn gefunden.

Grace strich über ihre Stirn und bemühte sich, die grausigen Erinnerungen zu verscheuchen. Doch es gelang ihr nicht. In ihre Fantasie erschien ein viel zu klares Bild – Dugald, über seinem Schreibtisch zusammengesunken, Blutspritzer an den Wänden. Und der Geruch – ein grässlicher Gestank, der ihr den Atem genommen hatte … Schießpulver und Tod. Beim Anblick der Waffe in seiner Hand hatte sie gellend geschrien. Die schrille Stimme schien immer noch in ihrem Kopf widerzuhallen. Krampfhaft schluckte sie, um die beklemmende Übelkeit zu bekämpfen, die in ihr aufstieg.

»Ohne dich hätte ich das alles nicht verkraftet, Alex.«

»Auch du hast mir geholfen, Grace.«

Sie nickte. Um alles hatte er sich gekümmert – um Dugalds Leiche, das Haus. Und um sie. Bis sie beschloss, nach Glenraven überzusiedeln.

Nichts ließ er unversucht, um sie davon abzubringen. »Sei nicht albern!«, schimpfte er.

Im Laufe der Jahre hatte sie ihm manchmal Recht gegeben. Wenn die Einsamkeit unerträglich geworden war. Aber solche Phasen dauerten niemals allzu lange. Es war richtig gewesen, hierher zu ziehen – nach Glenraven, ins Moor.

3

Alex trat näher und umfasste ihre Schultern. Als er sie an seine Brust zog, wehrte sie sich nicht. Der Kuss begann sanft und unschuldig, ließ ihr Zeit, zurückzuweichen. Doch das tat sie nicht. Reglos stand sie da, und ihr Verstand rebellierte gegen die Liebkosung. Aber ihre Gefühle und ihr Körper waren schwach. Ich bin so lange nicht mehr geküsst worden, dachte sie. Der letzte *sinnliche* Kuss lag in ferner Vergangenheit. An Alex' Leidenschaft zweifelte sie keine Sekunde lang.

Er enttäuschte sie nicht. Sobald er merkte, dass sie keinen Widerstand leistete, umarmte er sie, hüllte sie in einen warmen Kokon und schützte sie vor dem kalten Wind, der über dem Moor wehte. Fordernd presste er seinen Mund auf den ihren und knabberte behutsam an ihrer Unterlippe, linderte den leichten Schmerz mit seiner Zungenspitze und jagte ihr einen wohligen Schauer über den Rücken.

An dieses angenehme Gefühl erinnerte sie sich. Ihr Puls beschleunigte sich, ihre Knie wurden weich. Als sie ihre Arme um Alex' Hals schlang, spürte sie sein Lächeln auf ihren Lippen.

Wie himmlisch wäre es, sich ganz fest an ihn zu schmiegen, ihrer Begierde nachzugeben, seine Liebe zu genießen ... Das alles hatte sie so schmerzlich vermisst.

Schon vor Dugalds Tod war jenes Glück aus ihrem Leben verschwunden.

Aber Alex' Kuss würde keine guten Folgen haben. Das erkannte Grace trotz ihrer Sehnsucht. Deshalb löste sie ihren Mund von seinem und rückte ein wenig von ihm ab. »Alex …«

»Hm?« Nun glitten seine Lippen über ihren Hals. Sein Schnurrbart kitzelte ihre empfindsame Haut, und sie erschauerte wieder.

»Bitte, hör auf.«

»Warum sollte ich? Fürchtest du, ich würde mich mit dir amüsieren und dann meinen Heiratsantrag zurücknehmen? Diese Gefahr besteht nicht. Glaub mir, ich werde dich zum Traualtar führen. Ganz egal, ob wir vorher oder nachher miteinander schlafen.« Um sein Versprechen zu bekräftigen, berührte er ihren Busen.

»Nein, bitte!« Sie schob seine Hand beiseite und blickte über ihre Schulter. Als sie Alex wieder anschaute, zeigte sein Gesicht die erwartete Verwirrung. Natürlich wunderte er sich. Bis zu diesem Moment hatte sie den Kuss in vollen Zügen genossen.

»Was stört dich, Gracie? Bedränge ich dich zu sehr? Also gut, ich werde mich gedulden. Aber du musst mich nach Edinburgh begleiten. Ich begehre dich über alle Maßen. Sag mir, dass du mich heiraten wirst! Möglichst bald!«

»Das kann ich nicht …« Ihre Stimme drohte zu brechen. »Weder jetzt noch später. Versteh doch …«

»Soeben hattest du nichts gegen meinen Kuss einzuwenden.«

»Das gebe ich zu.«

»Und warum hast du dich plötzlich anders besonnen?«

Grace begann sich zu ärgern. Nicht nur über Alex, über sich selbst. Wieso hatte sie sich dem Kuss so leidenschaftlich hingegeben? Jetzt mussten ihm ihre Weigerung, ihn zu heiraten, und ihr Gerede über seine Freundschaft, die ihr viel bedeutete, umso absurder erscheinen.

»O Grace, was tust du mir an?«

»Gar nichts – weil ich dich weder um einen Heiratsantrag noch um einen Kuss gebeten habe.«

Als er sie wortlos anstarrte, wich sie seinem Blick aus.

»Niemals hätte ich dir gestatten dürfen, mich zu küssen – es war ein Fehler …«

»Eigentlich gewann ich nicht den Eindruck, du hättest es für einen Fehler gehalten.«

»Aber das war es. Ich weiß, ich habe mich falsch benommen. Es wird nie wieder geschehen.«

»Dass du so kokett bist, wusste ich gar nicht.«

»Red keinen Unsinn!«

»Damit meine ich nicht nur den Kuss. Wie soll ich es denn nennen, wenn du mir bis nach Mitternacht Gesellschaft leistest? Wenn du jedes Mal, wenn du meinen Namen aussprichst, meinen Arm berührst? Wenn du mich bezaubernd anlächelst? Oder wenn du den Kopf an meine Schulter lehnst und einschläfst?«

Gewiss, das alles hatte sie getan. Es ließ sich nicht leugnen. Aber sie hatte sich so sehr über seinen Besuch gefreut. Und sie waren stets vertraulich miteinander umgegangen. Schon vor Dugalds Tod. Seit Jahren hatte sie Alex' Freundschaft zu würdigen gewusst. »Trotzdem solltest du nicht glauben …« Was? Dass sie ihn liebte? »Bitte, Alex, versteh doch …«

Ohne ihre flehende Stimme zu beachten, ging er davon. Jeder seiner steifen Schritte und die kerzengerade Haltung drückten kalten Zorn aus. Als er sein Pferd erreichte, ergriff er die Zügel und schwang sich in den Sattel.

»Willst du mir nicht einmal zuhören?« Grace lief zu ihm.

Aber er lenkte seinen Hengst unbeirrt in die Richtung von Glenraven. »Dugald nannte dich seine Eisprinzessin!«, rief er über die Schulter und grub seine Fersen in die Flanken des Pferdes. »Nun weiß ich, warum!«

»Ich bin keine Eisprinzessin – und sicher nicht kokett!«, schrie sie ihm nach. In ihren Augen brannten Tränen. »Nein, das bin ich nicht!« Sie hob einen Erdklumpen auf und formte ihn zu einer dunklen Kugel, die nach feuchtem Torf roch – nach Schottland. Der Verzweiflung nahe schleuderte sie ihn in ein dichtes, durch die Nebelschleier kaum auszumachendes Gestrüpp aus Adlerfarn. Um Haaresbreite verfehlte er das Ziel und landete mit einem dumpfen Geräusch am Boden.

Nachdem sie tief Luft geholt hatte, nahm sie eine weitere Hand voll Erde. Irgendwie fühlte sie sich bemüßigt, ihr Ziel zu treffen. Und so warf sie den Brocken erneut auf das Gestrüpp. Plötzlich genoss sie die Herausforderung, ihre wachsende Energie, die Freiheit. Zu solchen Temperamentsausbrüchen neigte sie normalerweise nicht. Sie war ein ruhiges, braves Kind gewesen. Schon bei der ersten Begegnung hatte Dugald ihr sanftes Gemüt gelobt und später oft betont, sie sei »vornehm und gelassen«. Hinter ihrem Rücken hatte er sie offenbar anders genannt. Zum Beispiel »Eisprinzessin«.

Die Erinnerung an Alex' Worte verlieh ihr ungeahnte Kräfte und half ihr, präziser zu zielen. Diesmal landete der Erdklumpen mitten im Adlerfarn. Zumindest war sie keine Diebin, kein Feigling. Noch ein Klumpen, mit Wurzeln durchsetzt, traf das Gestrüpp. Und warum hatte Alex sie im Moor zurückgelassen, im kalten Wind? Sicher, sie konnte ohne Begleitung nach Hause reiten. Oft genug galoppierte sie allein durch die Wildnis. Und Glenraven lag nicht weit entfernt. Bald würde sie sich aufmachen, aber einstweilen fand sie es viel zu verlockend, mit

Erde, Grasbüscheln und Steinen um sich zu werfen. Manchmal verfehlte sie ihr Ziel, meistens war sie jedoch erfolgreich.

Grace starrte ihre schmutzigen Hände an. Wieso war sie auf ihren langen Wanderungen übers Moor nie auf diese Idee gekommen? Bei jedem Wurf trat sie näher an das Dickicht heran, das Gesicht von der körperlichen Anstrengung gerötet. Noch ein Klumpen – dann würde sie ihre Finger abwischen und heimkehren. Nur ein letzter Wurf …

»Autsch! Verdammtes Weib! *Ich* war's nicht, der Sie Eisprinzessin genannt hat!«

Als die fremde Stimme erklang, zuckte Grace erschrocken zusammen und wollte die Flucht ergreifen. Aber ihre Röcke schienen sich plötzlich gegen sie verschworen zu haben. Wie feuchte Tentakel schlangen sie sich um ihre Beine. Hilflos ruderten ihre Arme durch die Luft, ihre Knie knickten ein, dann stürzte sie unsanft. Mit ihre Hüfte prallte sie gegen eine harte Wurzel. Trotz der Schmerzen richtete Grace sich sofort auf. Verstohlen spähte sie nach allen Seiten, um festzustellen, wer sie angesprochen hatte.

Darauf gab ihr das Farngestrüpp, das sich wenig später bewegte, einen ersten Hinweis. Angstvoll wich sie zurück. Aus dem Nebel tauchte ein Mann auf. Zumindest glaubte sie, es wäre ein Mann. Den Kopf gesenkt, saß er da. Schwarzes Haar verbarg sein Gesicht. Jetzt rührte er sich nicht mehr, was Grace ermutigte. »Wer sind Sie?« keuchte sie atemlos, in der Hoffnung, die richtige Frage gestellt zu haben.

Statt zu antworten, richtete er sich langsam auf. Das zerzauste Haar enthüllte ein schmales, schmutzverschmiertes Gesicht, eine gerade Nase und dunkle Augen. Genug, um ihr zu verraten, dass dieses Geschöpf kein Kobold oder Ungeheuer, sondern ein Mann war.

»Ich weiß, dass Sie sprechen können. Vorhin hörte ich Ihre Stimme. Warum sagen Sie nichts? Wer sind Sie? Was machen Sie hier draußen im Moor?«

Mit einer beschmutzten Hand strich er sein Haar aus der Stirn. »Daran ...«, um seine Heiserkeit zu bekämpfen, räusperte er sich, »... daran erinnere ich mich nicht.«

Grace erhob sich auf die Knie und musterte ihn etwas genauer. Mit Erde verkrustet, war seine Kleidung – anscheinend ein Jackett über einer Weste – kaum zu erkennen. »Also wissen Sie nicht, wer Sie sind – und was Sie hier treiben?«

»Weder – noch ... Doch, Moment mal, die Schlacht.«

»Die Schlacht?«

»Ja. Gehen Sie lieber. An diesem Ort sollte sich keine Frau aufhalten.« Er schaute sich um, so aufmerksam, dass sie seinem Beispiel folgte. »Alle haben wir getötet.« Als er den Kopf schüttelte, fiel ihm eine dunkle Locke ins Gesicht.

»Überall Leichen ...«

Grace fröstelte. Obwohl ihre Augen ihn Lügen straften, glaubte sie ihm beinahe. Sah er tatsächlich Leichen?

»Was geschah mit ihnen?« Er richtete sich etwas gerader auf. »Wohin sind sie verschwunden? Die Schotten? Die Soldaten?«

»Keine Ahnung.« In wachsender Nervosität raffte sie ihre schweren, feuchten Röcke zusammen und versuchte aufzustehen. Aber das Gras war glitschig, und sie landete unsanft auf ihrer Kehrseite.

»Jedenfalls waren sie hier«, behauptete der Mann. »Ich sah sie ... Sicher haben Sie die Artillerie gehört.«

Grace schluckte mühsam. Warum war sie nicht einfach auf ihr Pferd gestiegen und Alex nachgeritten? »Jetzt sind sie nicht mehr da«, erwiderte sie, weil sie dachte, es wäre die beste Strategie, das Offensichtliche zu erwähnen.

Das schien er zu akzeptieren. Schwerfällig bemühte er sich aufzustehen. Grace rückte erschrocken von ihm weg, was ihm nicht entging. »Keine Angst ...« Beschwichtigend hob er eine Hand. »Ich will Ihnen nichts antun.«

Diese Worte und vor allem seine sichtliche Schwäche beruhigten sie. Deshalb beschloss sie, vorerst nicht zu fliehen. »Sie sind völlig durchnässt. Waren Sie in der Bucht?«

»In der Bucht?«, wiederholte er und starrte seine schlammigen Kleidung an. »Nein, wohl kaum. Der Regen hat mich überrascht ...«

»Der Regen?«

»Ja, jetzt fällt's mir wieder ein. Plötzlich tobte ein Gewitter ... Es goss in Strömen. Über dem Moor zuckten grelle Blitze, und es donnerte ohrenbetäubend ...« Die Erregung verebbte, die in jedem seiner Worte mitgeschwungen hatte, und er schloss die Augen.

»Fühlen Sie sich nicht gut?« Grace überlegte, ob sie zu ihm kriechen sollte. Doch ihre Vorsicht besiegte das Mitleid. Der Mann musste den Verstand verloren haben. Was er sagte, ergab keinen Sinn. Soldaten, tote Schotten, ein Unwetter, das gar nicht losgebrochen war ... Es sei denn, er hatte einige Tage lang im Moor gelegen. Sie strich eine rotgoldene Locke hinter ihr Ohr. »Hier ist kein Gewitter niedergegangen.«

»Absurd ... Heute Morgen hat es geregnet. Vermutlich waren Sie da noch nicht wach.«

»Während der Schlacht?« Warum sie ihn in seinem Wahn ermutigte, wusste sie nicht. Vielleicht, um ihm klarzumachen, er würde sich jene Schlacht genauso einbilden wie die tosenden Elemente.

»Ja, natürlich. Ich beobachtete, wie der Gewittersturm von der Bucht heraufzog. Donner und Blitz ...«

Obwohl sie eben noch beschlossen hatte, Abstand zu wahren, kroch sie auf allen Vieren zu ihm. Mit beiden Händen umklammerte er seinen Kopf, als wollte er ihn wie eine Melone zerquetschen.

»Ein Graupelschauer – eisiger, prasselnder Regen …« Verwirrt blickte er auf.

»Hier hat es seit Tagen weder gehagelt noch geregnet. Warum Sie so nass geworden sind, verstehe ich nicht. Aber ich glaube, Sie fiebern. Kein Wunder, nachdem Sie so lange im Moor gelegen haben!«

»Fieber? Ja, das muss es sein.« Seine Finger glitten über seine feuchte Wange. »Wenn Sie mir mein Pferd bringen, reite ich zu meinem Regiment. Vielleicht gibt mir der Arzt ein Medikament …« Er versuchte wieder aufzustehen. »Und Sie sollten meinen Rat befolgen, Madam. Suchen Sie einen sicheren Hafen auf, bevor die Truppen zurückkehren.«

»Da ist kein Pferd. Nur mein eigenes.«

Wortlos sank er ins Gestrüpp zurück.

»Nun, wir sollten …« Grace unterbrach sich, weil sie Hufschläge hörte.

Kehrten die Truppen zurück? Welch ein beklemmender Gedanke … Unsinn, hier gab es weit und breit keine Soldaten. Als sie ihre Augen mit einer Hand beschattete, sah sie Alex herangaloppieren. Inzwischen hatte sie völlig vergessen, dass er wutentbrannt davongeritten war. Aber der Fremde erinnerte sich sehr gut daran. »Da kommt jemand. Ihr Verehrer, nehme ich an.«

»Er ist nicht mein Verehrer«, widersprach Grace. »Nur ein Freund.«

»Welch ein Freund lässt eine hilflose Frau hier draußen allein?«

Aber weil sie ihm Recht geben und sich irgendwie verteidigen musste, stellte sie eine Gegenfrage: »Und was ist das für ein Mann, der private Gespräche belauscht?«

Grinsend entblößte er schneeweiße Zähne. »Das konnte ich nicht verhindern. Ich bin einfach aufgewacht.«

»Und Sie haben sich nicht bemerkbar gemacht.«

»Wie sollte ich denn wissen, ob Sie mich womöglich bedrohen würden? Außerdem wollte ich ein so rührendes und – wie ich vielleicht hinzufügen darf – romantisches Zwischenspiel nicht stören. Was für ein Mann würde so etwas tun?«

Weil Alex in diesem Moment ihren Namen rief, blieb ihr eine Antwort erspart. Offenbar hatte er den Fremden entdeckt, hielt ihn für einen Schurken – was sie verständlich fand – und bangte um ihr Leben. Während er über das Moor sprengte, wirbelten die Pferdehufe große Erdbrocken auf. »Um Himmels willen, Grace, geh weg von ihm! Rühren Sie die Dame nicht an, Mann! Sonst schneide ich Ihnen das Herz aus dem Leib!«

»Ihr Verehrer ist ziemlich Besitz ergreifend.«

»Nennen Sie ihn nicht so! Er weiß nicht, was er sagt.« Endlich gelang es ihr, aufzustehen. »Ist es denn nicht offensichtlich, dass er Ihnen misstraut?« Sie schüttelte den Schmutz von ihrem Rock, dann eilte sie Alex entgegen.

Drei Schritte von ihr entfernt, zügelte er das Pferd, stieg ab und riss sein Schwert aus dem Sattelschuh.

»Warte, Alex!« Vergeblich griff sie nach seinem Arm. Er stürmte an ihr vorbei, auf den Fremden zu. »Großer Gott, Alex!« Die Röcke gerafft, rannte sie ihm nach. Dicht vor dem Mann blieb er stehen und schwang sein Schwert, als wollte er ihm den Schädel spalten.

Doch dann hielt er glücklicherweise inne und wandte sich zu Grace. »Ist er über dich hergefallen?«

»Nein …« Als sie ihn erreichte, musste sie erst einmal Atem schöpfen. Sein misstrauischer Blick streifte ihr schmutziges Kleid, und sie fuhr rasch fort: »Ich bin hingefallen. Und er hat mich erschreckt. Das ist alles. Schau ihn doch an, Alex! Siehst du nicht, wie schwach er ist? Nicht einmal einer Fliege könnte er was zu Leide tun.«

Während Alex die schäbige Gestalt musterte, gestand sich Grace ein, dass der dunkelhaarige Mann nicht ganz so harmlos wirkte, wie sie es wünschen würde. Er saß immer noch am Boden. Aber sein Rücken war kerzengerade. Und seine Miene ließ keine Kapitulation erkennen. Ebenso wenig wie seine Worte. »Wäre ich der Dame zu nahe getreten, müssten Sie sich selbst die Schuld daran geben.«

Grace beobachtete, wie sich Alex' Schultern versteiften. Er umfasste den Schwertgriff noch fester.

»Bitte, Alex!« Entschlossen trat sie zwischen die beiden, um den Fremden zu schützen. »Er fiebert. Nur deshalb redet er solchen Unsinn. Wir sollten ihn ins Trockene bringen.«

»Wir lassen ihn einfach hier!«, stieß Alex hervor, verärgert über ihre Einmischung. Er schien durch sie hindurchzustarren, auf den Mann, den sie gegen ihn abschirmte. Doch sie rührte sich nicht von der Stelle und wartete, bis er über ihren Vorschlag nachgedacht hatte. Als er ihren Blick erwiderte, atmete sie auf. »Wer ist er?« Trotz seiner kampflustigen Stimme wusste sie, dass er sich eines Besseren besonnen hatte.

»Keine Ahnung. Und er weiß es auch nicht. Im Moment kann er sich an nichts erinnern.« Grace fand es ratsam, die Einzelheiten zu verschweigen, die ihren Verdacht erregt hatten, der Unbekannte müsste verrückt sein. Warum sollte sie tote Schotten oder ein imaginäres Gewitter erwähnen?

»Seinem Akzent nach ist er ein Engländer.«

»Vielleicht. Bisher steht nichts dergleichen fest, oder?«

Alex' Augen verengten sich. »Was macht er hier?«

»Warum sprechen Sie so, als wäre ich nicht vorhanden?«, fauchte der Unbekannte. »Wenn Sie etwas erfahren wollen, das meine Person betrifft, wenden Sie sich bitte an *mich*.«

Damit Sie Ihre sonderbare Geschichte noch einmal erzählen können und Alex ebenfalls an Ihrem Verstand zweifelt, dachte Grace. »Wahrscheinlich hat er sich verirrt. Wie ich bereits sagte – er fiebert, und wir dürfen nicht auf die Goldwaage legen, was er redet.«

Zu ihrer Erleichterung senkte Alex das Schwert. »Da er sich nicht an dir vergriffen hat, nehmen wir ihn mit. Warte hier, ich hole mein Pferd.«

»Und meines, bitte.« Grace wandte sich wieder zu dem Fremden.

Herausfordernd starrte er sie an. »Sie müssen mich nicht schützen, Madam.«

»Wirklich nicht?« Grace wischte den Schmutz von ihren Händen. »Wenn Sie das glauben, sind Sie noch verrückter, als ich dachte. Alex hätte Sie mit einem einzigen Schwertstreich töten können.«

»Nicht, bevor ich ein Loch in seinen Bauch geschossen hätte.« Fast unmerklich nickte er und lenkte ihren Blick auf seine Hand hinab. Im Adlerfarn halb verborgen, spiegelte eine Pistole das Sonnenlicht wider, und die Mündung zeigte direkt auf Graces Herz.

Ihr Atem stockte. Angstvoll betrachtete sie sein Gesicht.

Also war er nicht so schwach und verletzlich, wie sie angenommen hatte. »Wollen Sie mich töten?«

Dieser Frage folgte ein Schweigen, das eine halbe Ewigkeit zu dauern schien. Endlich hörte Grace, wie Alex sein Schwert in den ledernen Sattelschuh schob und die Pferde heranführte. Sollte sie schreien? Das würde ihr nichts nützen. Sie wäre tot, bevor Alex die Zügel würde loslassen können.

Der Fremde bewegte sich, und sie sandte ein stummes Gebet zum Himmel. Aber er feuerte nicht. Stattdessen drehte er die Waffe in seiner Hand herum und hielt ihr den Griff hin.

Schmerzhaft hämmerte ihr Herz gegen die Rippen, und ihre Knie fühlten sich wie Haferbrei an. Da sie zu schwach war, um die Pistole zu ergreifen, drückte er sie in ihre Hand. »Erst mal sollten Sie das Ding behalten. Im Augenblick traue ich mir selber nicht. Wer weiß, was geschehen könnte ...« Seine Finger, von Ruß geschwärzt, drückten ihre Hand sanft an das Elfenbein. Obwohl er sie nur kurz und ausdruckslos ansah, wusste sie in diesem Moment, was sie tun musste.

Von Grace ermutigt und von Alex' starkem Arm gestützt, stieg der Fremde auf ihr Pferd. Unter dem ungewohnten Gewicht tänzelte die Stute unbehaglich umher. Aber sie wartete geduldig, bis ihre Herrin hinter Alex aufgestiegen war. Dann folgte sie dem Hengst.

Im Sattel wirkte der geheimnisvolle Mann nicht mehr so unbeholfen. Jetzt, wo Grace ihn etwas deutlicher sah, wuchs ihre Verblüffung. Offenbar war seine Kleidung verkohlt. Was war mit ihm geschehen?

Alex bestand darauf, ihre Stute am Zügel zu führen, so konnte Grace den Engländer im Auge behalten, während sie die Straße entlangritten. Er beachtete sie nicht, starrte geradeaus, und sie versuchte sich vorzustellen, wo er gewesen war, welche Schlacht er vor seinem geistigen Auge sah. Je mehr Fragen ihr durch den Sinn gingen, desto wichtiger erschien es ihr, Antworten zu finden.

An einer Kreuzung zügelte Alex seinen Hengst. »Wenn ich

mich nicht irre, liegt MacGreeveys Hütte gleich hinter dieser Anhöhe. Seine Frau würde gut für den Engländer sorgen.«

»Nein!« Alex hatte seinen Hengst bereits wieder angespornt, und Grace wartete, bis er ihn erneut zügelte.

»Warum nicht?« Er drehte sich im Sattel um. »Stimmt was nicht mit MacGreevey?«

»Darum geht es nicht. Ich finde nur – wir sollten ihn nach Glenraven bringen.«

Ungläubig starrte er sie an. »Bist du verrückt geworden?«

Da war sie sich nicht so sicher, und deshalb ignorierte sie die Frage. »Nach meiner Meinung wäre es am besten. Maude wird ihn betreuen.«

»Um Gottes willen, Grace, er ist ein Sachse!«

»Ein Mensch, der Hilfe braucht.«

»Ja, aber nicht *deine* Hilfe. Nein, Grace, das erlaube ich nicht. Schau mich nicht so an! Niemals würde ich dulden, dass du einen Fremden in deinem Haus aufnimmst.«

»Alex ...«

»Keine Widerrede, Grace. Wir schaffen ihn zu MacGreevey.«

»Nicht *wir*. Zumindest *ich* nicht.« Sie spürte, wie sich sein Rücken versteifte – wie sehr ihn ihre Weigerung ärgerte, seinen Wunsch zu erfüllen. Doch sie ließ sich nicht beirren. »Ich habe ihn gefunden, und ich werde ihn nach Glenraven bringen. Natürlich würde ich deinen Beistand schätzen. Aber wenn du nichts damit zu tun haben willst, würde ich's verstehen. Genauso gut kann ich hinter ihm auf meinem Pferd sitzen.«

»Mein Gott, Grace, weißt du, was du da sagst? Sieh ihn doch an, verdammt noch mal! Ganz egal, ob er ein Engländer ist oder nicht! Er könnte ein Dieb sein – sogar ein Mörder!«

»Ein Mörder ist er sicher nicht.« An ihrem Schenkel spürte

sie das Gewicht der Pistole, die in der Tasche ihres Rocks steckte.

»Grace …«

»Mein Entschluss steht fest. Wenn ich ihn seinem Schicksal überließe, könnte ich nie wieder in den Spiegel schauen.«

Da rammte Alex seine Fersen in die Pferdeflanken und galoppierte nach Glenraven.

Grace hielt sich an ihm fest, ohne den Fremden aus den Augen zu lassen, der an ihrer Seite ritt. Warum war es ihr so wichtig, herauszufinden, was ihm widerfahren war?

4

Langsam drehte Grace den Schlüssel im Schloss herum und zuckte zusammen, als das metallische Knirschen die Stille der Nacht durchbrach. Sie spähte zu beiden Seiten in den langen, schwach beleuchteten Flur und erwartete beinahe, Alex würde aus den Schatten springen und fragen, was sie machte. Dann schüttelte sie den Kopf und schob die Tür weiter auf. Dicke Wandteppiche verdüsterten den Raum. Eine flackernde Kerze in der Hand, schaute sie sich um.

Auf leisen Sohlen eilte sie über den Steinboden zu dem breiten Bett in der Ecke. Die fadenscheinigen Vorhänge waren geöffnet und versperrten ihr nicht die Sicht. Reglos lag er da, die Decke bis ans Kinn gezogen. Eine Zeit lang schaute sie ihn nur an und beobachtete seine Brust, die von rhythmischen Atemzügen gehoben und gesenkt wurde.

Allem Anschein nach war der Fremde körperlich gesund. Das hatte Maude ihr bereits versichert. Aber weil Grace keinen Schlaf fand, wollte sie sich selbst davon überzeugen. Bevor sie ins Bett gegangen war, hatte sie ihn aufsuchen und sich die nächtliche Wanderung durch das Schloss ersparen wollen. Aber das war unmöglich gewesen, was sie Alex verdankte. Den ganzen Nachmittag und Abend hatte er ihr Vorwürfe gemacht. Wie konnte sie so dumm sein, einen Fremden in ihrem Heim aufzunehmen, noch dazu einen Engländer? Er hatte sie angefleht und ermahnt, erfolglos versucht, ihr »Vernunft beizubringen«, und lauthals beklagt, dass er am nächsten Morgen abreisen musste.

Nun betrachtete sie im Kerzenlicht das Gesicht ihres Schützlings, das Maude sorgsam gewaschen hatte. Bartstoppeln verdunkelten Kinn und Wangen. Mitternachtsschwarz lag das gebürstete Haar auf dem Kissen. Er sah menschlicher aus als bei jener sonderbaren Begegnung im Moor. Aber genauso gefährlich.

Vielleicht war es tatsächlich leichtsinnig gewesen, ihn in ihr Schloss zu bringen – einen namenlosen Mann, der Bilder von Fantasieschlachten heraufbeschwor. Nur weil sie ihn im Adlerfarn gefunden hatte, musste sie sich nicht für ihn verantwortlich fühlen. Aber aus unerfindlichen Gründen verspürte sie das Bedürfnis, für ihn zu sorgen.

Seufzend wandte sie sich ab – und hielt den Atem an. Kraftvolle Finger packten ihr Handgelenk, und der Kerzenhalter schwankte bedenklich. Nur mühsam verhinderte sie, dass er zu Boden fiel. »Lassen Sie mich los!«

»Erklären Sie mir zuerst, wo ich bin«, verlangte er leise, aber in gebieterischem Ton.

»Auf Glenraven.« Forschend schaute sie in seine Augen. »Erinnern Sie sich nicht, wie Sie hierher kamen? Wir trafen uns im Moor.«

»Im Moor?« Er zögerte. »Ach ja, die Frau mit dem eifersüchtigen Verehrer, der vom Schlachtfeld zurückkehrte …«

Sein Griff lockerte sich, und Grace befreite ihren Arm. Dann hob sie die Kerze, um den Mann genauer zu betrachten. »Da war kein Schlachtfeld«, entgegnete sie und ignorierte seine Bemerkung über den »eifersüchtigen« Alex. »Wie fühlen Sie sich?«

»Als wäre ich mit einer Streitaxt niederschlagen worden.«

»Maude glaubt, ein Blitz hätte Sie getroffen.«

»Ein Blitz?«

»Ja. Bei unserer ersten Begegnung erwähnten Sie ein Gewitter. Danach müssen Sie einige Tage im Moor gelegen haben.«

»An das Unwetter erinnere ich mich. Und an die Blitze …«

»Also war es ein Blitzschlag. Maude sagte, sie habe schon oft Leute mit versengten Haaren und verrußten Gesichtern gesehen – aber bisher nur als Leichen.«

Seine Lippen verzogen sich zu einem Lächeln, das Grace erwiderte. »Dann muss ich froh sein, dass ich noch lebe.«

»Nach Maudes Ansicht – ja.«

»Ist das die alte Hexe, die mich in heißem Wasser eingeweicht und geschrubbt hat, bis meine Haut sich fast gelöst hätte?«

»Gewiss, das war Maude. Aber es würde ihr missfallen, als alte Hexe bezeichnet zu werden.«

»Eine *junge* Hexe ist sie wohl kaum«, bemerkte er trocken.

Vergeblich bemühte sich Grace, ein Kichern zu unterdrücken. »Maude ist meine Schwägerin – seine sehr nette Frau, die sich in der Heilkunde auskennt. Eigentlich sollten Sie ihr dankbar sein.«

»Obwohl sie meine Nase zuhielt und mich zwang, das abscheulichste Zeug zu trinken, das es außerhalb der Hölle gibt?«

»Ah …« Grace nickte, denn sie kannte Maudes Heilsäfte und fand die Beschreibung zutreffend. »Das war sicher eine der Arzneien, die sie selber herstellt.«

»Kein Hexengebräu?«

»Natürlich nicht!«, versicherte sie belustigt. »Dieses Getränk sollte einen erholsamen Schlaf bewirken und Ihnen neue Kraft geben. Fühlen Sie sich jetzt gestärkt?«

»Vermutlich … O nein, ganz bestimmt – sonst muss ich womöglich noch eine so genannte Arznei hinunterwürgen.« Um seiner Behauptung Nachdruck zu verleihen, stützte er sich auf einen Ellbogen und versuchte, seinen Rücken an das reich geschnitzte Kopfteil des Bettes zu lehnen.

»Lassen Sie sich helfen.« Grace stellte den Kerzenhalter auf den Nachttisch. Jetzt sah sie, dass ihr Gast ein Nachthemd aus feinem Leinen trug, das wahrscheinlich Alex gehörte. Flüchtig fragte sie sich, wie Maude ihren Freund veranlasst haben mochte, ein Hemd zu verleihen. Allein schon der Gedanke an den heftigen Streit, der zweifellos stattgefunden hatte, amüsierte sie. Dann ergriff sie die Schultern des Fremden, zuckte aber sofort wieder zurück und fühlte sich schrecklich albern.

Als hätte sie sich die Finger verbrannt, als hätte sie noch nie einen Mann angefasst, als wäre sie eine scheue Jungfrau …

Sie hoffte, er hätte nichts bemerkt, denn er versuchte immer noch, sich aufzurichten. Nun half sie ihm wieder, doch sie berührte ihn nicht, schob nur das Kissen hinter seinen Rücken. Jetzt saß er im Bett, die Decke reichte ihm nur bis zur Taille. Das Hemd, am Kragen geöffnet, entblößte einen Teil seiner gebräunten, dunkel behaarten Brust.

Hastig schaute Grace weg, zog den Schal, den sie über ihrem Nachthemd trug, enger um ihre Schultern und verdrängte ihre fantasievollen Gedanken. Immerhin war sie eine Witwe und mit ihren achtundzwanzig Jahren viel zu alt für solche Dummheiten. Sicher, sie hatte mitten in der Nacht das Zimmer eines Mannes betreten, aber aus völlig harmlosen Gründen. Eine Retterin, die nach ihrem kranken Patienten sah – darauf konzentrierte sie sich, als sie wieder nach der Kerze griff.

Ringsum schien die Luft zu knistern. Und ihre Finger, die ihn berührt hatten, prickelten immer noch. Sein Geruch stieg ihr in die Nase, das Echo seiner Stimme vibrierte in ihrem Körper.

»Jetzt muss ich gehen.« Sie trat einen Schritt zurück. Dann noch einen.

Seine Augen verengten sich. »Habe ich Sie beleidigt?«

»Nein …«, antwortete sie und bemühte sich, in beiläufigem Ton zu sprechen. »Aber Sie brauchen Ihre Ruhe.«

»Ich habe fast den ganzen Tag geschlafen.«

»Nun – das kann ich von mir nicht behaupten …«

»Glauben Sie, was Ihr Verehrer gesagt hat?«

Verwirrt runzelte sie die Stirn. Was wusste er von Alex' Tiraden? »So viel hat er gar nicht gesagt.«

»Also mussten Sie sich die Lektionen nicht anhören, die mir erteilt wurden.«

»War er hier?«

»O ja, und er brachte das tiefe Misstrauen, das er gegen mich hegt, deutlich zum Ausdruck.«

»Dazu hatte er kein Recht …«

»Er sorgt sich um Sie. Was ich ihm nicht verüble.«

»Stellen Sie sich auf seine Seite? Wie seltsam …«

Er zuckte die Schultern. »Um die Wahrheit zu gestehen – wir haben keine innige Freundschaft geschlossen. Doch das hat nichts mit der Geschichte zu tun, die er mir erzählt hat.«

»Mit welcher Geschichte?« Von wachsendem Unbehagen erfasst, kehrte Grace zum Nachttisch zurück, stellte den Kerzenhalter ab und verschränkte die Arme vor der Brust.

»Jemand wollte Sie im Schlaf ermorden.«

»Hört Alex denn niemals damit auf?«, seufzte Grace und schüttelte den Kopf. »Hätte ich's bloß nicht erwähnt!«

»So etwas sollte man nicht für sich behalten.«

»Es war nur ein Traum«, erklärte Grace und sank in den Sessel neben dem Bett. »Ein dummer Albtraum, der mir damals real erschien, aber …«

»Im Tageslicht ist er wie eine Seifenblase zerplatzt?«

»Genau.«

»In letzter Zeit suchen mich auch solche Träume heim.«

»Die Schlacht?«

»Ja, ich habe auf einem grausigen Schlachtfeld gekämpft.«

Was konnte sie dazu sagen? Wer er war, wusste er noch immer nicht. Aber wie seine ernste Miene verriet, bezweifelte er keine Sekunde lang, dass jene Schlacht Wirklichkeit gewesen war. Allmählich begann sie selber dran zu glauben.

»In jener Nacht träumte ich, irgendetwas würde mich aus tiefem Schlaf wecken. Jemand stand neben meinem Bett, von Kopf bis Fuß in ein fließendes schwarzes Gewand gehüllt. In der Dunkelheit sah ich nicht viel.« Von ihren Erinnerungen überwältigt, musste sie nach Atem ringen. »Beinahe hatte ich mir schon eingeredet, ich würde mir das alles einbilden. Doch dann sah ich ein Messer auf mich herabsausen, mit silbener Klinge, und ich hatte schreckliche Angst.«

»Sprechen Sie weiter.«

»Ich schrie«, gestand sie und lachte verlegen. »Zumindest glaubte ich zu schreien. Da löste sich der Traum in Nichts auf.«

»Sind Sie sicher, dass es nur ein Traum war?«

»Ja – davon bin ich mittlerweile überzeugt. Unglücklicherweise besuchte Alex mich am nächsten Morgen, und ich war immer noch ziemlich aufgeregt.«

»Nun, es war ja auch ein aufregender Traum.«

»Das stimmt. Aber ich hatte eben erst meinen Mann verloren. Ohne Maudes Arzneien konnte ich nicht schlafen. Mehr steckte nicht dahinter. Das weiß ich inzwischen.«

Sein Blick hielt ihren fest. »Da war eine Schlacht.«

»Natürlich.«

»Meinen Sie, Ihr herablassender Tonfall würde mir entgehen?«

»Was soll ich denn sagen?«

»Nichts.« Im sanften Kerzenschein blitzten seine weißen Zähne. »Sie haben es nicht leicht mit mir, Madam. Und das nach allem, was Sie für mich getan haben ...«

»Das war nicht allzu viel«, erwiderte sie und hoffte, er würde ihre geröteten Wangen nicht sehen. »Wie Sie sich vielleicht entsinnen, wurden Sie von Maude betreut.«

»Was ich wohl kaum vergessen werde.« Er lachte leise.

»Nun ja, sie ist ein bisschen ...«

»Seltsam?«

»Ungewöhnlich – so wollte ich's ausdrücken. Aber unserer Familie treu ergeben.«

»Was würde sie denken, wenn sie wüsste, dass Sie jetzt an meinem Bett sitzen?«

All die Gedanken, die sie mit geringem Erfolg verdrängt hatte, stürmten plötzlich auf sie ein. Die Finsternis, nur vom Kerzenlicht schwach erhellt. Die späte Stunde. Und sie war mit einem Fremden allein. In seinem Schlafzimmer.

Wie in einem kristallklaren Spiegel sah sie sich das Nachthemd von ihren Schultern streifen und aufreizend zu Boden gleiten lassen. An ihrem Rücken spürte sie die feine Seide. Und dann die Körperwärme des Mannes, der im Bett lag ... Zitternd wandte sie sich von ihm ab. Auf keinen Fall durfte er ihre Gedanken lesen. »Da ich die Herrin von Glenraven bin, muss ich mich nicht vor Maude rechtfertigen.«

»Nun habe ich Sie gekränkt.«

»Unsinn!« Entschieden schüttelte sie den Kopf, und die

roten Locken wippten. Dann zwang sie sich, ihn wieder anzuschauen. »So leicht bin ich nicht zu beleidigen.«

Um ihre Worte zu bekräftigen, lächelte sie. Inzwischen hatten sich die betörenden Visionen verflüchtigt. Er war nur ein Mann. Nicht mehr. In Zukunft würde sie ihre rege Fantasie zügeln. Vielleicht hatte Alex Recht, und sie brauchte Menschen um sich. Keine einsamen Tage im Moor, sondern einen Ehemann – oder einen Liebhaber.

Krampfhaft schluckte sie. »Alex hält sich für meinen Beschützer.« Mit dieser Erklärung überraschte sie sich selbst ebenso wie ihren Gast.

»Brauchen Sie seinen Schutz?«

»Bis vor kurzem war ich darauf angewiesen.« Wider ihr besseres Wissen schaute sie erneut in seine Augen. »Nach dem Tod meines Mannes … Ich habe sehr jung geheiratet. Und dann starb er. Meine Eltern und die meisten Angehörigen hatte ich bereits verloren. Nur Maude blieb bei mir, und so gern ich sie auch mag – sie spendet mir keinen Trost.«

»Also wandten Sie sich an Alex.«

»Wir wandten uns beide einander zu. Auch er hat einen schweren Verlust zu beklagen, denn er war Dugalds bester Freund. Und meiner …« Beklommen unterbrach sie sich. »Warum erzähle ich Ihnen das alles? Einem völlig Fremden …«

»Vielleicht gerade deshalb. Weil ich Ihnen fremd bin. Sogar mir selbst.«

»Ja, vielleicht.« Ihre nächsten Gedanken behielt sie für sich. »Morgen wird Alex abreisen. Er muss mich nicht mehr beschützen.«

»Sind Sie sicher?«

Der Glanz in seinen dunklen Augen beschleunigte ihren

Puls. Vergeblich suchte sie nach einer Erklärung für ihre Gefühle. Und sie fand auch keine Antwort auf seine Frage.

Nach einem kurzen Schweigen verkündete er: »Auch ich werde morgen abreisen.«

»Aber ...« Enttäuscht biss sie sich auf die Lippen. »Wohin? Sie wissen nicht einmal, wer Sie sind.« Als er die Augen schloss, spürte sie seine innere Anspannung und wünschte sich sehnlichst, seine Wange zu streicheln. »Bald werden Sie sich an alles erinnern«, fuhr sie leichthin fort. »Möglicherweise wird Maude Ihnen dabei helfen. In der Zwischenzeit müssen Sie sich ausruhen.« *Und unbedingt hier bleiben*, wollte sie ergänzen.

»Ich habe mich zur Genüge ausgeruht. Wenn ich noch länger schlafe, werde ich den letzten Rest meines Verstandes auch noch verlieren. Ich ertrage es nicht mehr, im Bett zu liegen.«

»Natürlich können Sie jederzeit gehen.« Beinahe erwartete sie, er würde aufspringen und zur Tür laufen. Stattdessen seufzte er, und sein Groll schien zu verfliegen.

»Bitte, nehmen Sie meine Entschuldigung an, Madam. Im Augenblick bin ich nicht ich selbst. Zumindest gewinne ich diesen Eindruck.« Sein Gelächter klang freudlos. »Vielleicht haben Sie ja Recht, und ich brauche tatsächlich noch ein wenig Schlaf.«

Obwohl er sie nicht wegschickte, fühlte sie sich gezwungen, ihn zu verlassen. Als sie die Tür hinter sich geschlossen hatte, holte sie tief Luft und lehnte ihre Schulter an die steinerne Mauer. Eine seltsame Schwäche erfasste ihren Körper, und es kostete sie große Mühe, die gewundene Treppe zu ihrem Turmzimmer hinaufzusteigen.

Nach einer Weile fiel sie endlich in einen unruhigen Schlaf, in dem sie von süßen, erotischen Träumen gequält wurde.

»Langweilen wir dich so sehr, Grace?«

»Was? O nein.« Sie unterdrückte ein Gähnen und versteckte ihre Lippen hinter dem Zinnbecher. »Heute Morgen bin ich nur ein bisschen müde.«

»In dieser letzten Nacht haben wir wohl alle schlecht geschlafen – mit einem Sachsen unter dem Dach.« Alex ballte die Fäuste.

»Bitte, Alex!« Sie hatte beschlossen, vor seiner Abreise nicht mehr mit ihm zu streiten. Aber seit sie mit Maude das Speisezimmer betreten hatte, sprach er unentwegt über den Fremden.

»Worum bittest du mich?« Alex zeigte mit seinem Teelöffel auf Grace. »Soll ich vergessen, dass du anscheinend verrückt geworden bist? Was meinst du, wie mir zumute ist, Gracie? Heute Morgen muss ich Glenraven verlassen, obwohl ich weiß, dass du einen gefährlichen Engländer beherbergst.«

»Er ist nicht gefährlich.«

»Wie kannst du das behaupten? Reicht dir denn nicht, was ich dir seit meiner Ankunft immer wieder erkläre? Die Sachsen tun ihr Bestes, um uns zu vernichten, und du hilfst ihnen dabei.«

«Um Himmels willen, Alex!« Allmählich geriet Grace in Wut. »Du kannst mir wohl kaum vorwerfen, ich würde das englische Heer unterstützen.«

»Und wenn dieser Mann ein Spion ist? Schau nicht so verächtlich drein, das wäre durchaus möglich. Heutzutage darf man nicht einmal mehr seinen Verwandten trauen.«

Unwillkürlich schaute sie zu Maude hinüber. Aber die ältere Frau konzentrierte sich wie üblich auf ihr Frühstück, tauchte ein Stück Brot in ihren Haferbrei und schien die Diskussion gar nicht wahrzunehmen.

»Die Oberhäupter der Clans bekämpfen einander, und die Engländer schüren den Konflikt«, stieß Alex hervor. »Dauernd fließt Geld nach Norden in schottische Taschen und jagt alle Vernunft zum Teufel.«

»Gibst du unserem Engländer die Schuld daran?«, fragte Grace erbost. »Hatte er einen einzigen Penny bei sich, Maude?«

Maudes knochige Finger, die gerade ein Brötchen mit saurer Sahne bestrichen, hielten inne. »Keinen einzigen Penny. Ich habe seine schmutzigen Kleider verbrannt, aber vorher alle Taschen durchsuchte.«

»Da siehst du's!«, triumphierte Grace. Über den Rand ihres Zinnbechers hinweg starrte sie Alex an.

»Gar nichts sehe ich.« Nun nahm seine Stimme einen sanfteren Klang an. »Was ich für dich empfinde, weißt du, Grace.«

Nervös schaute sie wieder zu ihrer Schwägerin hinüber. In Maudes Anwesenheit wollte sie Alex' Gefühle oder seinen Heiratsantrag nicht erörtern. Aber Graces Sorge war unbegründet, denn Maude schien mit ihren Gedanken woanders zu sein. Erleichtert wandte sich Grace wieder Alex zu, der ihr einzureden versuchte, er wisse ganz genau, was am besten für sie wäre.

»Du solltest auf Lord MacDonald hören, Grace.«

Erstaunt musterte Grace ihre Schwägerin, die ihr diesen Rat erteilt hatte. »Lass dich nicht mit dem Reisenden ein. Für dich ist er nicht bestimmt.« Maudes leise, emotionslose Worte schienen in dem großen Speisezimmer widerzuhallen.

Einfach lächerlich, dachte Grace. Vielleicht hatten sich ihre Gedanken in verbotenen Bahnen bewegt. Aber sie war sich keiner Schuld bewusst. Entschlossen legte sie ihren Löffel auf den Teller und schaute Maude in die Augen. »Was willst du damit sagen! Ich nahm nur einen verletzten, verwirrten Mann auf. Auch du hast ihm geholfen.«

Maude schob ihren Stuhl zurück und stand auf. Unter dem karierten Schal, den sie um ihren Kopf geschlungen hatte, war ihr Gesicht fast verborgen. Aber Grace glaubte, Mitleid im Blick ihrer Schwägerin zu lesen. »Bald wirst du erkennen, was ich meine, Kindchen.«

Nachdem Maude den Raum verlassen hatte, starrte Grace die geschlossene Tür an, bis Alex sich räusperte. »Was wollte sie andeuten?«

»Das weiß ich nicht.«

»Wie kannst du bloß hier leben, allein mit dieser alten Frau? Das verstehe ich nicht. Und das sage ich nicht nur, weil ich dich überreden möchte, mich nach Edinburgh zu begleiten.«

»Sie vermisst ihren Bruder.«

»So wie du und ich. Aber …«

»Mach dir keine Sorgen, Alex. Im Moor beim Kräutersammeln wird sie alles vergessen.«

»Trotzdem, manchmal jagt sie mir Angst ein.«

Das Gelächter, das seinem Geständnis folgte, lockerte die gespannte Atmosphäre ein wenig. Grace nahm einen Schluck Milch und lächelte Alex an. »Inzwischen habe ich über unser gestriges Gespräch im Moor nachgedacht.« Als sich seine Miene erhellte, hätte sie ihre Worte am liebsten zurückgenommen. »Kommst du in der Sitzungspause des Parlaments nach Glenraven zurück?«

»Selbstverständlich – wenn es dein Wunsch ist.«

Weil sich ihre Lippen zu trocken anfühlten, um eine Antwort zu formen, nippte sie noch einmal an ihrem Becher. »Ja, das wünsche ich mir.«

»O Grace, du ahnst nicht, wie glücklich du mich machst!« Freudestrahlend griff er über den Tisch hinweg nach ihrer Hand. »Aber warum müssen wir warten? Begleite mich nach Edinburgh. Schon heute!«

»Nein, Alex. Bei deiner Rückkehr sprechen wir noch einmal über die Angelegenheit.«

»Das wird mich anspornen, meine Arbeit möglichst schnell zu beenden.« Er stand auf, eilte um den Tisch herum und kniete neben Grace nieder. »Wenn du mir dein Jawort gibst, wirst du's nicht bereuen.«

Schon jetzt bereute sie ihr halbes Zugeständnis. Oder stieg Angst in ihr auf? Sie wusste es nicht. Letzte Nacht hatte sie überlegt, was aus ihrem Leben geworden war, und der Gedanke, Alex zu heiraten, erschien ihr plötzlich nicht mehr so abwegig. Sie schätzte seine Freundschaft, fand ihn attraktiv und rücksichtsvoll, er brachte sie zum Lachen. Und er liebte sie. In der Dunkelheit hatte sie sich ausgemalt, er würde sie leidenschaftlich umarmen. Eine verlockende Vision …

Aber am helllichten Tag zögerte sie. Sie wollte Alex nur zu verstehen geben, sie würde seinen Antrag in Betracht ziehen. Doch sie hätte sich denken können, dass er sie bereits für seine Braut hielt.

»Wirst du den Engländer wegschicken? Hör mir zu, Grace!« Beschwörend umklammerte er ihre Hand. »Falls wir zu einem gewissen Einvernehmen gelangt sind, kann ich ihm nicht gestatten, hier zu bleiben.«

Da sie seinen eindringlichen Blick nicht länger ertrug, entriss sie ihm ihre Hand und stand auf.

»Gestern bist du im Moor einem völlig verwirrten Mann begegnet, der sich offenbar verlaufen hat. Von einer romantischen Anwandlung beeinflusst, hast du ihn in dein Haus gebracht. Das ist verständlich. Aber um Himmels willen, Gracie, er ist verrückt!«

»Keineswegs.«

»Und er weiß nicht einmal, wer er ist.«

»Was nicht ganz stimmt …«

Die Stimme des Fremden lenkte Graces Blick zur offenen Tür. Bevor er sich verneigte, schaute er in ihre Augen. Auf Alex achtete er nicht.

»Verzeihen Sie die Störung«, fuhr er fort, wirkte aber kein bisschen zerknirscht. »Ich dachte nur, ich sollte Ihnen mitteilen, dass meine Erinnerung zurückgekehrt ist.«

»Oh, das erleichtert mich maßlos«, fauchte Alex und setzte sich wieder auf seinen Stuhl.

»Das ist wundervoll«, bekräftigte Grace. Sie hätte sich darüber freuen müssen, doch ihr kam nur ein einziger Gedanke – jetzt wird er abreisen.

»Spannen Sie uns nicht länger auf die Folter!«, verlangte Alex. »Wer sind Sie?«

»Ja, das müssen Sie uns verraten. Aber nehmen Sie erst einmal Platz und frühstücken Sie mit uns.« Als der Mann zauderte, fügte Grace hinzu: »Bitte.«

Nach einer weiteren Verbeugung folgte er der Aufforderung.

Auch Grace setzte sich wieder. An diesem Morgen sah er besser aus – und viel attraktiver, obwohl er ein schlecht sitzendes Jackett trug, das vermutlich einem Dienstboten gehörte. Sie tat ihr Bestes, um ihn nicht anzustarren. »Was half Ihrem Gedächtnis auf die Sprünge?«

»Heute Morgen erwachte ich, und da wusste ich wieder, wer ich bin.«

»Wie praktisch«, bemerkte Alex.

Was störte ihn denn jetzt schon wieder? Er wollte doch, dass der Engländer aus ihrem Leben verschwand, und das würde geschehen. Um sein unhöfliches Benehmen zu überspielen, meinte Grace: »Vielleicht haben Sie nur etwas Ruhe gebraucht.«

»Sieht so aus.«

»Sicher fühlen Sie sich viel besser.«

»O ja. Nun muss ich einige Leute verständigen ...«

»Natürlich. Ihre Familie wird sich Sorgen machen. Und Ihre Frau ...« Beklemmend schien das Wort in der Luft zu hängen.

»Ich bin nicht verheiratet. Und ich habe auch keine Familie. Aber ich wurde vor einiger Zeit auf meinem Landsitz in Devon erwartet.«

»Nicht verheiratet ...« Brennend stieg ihr das Blut in die Wangen, und sie senkte hastig den Blick.

Falls Alex ihre Verwirrung bemerkte, schien er ein anderes Problem viel interessanter zu finden. »Devon liegt weit von Inverness entfernt. Haben Sie sich verirrt?«

Mit dieser herausfordernden Frage konnte er den Engländer nicht beeindrucken. Die dunklen Augen verengten sich, die tiefe Stimme klang hart und kalt. »Keineswegs.« Zu Grace gewandt, bat er in sanfterem Ton: »Würde einer Ihrer Dienstboten eine Nachricht nach Ashford Hall bringen?«

»Selbstverständlich, ich werde sofort ...«

Alex fiel ihr ins Wort. »Sagten Sie – Ashford Hall? Ist das Ihr Landsitz?«

»Ja, ich bin Lord Foxworth Morgan, Earl of Clayborne.«

»Der Earl of Clayborne? Sonderbar ...« Alex beugte sich vor. »Verraten Sie uns doch, was Sie nach Schottland geführt hat, Lord Morgan.«

»Dafür hatte ich meine Gründe.«

»Und die wollen Sie den Menschen verschweigen, die ihr Leben gerettet haben?«

»Alex!« Plötzlich verspürte Grace das Bedürfnis, ihn für immer aus Glenraven zu verbannen. »Warum Lord Morgan hierher gekommen ist, geht dich nichts an.«

»Doch – wenn es Schottland betrifft.«

»Ich kam aus rein persönlichen Gründen hierher«, versicherte Fox.

»Und diese Erklärung genügt uns.« Grace glaubte, damit wäre das Thema abgeschlossen. Aber sie täuschte sich. Alex sprang so abrupt auf, dass sein Stuhl umkippte.

»Nun werde ich abreisen, Grace.«

»Aber – du hast noch gar nicht richtig gefrühstückt ...« Sie holte tief Atem, dann beschloss sie, auf eine Diskussion zu verzichten. »Wie du meinst.«

»Ich lasse mein Pferd satteln.« Ohne ein weiteres Wort stürmte er aus dem Zimmer.

Als die Tür ins Schloss gefallen war, herrschte drückendes Schweigen. Grace war unbehaglich zumute, und sie überlegte, was sie sagen könnte. Aber es war der Engländer, der zu sprechen begann. »Vielleicht war ich taktlos. Die Animositäten sind keineswegs beendet. War Ihr Freund ein Anhänger des Prinzen?«

»Des Prinzen?«

»Keine Angst, Madam, ich bin nicht hier, um Verräter aufzuspüren. Und ich werde niemanden auf das Plaid oder die Kleidung Ihres Freundes hinweisen. Meine eigenen Wunden sind viel zu tief.«

»Tut mir Leid, Sir, ich habe keine Ahnung, wovon Sie reden.«

»Ich hätte das nicht erwähnen dürfen. Bitte, akzeptieren Sie meine Entschuldigung. An Ihrer Stelle würde ich nicht anders antworten. Ich wollte Sie nur beruhigen – Sie haben so viel für mich getan!«

»Wenn Sie nach dem Frühstück eine Nachricht abschicken wollen, werde ich einem Dienstboten Bescheid geben.«

»Danke, Sie sind sehr freundlich. Aber es ist wohl besser, wenn ich selber nach Ashford Hall reite – falls Sie mir ein Pferd leihen können. Anscheinend ist mein Hengst im Gewitter verloren gegangen, zusammen mit all meinen Habseligkeiten.«

»Gewiss, suchen Sie sich ein Pferd aus. Außerdem brauchen Sie Proviant. Und Kleider zum Wechseln. Übrigens, nachdem Sie Ihren Namen genannt haben, möchte ich mich ebenfalls vorstellen. Ich bin Grace MacCammon. Und mein Freund heißt Alexander MacDonald.« Trotz ihres inneren Aufruhrs bemühte sie sich, in ruhigem Ton zu sprechen. Eines Tages war er in ihr Leben getreten – am nächsten verließ er sie schon wieder. Und das ist gut so, dachte sie. Aber obwohl sie das wusste, fühlte sie sich unglücklich und verzweifelt. Warum? Wie lächerlich …

Eine knappe Stunde später saß sie vor ihrem Stickrahmen am Fenster des Salons. Statt sich mit ihrer Handarbeit zu beschäftigen, starrte sie aufs Moor hinaus. Als Alex eintrat, sprang sie erschrocken auf. »Mein Gott, wie siehst du denn aus?« Normalerweise legte er großen Wert auf seine äußere Erscheinung. Aber jetzt war sein Haar zerzaust, sein Gesicht glänzte vor Schweiß, und er verströmte einen starken Pferdegeruch. »Was machst du hier? Ich dachte, du wärst abgereist.«

»Nur um Erkundigungen einzuholen. Jetzt kann ich mich nicht für mein derangiertes Aussehen entschuldigen, Grace. Dazu fehlt mir die Zeit. Wo ist er?«

»Wer? Setz dich doch, bevor du zusammenbrichst.«

»Unsinn, es geht mir gut.« Er trat ans Fenster. »Ist er noch immer hier?«

»Falls du Lord Morgan meinst – nein. Und um dich ausdrücklich darauf hinzuweisen – von alldem will ich nichts mehr hören, Alex. Das meine ich ernst.«

»Der Himmel stehe uns bei … Wir müssen Lord Morgan höflich behandeln, obwohl er nicht der Mann ist, für den er sich ausgibt.«

»Was soll das heißen?«

»Er hat uns belogen.«

Seufzend verdrehte sie die Augen. »Ich weiß, du magst ihn nicht, weil er ein Engländer ist und weil ich ihm nach unserem Streit im Moor begegnet bin …«

»Glaubst du das wirklich? Dass ich ihn nur *deshalb* einen Lügner nenne? Hältst du mich für so oberflächlich?«

»Nein.« Sie ging zum Kamin, in dem ein schwaches Torffeuer brannte, das den Raum langsam erwärmte. »Das wollte ich damit nicht sagen – es ist nur …«

»Im englischen Parlament gilt Lord Morgan als einer der unversöhnlichsten Feinde Schottlands. Er zählte zu jenen Ratgebern, die Königin Anne bedrängten, das Unionsgesetz nicht zu unterzeichnen.«

»Aber …« Verwirrt hob Grace die Brauen. »So etwas traue ich ihm nicht zu.«

»Außerdem kämpfte er mit aller Macht gegen das Darien-Projekt. Und sein Einfluss ist beträchtlich.«

»Und warum kam er dann hierher?«

»Eine interessante Frage. Und jetzt muss ich dir eine andere stellen. Was meinst du, wie alt der Engländer ist?«

»Darüber habe ich noch nicht nachgedacht.«

»Dann überleg es dir *jetzt*.«

»Vielleicht dreißig – oder fünfunddreißig«, verbesserte sie sich, als sie sich an die winzigen Fältchen in Lord Morgans Augenwinkeln erinnerte. »Warum findest du das so wichtig?«

»Weil der richtige Lord Morgan fast fünfzig ist, Grace.«

5

»Lord Foxworth Morgan, Earl of Clayborne – Lord Foxworth Morgan, Earl of Clayborne ...« Immer wieder sprach Fox seinen Namen aus, achtete auf den Tonfall und prägte sich ein, wie er seine Zunge und die Lippen bewegte. Das alles wollte er nie wieder vergessen.

Nach der Rückkehr seines Gedächtnisses gestand er sich ein, welch schreckliche Angst ihn gequält hatte. Wie unheimlich es gewesen war, sein Spiegelbild zu betrachten und nicht zu wissen, zu wem es gehörte.

»Lord Foxworth Morgan, Earl of Clayborne«, wiederholte er »So heiße ich. Und jetzt werde ich zu meinem Landsitz Ashford Hall reiten.«

Viel lieber würde er sein Londoner Haus aufsuchen und die vertraute Umgebung genießen. Seit seiner Kindheit hatte er nicht mehr in Ashford Hall gewohnt. Damit verbanden sich nur unangenehme Erinnerungen. Am St. James's Square kannte ihn jeder – die Köchin, der Butler, die Stubenmädchen. Von seinen Bekannten in den Clubs und Kate ganz zu schweigen ... Wie wundervoll wäre es, mit seinem Namen angesprochen zu werden – mit »Lord Morgan« oder »Fox« und in ein freundlich lächelndes Gesicht zu schauen ....

Mit schnellen Schritten durchquerte er den Raum und spähte wieder in den Spiegel. Die Züge, die er seit fünfunddreißig

Jahren kannte, blickten ihm entgegen. Unwillkürlich lächelte er.

Als es klopfte, erlosch das Lächeln, und er griff nach dem altmodischen Jackett, das über einer Sessellehne hing. Noch bevor er hineinschlüpfen konnte, flog die Tür auf. Der Anblick des abgewiesenen Verehrers überraschte ihn nicht.

»Warum zum Teufel rühren Sie sich nicht? Wie lange sollte ich denn noch anklopfen?«

»Alberne Fragen pflege ich nicht zu beantworten«, erwiderte Fox frostig.

»Natürlich nicht, Sie sind ja der hochwohlgeborene Earl of Clayborne!«

In diesem Moment eilte Grace herein – außer Atem, die Wangen erhitzt. Das Häubchen saß schief auf den roten Locken.

»Oh, Sie sind noch da …« Nach einem kurzen Blick auf Alex fügte sie hinzu: »Ich dachte, Sie wären schon in den Stall gegangen.«

»Gerade wollte ich aufbrechen und mich vorher noch einmal bei Ihnen bedanken.« Fox verneigte sich und war froh, weil er letzte Nacht seinem plötzlichen Impuls nicht gefolgt war. Zweifellos hätte er die schöne junge Witwe verführen können. In den frühen Morgenstunden, nur mit einem Nachthemd und einem Schal bekleidet, war sie so verletzlich gewesen. Aber Grace MacCammon verdiente etwas Besseres als ein schnelles Abenteuer unter der Bettdecke. Und er brauchte keine weiteren Erinnerungen an Aktivitäten, die er bereuen müsste.

Als sie ihn anlächelte, mit strahlenden grünen Augen, zögerte er. Genauso gut könnte er am nächsten Morgen abreisen, oder in einer Woche. Doch dann zerstörte die Stimme des Verehrers die verlockenden Illusionen. »Ehe Sie eine Erklärung abgegeben haben, werden Sie nirgendwohin gehen.«

»Was soll ich denn erklären?« Fox beobachtete, wie die Brust des Mannes anschwoll. Kein gutes Zeichen. Worin immer das Problem liegen mochte – diese Konfrontation wollte er nicht fortsetzen. Nicht in Graces Anwesenheit. »Ich dachte, ich hätte schon alles erläutert.«

»Meinen Sie Ihre Lügen?«

»Bitte, Alex«, flehte Grace, »sicher lässt sich das Missverständnis ausräumen.«

»Was deuten Sie an, MacDonald?«, fragte Fox unngenehm berührt.

»Gar nichts deute ich an – ich stelle Tatsachen fest. Der Earl of Clayborne ist fast fünfzig Jahre alt. Und Sie sind höchstens fünfunddreißig.«

»Ein paar Tage älter.«

»Aber keine fünfzig.«

»Nein.« Fox wandte sich zu den Satteltaschen, die ein Dienstbote für ihn gepackt hatte. Sicher war es am besten, sofort abzureisen. »Trotzdem bin ich der Earl of Clayborne. Vor kurzem ist mein Bruder gestorben.«

»Und Sie haben ihn beerbt?«

»Allerdings. Wenn Sie mich jetzt entschuldigen …«

»Falls Sie der Erbe sind, müssen Sie zweiundzwanzig sein – und ein berüchtigter Lebemann.«

»Der bin ich vielleicht. Aber offensichtlich keine zweiundzwanzig.«

»Dann sind Sie weder Thomas Morgan noch sein Sohn James.«

»Nein, sondern Foxworth Morgan, wie ich Ihnen bereits mitgeteilt habe.« Fox schüttelte den Kopf. Wie begriffsstutzig waren diese Schotten? Die eigenartige Kleidung und das politische Unverständnis kannte er bereits. Aber was Alex MacDonald ihm zumutete, überschritt die Grenzen des Erträglichen. »Thomas Morgan war mein Großvater und James, der berüchtigte Lebemann, mein Vater.«

»Habe ich's nicht gesagt, Alex?« Grace hängte sich bei ihrem Freund ein. »Natürlich gibt es eine einleuchtende Erklärung ...« Plötzlich verdunkelten sich die grünen Augen. »Aber Ihr Vater kann nicht zweiundzwanzig sein, Sir.«

»Wohl kaum. Er ist tot.«

»Oh – ich verstehe ...«

»Was verstehst du?« Alex entzog ihr seinen Arm. »Merkst du es nicht? Jedes Wort, das über die Lippen dieses Mannes kommt, ist eine Lüge. Der echte Earl of Clayborne hält sich derzeit in Edinburgh auf, als Repräsentant der Königin. Also muss dein Gast ein Betrüger sein.«

Verwirrt schaute sie von einem zum anderen, und Fox fragte sich, wie er sie beruhigen sollte. Aber er konnte nur wiederholen, was er bereits gesagt hatte. Dann würde dieses Gespräch eine halbe Ewigkeit dauern. Und wenn er dem verdammten MacDonald noch länger zuhörte, würde er womöglich an seinem eigenen Gedächtnis zweifeln ...

Nein, er wusste, wer er war. An jede Einzelheit erinnerte er sich. Klar und deutlich. An seine Schwester Zoe und ihren Ehemann, den schottischen Renegaten, die Schlacht von Culloden, den Iren Padraic Rafferty ...

Padraic Rafferty. Er schluckte und wandte sich zu Grace MacCammons Bewunderer. Alexander MacDonald hieß er. Das Gesicht von mühsam beherrschtem Zorn gerötet, stand er da. Ansonsten gab es nichts an seiner äußeren Erscheinung auszusetzen, von den unmodisch langen Haaren und dem formlosen Jackett abgesehen. Fox war sich sicher, dass er den Mann am Vortag zum ersten Mal getroffen hatte. Trotzdem kam er ihm irgendwie bekannt vor. Seltsam …

Ehe er darüber nachdenken konnte, zog Alex sein Schwert. »Was soll der Unfug, Alex?«, rief Grace entsetzt. »Steck sofort die Waffe weg!«

»Halt dich da raus, Grace! Das ist Männersache! Wenn dieser Lügner nicht augenblicklich verschwindet, steche ich ihn nieder!«

»Das wirst du nicht tun.« Entschlossen trat sie zwischen Alex und Fox. »So etwas dulde ich nicht auf Glenraven. Lord Morgan ist mein Gast.«

Am liebsten hätte Fox sie geküsst. Plötzlich glaubte er zu wissen, wie sie sich in seinen Armen anfühlen, wie ihre Haut duften, wie ihre Mund schmecken würde …

Unsinn, das konnte er nicht einmal ahnen. Und er wollte ihr keine weiteren Schwierigkeiten bereiten. Deshalb durfte er nicht hier bleiben, mochte ihm der Abschied auch noch so schwer fallen.

Und so ging er an ihr vorbei. Verächtlich musterte er das Schwert ihres Verehrers. »Bemühen Sie sich nicht, ich werde dieses Haus unverzüglich verlassen.«

Während sie sich herausfordernd anstarrten, schienen Stunden zu verstreichen. Aber es waren nur Sekunden. Schließlich blinzelte Alex und senkte das Schwert.

Fox hörte einen Seufzer abgrundtiefer Erleichterung und dachte zunächst, er hätte ihn selbst hervorgestoßen. Dann wandte er sich zu Grace, die eine Hand auf ihr Herz presste und leise stöhnte. Ohne ein weiteres Wort ergriff er die Satteltaschen und eilte aus dem Zimmer.

»Bist du mir böse?«

»Darüber will ich nicht reden, Alex. Nicht jetzt.«

»Wann denn sonst? In einer Stunde reite ich los«, kündige er an, zog die Vorhänge des bleiverglasten Salonfensters auseinander und drehte sich zu Grace um, die vor ihrem Stickrahmen saß. Hin und wieder glitt die Nadel durch den Stoff.

Offensichtlich war Grace mit ihren Gedanken woanders.

»Verdammt, seit Stunden sollte ich in Inverness sein!«

»Warum brichst du dann nicht auf, Alex?« Die Frage klang schärfer als beabsichtigt. Etwas sanfter fuhr sie fort: »Du glaubst, ich würde dir die unerfreuliche Szene im Zimmer des Engländers übel nehmen. Aber das stimmt nicht – ich bin nur …« Bedrückt schüttelte sie den Kopf. »Ich möchte einfach nicht darüber sprechen.«

»Hoffentlich hast du inzwischen erkannt, dass er nicht der Mann ist, für den er sich ausgibt.«

Wenn sie es *nicht* wusste, lag es keineswegs an mangelnden Informationen vonseiten ihres Freundes. Resignierend nickte sie.

»Zum Glück sind wir ihm rechtzeitig auf die Schliche gekommen. Weiß der Himmel, welche Geheimnisse er uns ansonsten entlockt hätte!«

»Ja, Alex. Sicher wollte er uns nachspionieren.«

»Jetzt verspottest du mich. Nach meiner Ansicht gibt es nur diese Erklärung für die Art und Weise, wie er aus dem Nichts aufgetaucht ist. Aus welchem anderen Grund sollte er hierher kommen?«

Um mich in Versuchung zu führen … Hastig verdrängte sie diesen Gedanken. »Du missverstehst mich, Alex. Selbstverständlich stimme ich dir zu. Aber müssen wir dieses Thema bis in alle Ewigkeit erörtern?«

Alex eilte zu Grace, lächelte warmherzig und ergriff ihre Hand. »Nein – wenn es dir so unangenehm ist …«

»O Alex …« Warum hatte sie ihn daran gehindert, den Engländer noch länger zu verunglimpfen? Zweifellos würde sie solche Anklagen lieber hören als einen weiteren Heiratsantrag.

»Keine Angst, ich werde nicht erneut beteuern, ich könnte ohne dich nicht leben – oder wie schmerzlich ich dich vermissen werde!« Er unterbrach sich und schien auf eine ermutigende Antwort zu warten. Zu seinem Leidwesen schwieg sie. Enttäuscht zog er sich zurück. »Jetzt muss ich mich wirklich verabschieden.«

Und so blieb sie mehr oder weniger allein auf Glenraven zurück. Genau das hatte sie gewollt. Zumindest redete sie sich das ein, während die Tage verstrichen. Maude zog ihre eigene Gesellschaft vor. Darüber ärgerte sich Grace. Aber die alte Frau würde sich wohl nicht mehr ändern. Ihrem Bruder war es gelungen, sie ins Familienleben einzubeziehen. Seit Dugalds Tod zog sie sich immer mehr in ihre eigene Welt zurück. Den kurzen Besuch des Engländers hatte sie offenbar schon als Belästigung empfunden.

Der Engländer … Trotz allem, was Alex behauptete, hielt Grace ihn für Lord Foxworth Morgan. Sonderbar, wie oft sie an ihn dachte … »Das grenzt beinahe an Besessenheit«, flüsterte sie und vollendete das gestickte Blütenblatt einer perfekt geformten rosaroten Rose. Schließlich lehnte sie sich zurück, inspizierte ihre Handarbeit und seufzte. Wie viele Blumen hatte sie schon mit Nadel und Faden geschaffen? Dafür besaß sie ein Talent. Das wurde ihr immer wieder versichert. Und sie hatte stets Freude an ihren Fähigkeiten empfunden. Jetzt plötzlich nicht mehr.

So schön die Rose auch aussah – sie erschien ihr leblos.

Grace schaute sich im Zimmer um. An den Wänden hingen die Stickereien, die sie im Laufe der Jahre angefertigt hatte. Alle wunderschön – und doch …

Sie stand auf und begann umherzuwandern. Den Kopf schief gelegt, betrachtete sie die Engel über dem Kaminsims, dann das MacCammon-Wappen über dem Schreibtisch. Eine Schlachtszene, in der Robert the Bruce die Hauptrolle spielte, nahm fast eine ganze Wand ein. An der Westwand prangten kleinere Stickbilder – Blumen und Früchte aus verschiedenen Jahreszeiten. Diese Serie beendete sie gerade – Sommerrosen.

Plötzlich fehlte ihr die gewohnte Begeisterung für ihre Werke. Mochten die Stickbilder auch eine Augenweide sein – sie wirkten gefühllos. Kunstvoll waren die Arbeiten, farbenfroh, ästhetisch. Auf den ersten Blick gab es nichts auszusetzen. Aber auf den zweiten vermisste man eine besondere Ausstrahlung.

Nach einer Weile setzte sich Grace wieder hinter den Stickrahmen und entfernte die Stiche der Rose, die sie soeben vollendet hatte. Eifrig begann sie wieder zu arbeiten, und diesmal folgte sie keinem besonderen Schema. Kein Robert the Bruce, um den Dugald sie gebeten hatte, kein Familienwappen, nur aus Pflichtbewusstsein gestaltet. Jetzt überließ sie sich einfach einer Eingebung. Ein Dienstmädchen brachte ihr ein Teetablett, das sie kaum anrührte, und entzündete Kerzen, die sie nicht brauchte.

Wie viele Stunden vergingen, bevor sie aus ihrer eigenartigen Trance erwachte, wusste sie nicht. Inzwischen verdunkelte die Dämmerung die Aussicht auf das Moor durch die östlichen Fenster.

Doch das spielte keine Rolle. Das öde, vom Wind beherrschte Moor vor ihr auf der gespannten Leinwand war voller Leben, mit seiner ganzen melancholischen Sehnsucht. Noch nicht fertig gestellt, aber deutlich erkennbar, meinte sie den Adlerfarn unter den Füßen spüren und den Duft des Heidekrauts riechen zu können.

Und jene melancholische Sehnsucht die sie auf die Leinwand gebannt hatte, stieg auch in ihr auf.

In dieser Nacht und in der nächsten gönnte sie sich nur wenig Schlaf. Sie arbeitete nicht die ganze Zeit an ihrer Stickerei. Manchmal starrte sie aus dem Fenster und prägte sich das wechselnde Licht über dem Moor ein, während die Sonne am Himmel emporstieg oder unterging. Aber meistens stickte sie. Obwohl ihr Rücken schmerzte, gönnte sie sich keine Ruhe.

Am Abend des dritten Tages konnten die überanstrengten Finger ihrer rechten Hand den Henkel der Teetasse nicht mehr umfassen, und ihre Augen brannten. Deshalb zog sie sich schon frühzeitig in ihr Zimmer zurück. Kurz danach klopfte es an der Tür. Bei Maudes Anblick war Grace nicht überrascht. »Das wird dir helfen, einzuschlafen.«

»Woher wusstest du, dass ich eine Arznei brauche?« Grace öffnete die Tür etwas weiter und bedeutete ihrer Schwägerin, einzutreten. Aber die alte Frau blieb im Flur stehen. Die Kerze in ihrer Hand warf gespenstische Schatten auf das faltige, vom karierten Schal halb verdeckte Gesicht.

Statt die Frage zu beantworten, erwähnte Maude die neue Stickerei. »Wo soll sie hängen? Besonders hübsch sieht sie nicht aus.«

»Darüber habe ich noch nicht nachgedacht.« Grace nahm die Schüssel entgegen, die Maude ihr reichte. »Vielleicht in meinem Schlafzimmer. Meinst du nicht, das Bild würde an der Wand da drüben gut zur Geltung kommen?«

Die alte Frau zuckte nur die Schultern. Ohne ein weiteres

Wort ging sie davon. Nachdem Grace die Arznei getrunken hatte, die abscheulich schmeckte, sank sie ins Bett. Sie schaute sich im Zimmer um und überlegte, wo sie das neue Bild aufhängen würde. Warum gefiel es ihrer Schwägerin nicht? Obwohl sie versuchte, noch eine Weile wach zu bleiben, wurde sie schon bald von einem tiefen, traumlosen Schlaf überwältigt.

Was sie geweckt hatte, wusste sie nicht. Es war noch dunkel, als sie die Vorhänge beiseite schob und aus dem Fenster schaute. Trotzdem spritzte sie Wasser in ihr Gesicht, um die Nebel des Schlummers aus ihrem Gehirn zu verscheuchen. Bevor sie sich ankleidete, läutete sie nicht wie üblich nach ihrer Zofe. Sie machte ein paar Fingerübungen und verließ ihr Zimmer.

Eigentlich hatte sie vorgehabt, wieder zu sticken, stattdessen eilte sie zum Stall. Im Licht einer Laterne sattelte sie ihre Stute und ritt ins Moor, während sich der östliche Horizont rosa färbte. Ihr langes Haar flatterte im Wind, kühle Morgenluft füllte ihre Lungen. Mit weit ausholenden Schritten sprengte das Pferd durch die Nebel über dem Torf. Nachdem Grace die letzten Tage in ihren vier Wänden verbracht hatte, wurde sie von neuer Lebenslust erfüllt. Das Moor hatte nach ihr gerufen. Und sie antwortete mit offenem Herzen. So weit das Auge reichte, erstreckte sich die öde Wildnis. Nur menschenleere Stille.

Bis sie ihn entdeckte.

Wer er war, fragte sie sich nicht. Ebenso wenig, wie sie überlegte, warum sie um diese frühe Stunde ausritt. Reglos stand er da und betrachtete die Landschaft, ein einsamer Wachtposten. Der Wind zerzauste sein dunkles Haar.

Als sie zu ihm galoppierte, wusste sie, dass er die Hufschläge hörte. Doch er drehte sich nicht um. Sie schwang sich aus dem Sattel und ließ die ledernen Zügel zwischen den Fingern hindurchgleiten. Und dann trat sie an seine Seite.

Er warf ihr nur einen kurzen Blick zu, bevor er nach Nordosten zeigte. »Hinter diesem Hügel kamen wir hervor und griffen sie an. Wir waren in der Überzahl. Vom Bruder des Königs kommandiert.« Fox presste seine Lippen zusammen. »Welch ein grausamer Bastard! Das hatte ich längst geahnt. Aber an jenem Tag schwanden meine letzten Zweifel. Bei der Rückkehr nach England wurde William wie ein Held gefeiert und auf zahllosen Empfängen geehrt. Vor Einladungen konnte er sich kaum retten. Die Londoner Gesellschaft riss sich geradezu um den Duke of Cumberland.«

Nach einer kleinen Pause fuhr er fort: »Auch ich wurde eingeladen. Die Leute dachten, ich würde wegen meiner Verletzung daheim bleiben. Das stimmte nicht. Um die Wahrheit zu gestehen: Ich fürchtete die Öffentlichkeit – und das, was ich sagen würde, wenn man meinen Heldenmut pries. Und so bat ich meine Schwester Zoe, mich nach Ashford Hall zu begleiten. Bedauerlicherweise lehnte sie mein Ansinnen ab und schützte eine Unpässlichkeit vor. Den Gedanken, meinen Landsitz allein aufzusuchen, ertrug ich nicht. Und so quartierte ich mich in einem Gasthof südlich von Lanchester ein.« Der Wind wehte sein zynisches Lachen zur Bucht hinüber. »Offenbar glaubte der Gastwirt, ich wäre verrückt. Vielleicht war ich es ...« Jetzt schaute er Grace wieder an. »Aber ich schweife vom Thema ab. Ich wollte die Schlacht schildern.« Den Kopf seitwärts geneigt, schien er immer noch den Lärm der Artillerie zu hören, das schmerzliche Geschrei der Sterbenden.

Grace lauschte ebenfalls. Doch sie vernahm nur das Tosen des Windes.

»Die Bajonette gezückt, Mordlust in den Augen, von wilder

Rachsucht getrieben, stürmten wir über das Moor. Der Prinz und seine glücklosen Anhänger waren gefährlich nahe an London herangekommen. In ihrer Panik schlossen die Kaufleute ihre Läden. Bei Gott – den Handel durfte man nicht stören, das hätte allen britischen Traditionen widersprochen. Und so fielen wir über die Schotten her und vergossen ihr Blut. Gegen uns hatten sie keine Chance, Ihre törichten Landsleute, Madam. Nicht gegen das Heer des Königs und jene Schotten, die dem Prinzen nicht folgten. Ich tat mein Bestes …« An seinen dichten, dunklen Wimpern glitzerten Tränen. »Weiß Gott – ich wollte das Massaker verhindern. Doch der Befehl war unmissverständlich – alle Überlebenden mussten niedergemetzelt werden.«

Gequält schloss er die Augen, und Grace ergriff seine Hand, die er ihr schon nach wenigen Sekunden entzog.

»Nein, rühren Sie mich nicht an. Wovon ich rede, ahnen Sie nicht einmal. Nirgends würde ich eine Menschenseele finden, die das Rätsel lösen könnte.« Fox holte tief Atem und hob die Lider. »Als hätte die Schlacht niemals stattgefunden.«

»Was Sie meinen, weiß ich wirklich nicht.« Grace trat etwas näher zu ihm. »In diesem Moor wurde nicht gekämpft. Zumindest habe ich nichts dergleichen gehört. Trotzdem spüre ich, was Sie empfinden, Sir.« Sie hob seine Hand und legte sie auf ihr Herz. »Da drin. Ihr Leid erscheint mir wie mein eigenes.«

Forschend schaute er sie an. »Nachdem ich Glenraven verlassen hatte, beschloss ich, nach Fort George zu reiten. Dort war ich nach meiner Rückkehr in den Kriegsdienst stationiert, vor ein paar Jahren. Ich dachte, ich würde immer noch einige meiner Offizierskameraden antreffen – jemanden, der mir Geld und Kleider leihen würde, irgendetwas, das mir helfen würde, mich etwas besser zu fühlen. Doch die Straße nach Süden war nur mehr ein Reitweg. Im Fort kannte ich niemanden. Und kein einziger Soldat hatte von mir gehört. Dann ritt ich nach Inverness.«

Was dort geschehen war, fragte sie nicht. Zu deutlich verriet seine Miene, wie sehr ihn jenes Erlebnis immer noch verwirrte.

»Schließlich überlegte ich, ob ich nach Glenraven zurückkehren sollte.«

»Hätten Sie es nur getan …«

Seufzend schüttelte er den Kopf. »Ich ritt nach Süden und wollte die schottische Grenze überqueren.«

»Aber Sie haben sich anders besonnen.«

Fox befreite seine Hand von der ihren. »In einer der Grenzstädte unterbrach ich die Reise, um zu essen. Und da hörte ich den Constable reden.«

»Was hat er gesagt?« Graces Atem stockte. In der Luft lag eine unheimliche Atmosphäre – ein Knistern, das wichtige Ereignisse ankündigte.

»Er sprach von England. Von der Königin.«

»Und weiter?«

»So genau erinnere ich mich nicht.«

»Sonderbar – obwohl seither nur wenige Tage verstrichen sind …«

»Grace, er erwähnte die Königin, als würde sie noch leben.«

»Natürlich lebt sie.«

Verwundert runzelte er die Stirn. »Ich meine Königin Anne – Anne Stuart.«

»Gewiss – ich rede von derselben Königin.«

»Unmöglich!« Ein Rabe flog über ihre Köpfe hinweg, und Fox zuckte zusammen. »England und Schottland. Großbritannien, von König George II. regiert. Schon jahrelang …« Er suchte in seinem Gedächtnis nach historischen Daten. »Seit 1714. In jenem Jahr starb sie. Keines ihrer Kinder überlebte sie. Und so ging die Krone an den Kurfürsten von Hannover. Sein Sohn …«

»Schweigen Sie!« Die Hände auf die Ohren gepresst, fiel Grace auf die Knie. »Sagen Sie nichts mehr! Das halte ich nicht aus!«

»*Sie* halten es nicht aus?« Auch Fox kniete nieder und zog ihre Hände von den Ohren weg. Beinahe berührten sich ihre Gesichter. »Dies alles widerfährt *mir* – dem Mann, von dem Ihr Freund behauptet, er würde nicht existieren. So viele unbegreifliche Ereignisse … Warum finde ich die Straßen nicht, die ich früher kannte?«

»Das weiß ich nicht.« Über Graces Wangen strömten Tränen – aber nicht, weil er ihre Finger so fest und schmerzhaft umklammerte. »Das schwöre ich.«

Da ließ er ihre Hände los und wischte behutsam eine Träne aus ihrem Gesicht. »Weinen Sie nicht, Gracie, Sie haben Ihre fünf Sinne beisammen. Nur ich verliere den Verstand.«

»O nein!«

»Eine andere Erklärung würde ich vorziehen.« Eindringlich schaute er in ihre tränenfeuchten Augen. »Welch eine Ironie … Zum ersten Mal in meinem Leben wünschte ich mir inbrünstig, mein Geist wäre *nicht* gestört.« Er streichelte ihre roten Locken, dann neigte er den Kopf zu ihr, und sein Atem mischte sich mit ihrem. Als er sie küsste, glaubte sie zu vergehen. Hingebungsvoll schmiegte sie sich an ihn. Sie hatte das Gefühl, weit, weit weg gewesen und soeben heimgekehrt.

Wie albern … Nicht *sie* war eine arme, verirrte Seele. Aber sie könnte sich so leicht verlieren. So leicht … Sie schlang ihre

Arme um seine Taille, hielt ihn fest, wollte ihn nie wieder loslassen.

Bedauerlicherweise hatte sie keine Wahl. Er rückte ein wenig von ihr ab und legte seine Stirn an ihre. »Das hätte ich nicht tun dürfen. Bitte, verzeih mir.«

Grace lächelte. Und dann begann sie zu lachen. Sie konnte einfach nicht aufhören. Sicher wäre seine Entschuldigung wirksamer gewesen, hätten sie nicht voreinander gekniet, Brust an Brust. Offenbar erkannte auch Fox die Komik der Situation, denn er stimmte in ihr Gelächter ein.

»Komm mit mir nach Glenraven.«

»Möchtest du einen Verrückten bei dir aufnehmen, Gracie?«

»Unsinn, du bist nicht verrückt. Für das alles muss es eine Erklärung geben. Die werden wir finden.«

»Und dein eifersüchtiger Verehrer?«

»Alex?« Keinen Gedanken würde sie an ihn verschwenden! »Er ist abgereist. Nach Edinburgh.«

»Grace …«

»Wohin willst du denn sonst gehen? Du kannst nicht bis in alle Ewigkeit umherreiten.«

»Denk doch nach, Grace – du lädst einen Mann ein, der dich heiß begehrt, der sich nichts sehnlicher wünscht, als bei dir zu bleiben …«

»Lord Morgan, ich lade dich nicht in mein Bett ein – nur in mein Haus. Außerdem wird eine Anstandsdame auf uns aufpassen. Oder hast du Maude vergessen?«

»Wie könnte ich!«, erwiderte er grinsend.

Im hellen Tageslicht, von einer milden Frühlingsbrise umweht, trafen sie auf Glenraven ein. Nur weil Fox keinen anderen Ausweg sah, war er Grace gefolgt. Und so ritt er an ihrer Seite die Zufahrt hinauf.

Zum ersten Mal betrachtete er das Schloss. Zwischen jahrhundertealten Türmen sah er Anbauten aus neuerer Zeit. Die Mauern befanden sich in schlechtem Zustand, einige Türme drohten zu zerbröckeln. Trotzdem strahlte Glenraven, das am Rand des Drummoissie Moors hoch emporragte, majestätischen Glanz aus. Warum war ihm das Schloss bei seinen früheren Aufenthalten in Schottland niemals aufgefallen? Vielleicht verschloss der Krieg die Augen eines Mannes vor der Schönheit.

Sein Blick wanderte zu Grace hinüber. Im Laufe der Jahre war er oft in Schottland gewesen. Warum hatten sich ihre Wege nie gekreuzt? Gewiss, sie ist jünger als ich, dachte er. Aber nicht allzu viele Jahre. Bei seinem letzten Besuch in diesem Land musste sie verheiratet gewesen sein. Doch das hätte ihn nicht daran gehindert, ihren Zauber zu bemerken.

Letzten Endes konnte er nur den Kopf schütteln. So vieles ergab keinen Sinn.

Zu seiner Erleichterung kam ihnen in der Halle niemand entgegen. Er wollte erst einmal mit sich allein sein, um nachzudenken. Grace hatte Recht. Für seinen sonderbaren Geisteszustand musste es eine logische Erklärung geben – hoffentlich eine Erklärung, die er akzeptabler finden würde als die Vorstellung, dem Wahnsinn zu verfallen.

Offenbar wollte Grace ihm die Zeit lassen, die er brauchte. Dafür war er dankbar. Sie knickste und zeigte auf das Zimmer, das er schon einmal bewohnt hatte. »Wann immer du willst, kannst du frühstücken. Ich werde die Köchin bitten, ein Tablett in dein Zimmer zu schicken.«

»Danke, Grace.«

Am Fuß der Treppe blieb sie stehen, ihre Hand, klein und bleich, auf der steinernen Balustrade. Ihr Lächeln bewegte sein

Herz und schien eine Erinnerung zu wecken – nein, ein Gefühl, so schwach und flüchtig, dass er es nicht zu deuten vermochte. Und er glaubte immer noch, den Duft des Heidekrauts wahrzunehmen. Verwundert schaute er sich um und erwartete, Vasen zu sehen, mit violetten Blüten gefüllt. Doch er entdeckte keine einzige.

Wie ein romantisches Mädchen wurde er von Emotionen beherrscht. Stattdessen brauchte er seinen klaren Verstand. Energisch verdrängte er die Magie, die seine Sinne zu betören drohte. Nun musste er endlich die alles entscheidende Frage stellen. Kurz vor seiner Abreise aus Glenraven hatte er eine Nachricht nach Ashford Hall geschickt. Seit jenem Tag war er durch die Gegend gestreift und hatte die Zeit vergessen.

Als Grace den Treppenabsatz im Oberstock erreichte, rief er: »Bitte, warte einen Augenblick! Würdest du mir das heutige Datum nennen?«

»Ja, der 20. April im Jahr des Herrn 1705.«

Er schaute ihr nach, bis sie hinter einer Ecke verschwand. Also waren nur drei Tage verstrichen, seit er das Personal von Ashford Hall verständigt hatte. Und nun sollte er ... Plötzlich hielt er den Atem an, wie vom Donner gerührt. Was hatte sie gesagt? 1705? Nein, er musste sich verhört haben. Jetzt schrieb man das Jahr 1749. Vierundvierzig Jahr später.

O Gott, was ...

Der Schrei, *ihr* Schrei, verbannte sogar diese beklemmende Frage aus seinem Gehirn. Entsetzt stürmte er die Treppe hinauf.

6

Fox rannte in Graces Zimmer und sah ihr schreckensbleiches Gesicht. Nach einem kurzen Blick aufs Bett umfasste er ihre Schultern. »Mein Gott, bist du verletzt?« Besorgt strich er die roten Ringellocken aus ihrer Stirn.

»Nein …« Doch sie konnte nicht zu zittern aufhören, obwohl sie entschlossen die Fäuste ballte. »Wie albern von mir zu schreien – es ist nur ….«

Die restlichen Worte erstickten an seinem Jackett, als er sie in die Arme nahm. Zärtlich streichelte er ihren Rücken, bis ihr Zittern verebbte, bis sie etwas ruhiger atmete.

Nur widerstrebend befreite sie sich aus der Umarmung und versuchte zu lächeln. »Jetzt fühle ich mich wie eine Närrin. Aber als ich hereinkam und sah …«

»… und dich fragen musstest, was geschehen wäre, wenn du im Bett gelegen hättest …«

»Ja, dieser Gedanke jagte mir Angst ein«, gestand sie und lachte verlegen. »Dieses Ding hätte längst verschwinden müssen.«

Besänftigend tätschelte er ihre Hand. Dann ging er langsam zu dem Wrack, das von ihrem Bett übrig geblieben war. Inmitten von zertrümmertem Holz, zerfetzten Laken und Daunenfedern lag ein großer, verbogener eiserner Lüster.

»Das Ungetüm wurde nie benutzt«, erklärte Grace. »Zumindest nicht, während ich hier wohnte. Aber der Lüster gefiel mir, weil er so barbarisch wirkte, und ich malte mir aus, die Druiden würden ihn um Mitternacht über lodernden Flammen schwenken. Solche fantasievollen Visionen passen gar nicht zu mir … Aber irgendetwas an diesem Lüster schien meine Seele zu rufen.« Seufzend schüttelte sie den Kopf. »Ein eisernes Gebilde kann natürlich nicht sprechen. Und trotzdem …«

»Grace!«

»Ja?« Sie blickte auf und war dankbar, weil er ihr verworrenes Gerede unterbrach. Was war bloß in sie gefahren? Vielleicht zerrte der Gedanke an die tödliche Gefahr, der sie nur knapp entronnen war, an ihren Nerven. Hätte sie an diesem Morgen länger geschlafen …

»Ich glaube, es war kein Unfall.«

»Doch, sicher.« Grace zeigte zur Zimmerdecke hinauf. »Da hing der Lüster einige hundert Jahre lang. Im zwölften Jahrhundert wurde Glenraven erbaut. Also mussten der allmähliche Verfall und der Rost ihren Tribut fordern.«

»Ebenso wie eine Säge.«

»Eine Säge? Das verstehe ich nicht …«

Fox beugte sich über die Trümmer und ergriff eine Eisenkette. »Gewiss, der Lüster ist verrostet. Aber deshalb stürzte er nicht herab. Schau doch!«, bat er und hielt ihr die Kette hin.

»Nur ein zerbrochenes Glied …«

»Schau genauer hin.« Von der Kette fielen Staub und Rost herab, als er sie höher empor hob. »Hier! Wenn du diese Stelle berührst …«

»Ganz glatt durchtrennt …« Verwundert starrte sie zu dem einzigen Kettenglied hinauf, das immer noch an der Decke hing. »Warum sollte jemand so etwas tun?«

»Keine Ahnung.« Keuchend schob Fox eine schwere, geschnitzte Truhe in die Mitte des Raums und stieg darauf.

Im achteckigen Turmzimmer hatten schmale Fenster die ursprünglichen Schießscharten ersetzt. Ansonsten war die alte Festung kaum modernisiert worden. Das düstere Grau der steinernen Mauern wurde nur von Stickbildern gemildert. Vom Boden in den Ecken erstreckten sich acht roh gezimmerte Balken an den Wänden nach oben und trafen sich inmitten der unverputzten Decke.

Fox zog sich an einem dieser Balken hoch und untersuchte das restliche Kettenglied.

»Nimm dich in Acht!« Beunruhigt schaute Grace hinauf. »Wenn du herunterfällst …« Womöglich würde er sich das Genick brechen.

»Gibt es über diesem Zimmer einen Raum?«

»Nicht, dass ich wüsste … Oh, was ist geschehen?« Grace eilte zur Truhe und blieb direkt unter ihm stehen.

Hastig bedeutete er ihr, beiseite zu treten. Seine rechte Hand war abgerutscht, und er hing nur an seinen gekreuzten Füßen, die den Balken umklammerten.

»Verdammt, ich habe mir einen Schiefer eingezogen«, stieß er zwischen zusammengebissenen Zähnen hervor und schwang sich nach oben, bis seine Hände wieder Halt fanden. Die Balken endeten in einer Rosette aus Steinen im Zentrum. Vorsichtig hangelte sich Fox so nahe wie möglich an das Kettenglied heran und streckte eine Hand danach aus. Doch er war immer noch so weit davon entfernt, dass er das Eisen nicht zersägen könnte. »Auf diese Weise hat man sich wohl kaum daran zu schaffen gemacht.«

»Vielleicht wurde eine Leiter benutzt.«

»Ja, das wäre möglich.«

»Großer Gott, warum? Das verstehe ich noch immer nicht. Es muss ein Unfall gewesen sein.«

»Daran zweifle ich.«

»Aber …«

»Gib mir einen langen Gegenstand … Da, dieses Stück vom Bettpfosten. Reichst du es mir herauf? Gut … Warte, ich komme dir ein bisschen entgegen.«

Grace hielt das Stück Holz hoch genug empor, sodass er danach greifen konnte. »Was machst du denn?«

Statt zu antworten, klopfte er mit der Spitze des Stockes auf die Steine der Rosette, die das Kettenglied umgaben. Jeder einzelne Stein schien unverrückbar in der Zimmerdecke festzustecken. In wachsender Ungeduld fluchte Fox. Endlich begann sich einer zu lockern.

In den Sonnenstrahlen, die durch einige Fenster hereindrangen, konnte man Mörtelstaub herabrieseln sehen. Fox hämmerte kräftiger auf den Stein ein, der wenig später herunterfiel und ein faustgroßes Loch hinterließ. Von oben drang schwaches Licht herab.

Erstaunt hob Grace die Brauen. »Woher wusstest du, wo du klopfen musst?«

»Das wusste ich nicht. Jedenfalls schneidet sich keine Eisenkette von selber durch.« Der Stock entglitt seiner Hand und landete krachend am Boden. »Kannst du mir erklären, wie man in den Raum da oben kommt?«

»Nein. Bisher dachte ich, dass mein Zimmer direkt unter dem Dach liegt. Aber ich habe gehört, in Glenraven würde es viele Geheimgänge geben. Früher sind sie als Fluchtwege benutzt worden.«

»Und nun hat diese Öffnung einen anderen Zweck erfüllt.« Fox hangelte sich zur Truhe, sprang darauf und stieg herab.

»Wer würde sich all die Mühe machen, nur damit ein Lüster herunterstürzt?« Grace umfasste seine rechte Hand. »Steckt der Splitter da drin?«

»Ja … Autsch!«

»Ah, ich sehe ihn.« Sie zog den Splitter mit ihren kurzen, runden Fingernägel heraus. »Tut das weh?«

»Nein.« Lächelnd beobachtete er, wie behutsam sie den winzigen Splitter aus seiner Haut zupfte. Darum hätte er sich selbst gar nicht gekümmert. Ihre rührende Fürsorge erwärmte sein Herz. Schließlich entzog er ihr seine Hand. »So, das war's.«

»Ja, ich glaube, ich habe alles entfernt.«

Fox schaute zur Decke hinauf. »Um deine Frage zu beantworten – ich würde sagen, jemand wollte den Eindruck erwecken, du hättest einen tödlichen Unfall erlitten.«

Über Graces Rücken rann ein eisiger Schauer. »Du meinst – jemand versuchte mich zu ermorden? Unmöglich …« Während er sie wortlos musterte, holte sie tief Luft, um sich zu beruhigen. »Aber – wer?«

»Das müsstest du besser wissen als ich.«

»Was ist denn hier los?« Maude betrat das Zimmer, den karierten Schal um ihren Kopf und die Schultern geschlungen. Ohne eine Miene zu verziehen, betrachtete sie das zerschmetterte Bett und den verbogenen Lüster.

»O Maude!«, rief Grace und hoffte, keiner hätte bemerkt, wie sie beim Klang der vertrauten Stimme zusammengezuckt war. »Du kommst gerade im richtigen Moment. Kennst du die Geheimgänge von Glenraven? Dafür würde sich Lord Morgan interessieren.«

»Also ist er wieder da? Ich dachte mir gleich, er würde nicht allzu lange wegbleiben.«

Fox war unbehaglich zumute. Er starrte in die schwarzen

Augen, die so alt wirkten, die über die Grenzen des Hier und Jetzt zu blicken schienen.

»Lord Morgan versucht herauszufinden, wie jemand ein Glied der Eisenkette zersägen konnte, an der dieser Lüster hing«, erklärte Grace.

»Wahrscheinlich ist sie durchgerostet und zerrissen«, meinte Maude. »Habe ich nicht gesagt, du solltest in ein anderes Zimmer ziehen?«

»Wissen Sie etwas über die Geheimgänge, Madam?« Mit seinem unfreundlichen Ton handelte sich Fox eine missbilligend gerunzelte Stirn ein, die er ignorierte.

»Im ganzen Schloss gibt es solche Gänge – jahrhundertelang von den Schotten benutzt. Angeblich versteckte sich König Charles in einem dieser Gänge, bevor er aus dem Land floh. So etwas dürfte ich einem Sachsen gar nicht erzählen.«

»Maude …«, mahnte Grace, aber Fox brachte sie mit einer knappen Geste zum Schweigen.

»Befindet sich über diesem Zimmer ein Geheimgang?«

Maude durchquerte den Raum, zog eine knochige Hand unter dem Schal hervor und strich über die Mauer unter einem der gestickten Bilder. Dann stemmte sie sich gegen einen Balken, der knarrend zur Seite wich und eine schmale dunkle Öffnung freigab. Die alte Frau kräuselte ihre farblosen Lippen. »Da haben Sie Ihren Geheimgang, Reisender.«

In beengten Räumen hatte er sich niemals wohl gefühlt. Deshalb weigerte er sich, an Bord eines Schiffes zu gehen und seine Schwester in den Carolinas zu besuchen. Aber nun musste er seine Platzangst bekämpfen. Zögernd näherte er sich der Geheimtür und spähte durch ein Geflecht aus Spinnweben in die mysteriöse Finsternis. Als er sich umdrehte, begegnete er Graces sorgenvollem und Maudes herausforderndem Blick.

Mit einem stummen Fluch zwängte er sich durch die schmale Öffnung. Sofort umhüllten ihn schwarze Schatten.

»Eine Kerze!«, rief er und streckte eine Hand nach hinten aus. Feuchtkalte Luft drang in seine Lungen und löste einen kurzen Hustenanfall aus. Während er wartete, versuchte er seine Augen an das Dunkel zu gewöhnen. Er sah überhaupt nichts und spürte nur die Wände, die sich zu beiden Seiten an seine Schultern zu pressen schienen, und dann einen vertrauten Gegenstand in seiner Hand. Keine Kerze.

»Das wirst du vielleicht brauchen«, hörte er Grace flüstern und schloss seine Finger um einen Pistolengriff. Dankbar nahm er die Waffe in die andere Hand und ergriff die brennende Kerze.

Vermutlich wäre es besser, *nicht* herauszufinden, was der unheimliche Tunnel enthielt. Fox erblickte zunächst nur feuchte Steinmauern und Spinnweben. Vorsichtig ging er weiter und benutzte die Pistole, um das Gewirr aus hauchdünnen Spinnenweben zu beiseitigen, das ihm den Weg versperrte. Immer tiefer drang er in das Dunkel ein und versuchte, das Quieken aufgescheuchter Ratten zu überhören.

Verwirrt fuhr Grace herum, als draußen im Flur Stiefelschritte polterten. In einer Hand die Pistole, in der anderen die Kerze, stand der Engländer auf der Schwelle des Turmzimmers. Haar und die Kleidung waren völlig beschmutzt. Impulsiv eilte sie zu ihm, dann beschloss sie, lieber Abstand zu wahren. »Was hast du entdeckt?«

»Fledermäuse und Ratten«, lautete die knappe Antwort.

Unwillkürlich lächelte sie. »Und außerdem?«

Fox trat ein, stellte die Kerze ab und klopfte ein paar Mal auf sein Jackett, bis er merkte, dass es ihm nicht gelingen würde, sich zu säubern. »Den Geheimgang über deinem Zimmer habe ich nicht gefunden. Aber jemand muss einige dieser Korridore vor kurzem durchstreift haben.«

»Wieso wissen Sie das, Sir?«, fragte Maude, und er wandte sich ihr zu.

»Weil in manchen Teilen des Labyrinths keine Spinnweben hingen.« Fox steckte die Pistole in seine Tasche und schaute Grace an. »Ist dir inzwischen eingefallen, wer ein Interesse daran haben könnte, dir etwas anzutun?«

Ehe sie zu Wort kam, verkündete Maude: »Nach meiner Ansicht nur Sie, Sir.«

»Unsinn, Maude!«, protestierte Grace. »Als der Lüster herabfiel, war Lord Morgan mit mir zusammen.«

»Offensichtlich nicht in diesem Bett …«

Grace blinzelte verblüfft. Wie kam ihre Schwägerin auf solche Gedanken? »Natürlich nicht! Wir sind durch das Moor geritten.«

Gleichmütig zuckte Maude die Schultern. »Was das Schicksal geplant hat, kannst du ebenso wenig verhindern, wie ich es vermag. Nur gut, dass mein Bruder tot ist.«

»Warum sagst du so etwas Schreckliches?«

Maude zog den Schal fester um ihre Schultern und ging zur Tür. »Für einen Mann ist es besser, unter der Erde zu liegen, als mit anzusehen, was seine Frau treibt.«

Ihrer jungen Schwägerin fehlten die Worte. Entgeistert schaute sie Maude nach. Es dauerte eine Weile, bis sie ihre Fassung wiedergewann und sich zu Fox umdrehte. »Bitte, nimm meine Entschuldigung an. Dass sie manchmal schwierig ist, wusste ich. Aber jetzt hat sie sich zu viel erlaubt. Selbstverständlich werde ich sie zur Rede stellen und …« Der Satz blieb unvollendet.

»Also hatte ich Recht – sie ist eine Hexe.«

»Nein.« Gegen ihren Willen musste Grace kichern. »Sie ist einfach anders.« Dabei sollte ich's bewenden lassen, dachte sie. Trotzdem platzte sie heraus: »Sie weiß, dass ich Dugalds Andenken niemals entehren würde.«

»Aber du ziehst es in Betracht.«

Unsicher wich sie seinem Blick aus und wünschte, er hätte die Wahrheit nicht ausgesprochen.

»Wann ist dein Mann gestorben?«

»Vor fast vier Jahren.«

»Dann ist er schon lange tot, und du musst dich nicht fragen, wie er dein Verhalten beurteilen würde.«

»Maude würde dir wohl kaum zustimmen.«

»Mit Maude rede ich nicht.«

»Er war ein guter Mann«, betonte Grace, obwohl diese Feststellung nicht mit Fox' beunruhigendem Kommentar zusammenhing. »Ein Gelehrter und ein Geschäftsmann – eine seltsame Kombination … Jedenfalls las er sehr viel und bemühte sich stets, seinen Horizont zu erweitern. Nach seiner Überzeugung war ein florierender Handel für das Wohl eines Landes unabdingbar. Zu diesem Glück wollte er Schottland verhelfen. Hast du vom Darien-Projekt gehört?«

»Meinst du den Versuch der Schotten, eine Kolonie in der Neuen Welt zu etablieren?«

»Ja. Dugald gehörte zu den Direktoren der Scotland Company, und er arbeitete hart für den Erfolg des Projekts.«

»Aber letzten Endes verlor er alles.«

»Fast alles …« Um ihre Tränen zu verbergen, sah sie zu ihrem zertrümmerten Bett. »Jetzt sollte ich diesen Schutt wegräumen.«

Fox ließ sich nicht vom Thema ablenken. »Bist du deshalb in

dieses halb verfallene Schloss gezogen? Weil er dir nichts hinterließ?«

»Nein, ich könnte woanders wohnen.« Langsam wandte sie sich wieder ihm zu und betrachtete ihn mit ihren großen grünen Augen. Wie sollte sie erklären, warum sie nach Glenraven übersiedelt war – und warum sie in diesen düsteren Mauern blieb? Nicht, weil sie diese Festung liebte oder eine Familientradition aufrecht erhalten wollte. Sondern weil sie es nicht ertragen würde, das Schloss zu verlassen – oder das Moor. »Aber ich beschloss, hier zu leben«, fügte sie schließlich hinzu.

Nachdem das erste Entsetzen über den Mordanschlag überstanden war, erinnerte sich Fox an seine Gedanken vor Graces Schrei. Jetzt erschienen sie ihm ebenso grausig wie jenem Moment. Und genauso unglaublich. »Wohin ist dein Freund Alex MacDonald gereist?«

»Glaubst du etwa, er hat etwas damit zu tun?« Grace zeigte auf den verbogenen Eisenlüster. »Dazu wäre er gar nicht fähig.«

Beschwichtigend hob Fox eine Hand. »Ich wollte ihn nicht beschuldigen.«

»Gut … Niemals würde er versuchen, mich umzubringen.«

»Liebst du ihn?« Warum er diese Frage stellte, wusste er nicht – vielleicht, weil sie sich gegen ihn wehrte. Die Antwort beglückte ihn.

»Nein, ich liebe Alex nicht – zumindest nicht so, wie du vermutlich meinst.«

»Danach hätte ich dich nicht fragen dürfen.«

»Schon gut. Ich habe einfach nur das Gefühl …«

»… er würde dir nicht wehtun?«, vollendete Fox den Satz. »Sicher hast du Recht. Aber das beantwortet meine Frage nicht.«

»Du willst also wissen, wohin er gereist ist? Nach Edinburgh. Dort nimmt er an der Parlamentssitzung teil. Er fürchtet, ein Gesetz wird verabschiedet, das Schottland mit England vereint. Seinen patriotischen Standpunkt verfocht er stets genauso leidenschaftlich wie Dugald.«

Fox hatte aus dem Fenster gestarrt. Jetzt wandte er sich abrupt Grace zu. »Dieses Gesetz wurde erlassen.«

Verwirrt runzelte sie die Stirn. »Welches Gesetz?«

»Das Unionsgesetzt, das zur Vereinigung zwischen England und Schottland führte.«

»Dazu wird es vielleicht kommen, aber ...«

»Verstehst du nicht? Es ist bereits geschehen. Infolge eines Parlamentsbeschlusses im Jahr ...« Fox versuchte sich zu entsinnen, was ihm sein Hauslehrer beigebracht hatte. Was Jahreszahlen betraf, litt er an Gedächtnisschwäche. »1707, wenn mich nicht alles täuscht ... Das schottische Parlament löste sich auf. Natürlich sind im englischen Parlament einige Schotten vertreten, die aber kaum eine Rolle spielen.«

»Woher weißt du das?«

Statt zu antworten, fragte er: »Welches Datum haben wir heute?«

»Den 20. April 1705 ... Das habe ich dir bereits erklärt. Worauf willst du hinaus?«

Sein Magen drehte sich um. Mühsam würgte er hervor: »Ich nehme an – du sagst die Wahrheit.«

»Welchen Grund hätte ich, dich zu belügen? Warum schaust du mich so seltsam an?«

»Weil ich London Ende März 1749 verließ. Vor etwa drei Wochen.«

»1749? Unmöglich ...«

»So ist es aber …« Fox verstummte und schüttelte den Kopf. War er verrückt geworden? Ohne ein weiteres Wort eilte er aus dem Zimmer.

Er fand Maude an einem niedrigen Tisch in einem heruntergekommenen Nebengebäude. Früher musste es eine Bäckerei gewesen sein. Das glaubte Fox dem Hefegeruch zu entnehmen, den das morsche Holz verströmte. Aber die alte Frau knetete keinen Brotteig. Auf der zerkratzten Tischplatte lagen getrocknete Kräuterbüschel. Fox beobachtete, wie sie ein paar Blätter von einem Stängel zupfte und in einen ausgehöhlten Stein streute, den sie als Schüssel benutzte. Dann ergriff sie einen Stößel und zermahlte die Kräuter. Dabei summte sie leise vor sich hin.

Schweigend und reglos stand Fox in der Tür. Aber er war nicht überrascht, als Maude sich langsam zu ihm umwandte. Obwohl ihr Gesicht im Schatten lag, wusste er, dass sie ihn prüfend anschaute. »Vorhin sagten Sie, man könne nicht verhindern, was das Schicksal geplant habe. Wie meinten Sie das, Madam?«

»Was glauben Sie denn, Reisender?«, murmelte sie und neigte sich wieder über ihren Mörser.

Fox betrat den halb dunklen Raum. »Beantworten Sie jede Frage mit einer Gegenfrage?«

»Tu ich das?«

Grinsend verschränkte er die Arme vor der Brust. »Warum nennen Sie mich einen Reisenden?«

»Sind Sie das nicht?« Maude warf eine verdorrte Wurzel in die Kräutermischung.

An den kalten Ofen gelehnt, seufzte er tief auf. »Wollen Sie mir nichts verraten?«

Sie hielt inne und nahm den Stößel aus der Schüssel. »Was möchten Sie wissen?«

»Wie Sie das gemeint haben … Wenn etwas geschieht, lässt es sich nicht vermeiden …?«

»Es ist bereits geschehen«, schnaufte sie verächtlich. »Merken Sie das denn nicht?«

»Was?«

Eine Zeit lang spähte sie ausdruckslos unter ihrem karierten Schal hervor, bevor sie erwiderte: »Wenn Sie es erfahren, wird sich doch nichts ändern.«

»Trotzdem will ich's wissen, verdammt noch mal!«, stieß er hervor und trat einen Schritt näher zu ihr. Der Impuls, der plötzlich in ihm aufstieg, erschreckte ihn. Noch nie hatte er sich an einer Frau vergriffen. Aber bei Gott, diese alte Vettel würde er am liebsten packen und mit aller Kraft schütteln.

Sie las seine Gedanken. Das verriet ihm die Belustigung in ihren Augen. Versuchte sie ihn herauszufordern?

Fox ließ seine geballten Fäuste sinken. »Bitte – erklären Sie mir, was Sie meinen.«

»Ah, Sie haben sich eines Besseren besonnen, Reisender. Aber in Ihrem Herzen sind Sie der Gleiche geblieben, und Ihre Liebe wird nie erlöschen.«

»Was wollen Sie damit sagen?«

»Offensichtlich soll ich Ihnen klarmachen, warum Sie diesen Ort nicht verlassen wollen.«

»Ich verstehe nicht, wovon Sie reden …«

»Verstehen Sie das wirklich nicht?«

Über seinen Rücken lief ein eisiger Schauer. »Was geschieht mit mir?«

»Nur das, was den meisten Menschen widerfährt. Sie sind ein bisschen weiter gereist, um es zu finden, das ist alles.«

»Um was zu finden? Ihre Worte ergeben keinen Sinn! Sie behaupten, niemand könne das Schicksal ändern. Warum soll ich dann irgendetwas suchen, Madam? Ihr Gerede erscheint mir völlig unlogisch.«

»Nicht nur die Logik bestimmt unser irdisches Dasein, Reisender. Ich glaube, das werden Sie bald begreifen.«

Gar nichts würde er begreifen. Überhaupt nichts.

Diese verflixte Hexe … Fox lehnte an der Gartenmauer und grollte Maude, dem Leben im Allgemeinen und seiner Situation im Besonderen. Warum konnte die alte Frau nicht wie ein vernünftiger Mensch mit ihm sprechen? Er wollte doch nur eine einfache Erklärung hören.

»Ich dachte mir, dass ich dich hier finden würde.«

Erfreut wandte er sich Grace zu, die den verwilderten Garten durchquerte. Als sie neben ihm stehen blieb, ließ er seinen Blick wieder über die Landschaft schweifen. »Das Moor hat mich schon immer fasziniert.«

»Manche Menschen finden es trostlos.«

»Aber du nicht.«

Es war keine Frage, sondern eine Feststellung. Hatte er von Anfang an gewusst, was ihr Herz bewegte? Nicht zum ersten Mal wunderte sie sich über die Gefühle, die dieser Fremde in ihr weckte. Bevor sie dem verwirrten, durchnässten, schmutzigen Mann im Moor begegnet war, hatte sie ihn nie gesehen. Trotzdem glaubte sie, ihn seit langer Zeit zu kennen. »Nein, ich nicht.«

In einträchtigem Schweigen standen sie nebeneinander und beobachteten, wie die sinkende Sonne violette Schatten auf das Moor warf.

Schließlich begann Grace wieder zu sprechen, und ihre

Stimme erschien ihm so sanft wie die einbrechende Nacht. »Was du heute über das Datum gesagt hast ...«

»Falls du an meinem Verstand zweifelst, nehme ich es dir nicht übel.«

»Habe ich angedeutet, ich würde an dir zweifeln?«

Fox lächelte freudlos. »Also glaubst du die lächerliche Geschichte, ich wäre vierundvierzig Jahre später aus London abgereist?« Als sie nicht antwortete, wandte er den Kopf zu ihr, und ihre Blicke trafen sich. »Vielleicht bin ich verrückt.« Grace starrte ihn einfach nur an. »Um Himmels willen«, stöhnte er, »zunächst entsinne ich mich nicht, wer ich bin, dann fällt es mir ein, und ich befinde mich am Anfang des Jahrhunderts. Wenn das nicht verrückt ist ...« Seufzend presste er seine Hände an die Schläfen. »Und wieso erinnere ich mich so deutlich an alles? An Namen, an Daten ... Nun, an Jahreszahlen nicht so gut – aber an Ereignisse. Frag nach etwas, das in den letzten vierzig Jahren geschehen ist.«

»Was soll ich denn fragen?«, stammelte Grace.

»Irgendwas!« Mühsam zwang er sich zur Ruhe. »Zum Beispiel könntest du dich nach dem König erkundigen.«

»Im Moor sagtest du, Königin Anne sei gestorben.«

»Ja, 1713 – nein, 1714. Damals war ich gerade geboren, und ich erinnere mich natürlich nicht daran. Ich weiß nur, was Mr. Bartholomew erzählt hat – der Hauslehrer, der meinem Bruder und mir Unterricht gab. Der Thron ging an einen Deutschen, Georg Ludwig, den Kurfürsten von Hannover.«

»Warum?«

»Neben den Machtverhältnissen spielte wohl auch die Religion eine gewisse Rolle. Jedenfalls war er unser König George I.«

»War?«

»Inzwischen ist auch er gestorben, und jetzt trägt sein Sohn die Krone, George II.«

Grace überdachte, was sie soeben gehört hatte. Nicht, dass sie diese Geschichten glaubte. Es war eine Art Spiel. Offenbar erfand Foxworth Morgan eine Zukunft, um sie auf sonderbare Weise zu unterhalten. »Und die Schlacht, die du erwähnt hast?«

»Culloden.«

»Ach ja – Culloden. Erzähl mir davon.«

»Es war grauenvoll. Hunderte von Schotten starben – die meisten auf dem Schlachtfeld. Danach erhielten die Engländer die Order, alle Überlebenden abzuschlachten.«

»Vom Bruder des Königs.«

»Was für ein gutes Gedächtnis du hast …«, meinte Fox lächelnd. »Ja, Lord Cumberland hat jenen Befehl erteilt. Sogar die Flüchtlinge wurden gefangen und getötet. Eine Tragödie für Schottland …«

»Warum fand die Schlacht statt?« Bei jedem Wort, das er aussprach, beobachtete Grace sein Mienenspiel und wartete auf ein Zeichen, das ihr verraten würde, dies alles wäre nur eine Ausgeburt seiner Fantasie.

»Mit Anne starb die direkte Stuart-Linie aus, und kein Familienmitglied konnte einen legitimen Thronanspruch erheben.« Plötzlich merkte Fox, dass er die Ereignisse aus subjektiver, nämlich der englischen Sicht schilderte, und so fing er noch einmal von vorn an. »Die Hannoveraner waren an der Macht. Aber ein Großteil der Bevölkerung, vor allem in Schottland, bevorzugten die katholischen Stuarts, die im italienischen Exil lebten. Prinz Charles, James' Enkel, beschloss, in Schottland die Lage zu sondieren. 1715 brach eine Jakobitenrevolution aus, die bald niedergeschlagen wurde.«

»Von den Engländern?«

»Gewiss ... Aber die Schotten schlossen sich dem jungen Prätendenten an. In Eriskay erhob er seine Standarte, und die Hochland-Clans eilten herbei.«

»Trommelte er ein Heer zusammen?«

»Ja.«

»Was dem englischen König sicher missfiel.«

»Allerdings – insbesondere, als die Jakobiten einige Erfolge erzielten. Sie errangen Siege bei Prestonpans und Falkirk. Allmählich rückten sie nach England vor und näherten sich London. Doch dann mussten sie den Rückzug antreten, das englische Heer auf den Fersen ...«

»... dem du angehört hast.«

»Ja, im Rang eines Majors. Nach einigen Scharmützeln fand die entscheidende Schlacht, die Schottlands Geschichte veränderte, hier draußen statt.« Fox zeigte auf das Moor.

Beinahe glaubte Grace, zwischen Heidekraut und Adlerfarn die Geister ihrer Landsleute zu sehen. Spukten die rastlosen Seelen der niedergemetzelten Soldaten im Moor? Dann müssten sie aus der Zukunft zurückgekehrt sein. Unmöglich ... Und wenn es stimmte? Konnte man das Leid des schottischen Volkes irgendwie verhindern? »Was genau strebten die Jakobiten an?«

»Abgesehen von einem Stuart-König?« Fox schüttelte den Kopf. »Das weiß ich nicht. Vor kurzem erwähnte ich das Unionsgesetz, das viele Schotten für ungerecht hielten. Doch die meisten hatten nichts zu entscheiden.«

»Und wenn man die Hochländer nach ihrer Meinung gefragt hätte? Wäre dann alles anders verlaufen?«

»Wohl kaum. Den Kurs der Geschichte kann man nicht ändern.«

»Du behauptest, du wärst durch die Zeit zurückgewandert. Also wärst du imstande, etwas zu unternehmen.«

Nachdenklich starrte er vor sich hin. Eine Zeitreise? Unvorstellbar … Aber gab es eine andere Erklärung? Die Wahnsinnstheorie erschien ihm nicht stichhaltig. Mittlerweile war er von seinem klaren Verstand überzeugt. »Was soll ich sagen, Grace? Für mich steht nur eins fest – dies ist nicht das Jahr 1705. Verdammt, ich wurde 1714 geboren. In neun Jahren.«

»Was wird sonst noch geschehen?«

»Wie bitte?«, fragte er überrascht.

»Anscheinend sind wir in dieser Fantasie gefangen, und es interessiert mich, was in den nächsten vierzig Jahren passieren wird. Hoffentlich auch etwas Erfreuliches.«

»Das nehme ich an. Lass mich nachdenken … Was habe ich selbst beobachtet?« Er runzelte die Stirn. »Zum Beispiel sind die Straßen besser geworden. In England und Schottland gleichermaßen.«

»Zweifellos ein Vorteil.«

»O ja.« Fox verschwieg, dass die Engländer in Schottland Straßen angelegt hatten, um ihrem Heer den Weg durch das Hochland zu ebnen. War irgendetwas Amüsantes geschehen? Was würde Grace erheitern? Der Boxkampf, den Jack Broughton gegen James Figg gewonnen hatte? Nein. Das Kricketspiel, das in Mode gekommen war? Auch nicht … »Jetzt fällt mir etwas ein!«, rief er triumphierend. »Die Quadrille!«

»Was ist das?«

»Ein französischer Tanz, in London sehr populär. Soll ich dir die Schritte zeigen?«

»Hier?«

»Warum nicht?«

»Ohne Musik?«

»Versuchen wir's.« Lächelnd reichte er ihr seine Hand, die sie bereitwillig ergriff. Und da wusste er, dass er dies schon einmal erlebt hatte. Mit logischen Argumenten ließ sich die Vision nicht verdrängen. Grace hielt seine ausgestreckte Hand umfasst. Wie hätte er sonst ihre weiche Haut wiedererkennen können, ihren Duft, die Art, wie sich ihre Finger um seine schlangen? Wann war es geschehen?

Aber vorerst wollte er sein Gedächtnis nicht erforschen. Ihre Nähe genügte ihm, ihr Lachen, als er sie auf den Torfboden des privaten Ballsaals führte.

»Die Quadrille tanzt man zu viert. Also müssen wir uns das zweite Paar vorstellen.«

»Ja.« Etwas vorzutäuschen – das fiel ihr in Foxworth Morgans Gesellschaft erstaunlich leicht.

»Beginnen wir mit der Grand Round. Wir stehen voreinander und vollführen das Rigaudon. Stell deine rechte Fußspitze nach rechts und sofort wieder zurück ... Ja, so ist's gut. Jetzt das Gleiche mit dem linken Fuß ... Ausgezeichnet. Geh in die Knie, spring ein wenig hoch. Nun fassen wir uns alle an den Händen.«

»Das imaginäre Paar und wir.«

»Was für eine gelehrige Schülerin du bist! Jetzt schassieren wir. Acht gleitende Seitenschritte nach links, acht nach rechts ... Großartig!«

»Und nun?«, Lachte Grace.

»Wie wär's mit der Grand Chain?« Fox zeigte ihr die entsprechenden Positionen. »Oder mit den Weave Rings«, schlug er vor, tänzelte an ihrer Schulter vorbei und warf ihr einen kurzen Blick zu. »Probieren wir's aus.«

In der Abenddämmerung begann er, leise und schrecklich falsch zu singen. Doch das störte seine Partnerin nicht. Unermüdlich vollführten sie ihre Tanzschritte und lachten, wenn Grace emporhüpfte, statt die Knie zu beugen. Sie hielten sich an den Händen und schauten einander unentwegt in die Augen, sogar bei der Grand Chain.

Die Weave Rings hatte er stets besonders verführerisch gefunden, aber noch nie so reizvoll wie jetzt. Unsichtbare Seidenfäden schienen sie zu verbinden, selbst wenn sie sich trennten, und sie immer wieder zusammenzuführen.

Bei jedem Schritt kamen sie sich näher, der Rhythmus wurde langsamer. Bald tanzten sie Brust an Brust. Fox verstummte, nahm Graces Gesicht in beide Hände, und sie legte ihre Arme um seine Taille.

»Sicher ist das andere Paar empört über unser Benehmen«, flüsterte er ihr ins Ohr und küsste ihren Hals.

»Da wir es ins Leben gerufen haben, können wir es jederzeit wieder verschwinden lassen«, seufzte sie.

Fox schnippte mit den Fingern. »Fort mit euch!« Und dann presste er voller Leidenschaft seinen Mund auf ihren.

7

Was zum Teufel trieb er eigentlich?

Fox lag auf dem Bett, die Füße gekreuzt, die Arme hinter dem Kopf verschränkt, und starrte blicklos eine Spinne an, die in einer Ecke des Baldachins mit hauchdünnen Beinchen ein Netz wob.

Um diese Stunde kroch Fox normalerweise aus den Federn. Wäre er noch beim Militär, würden sich die Kameraden über seine ungewohnte Trägheit wundern. Aber er stand nicht mehr in König Georges Diensten. Es gab keinen König George.

Die Augen zusammengekniffen, schluckte er krampfhaft. Nichts ergab einen Sinn. Und er konnte nichts anderes tun, als auf dem Bett zu liegen und eine emsige Spinne zu beobachten.

Schließlich zwang er sich zu überdenken, was er für die Realität hielt. Sein Name, sein Alter, der Zweck seiner Reise nach Schottland – das alles war ihm völlig klar. Er wusste sogar ganz genau, wann sich die Situation geändert hatte. Während eines Gewitters, das mit grellen Blitzen und ohrenbetäubendem Donner losgebrochen war. Durchnässt bis auf die Haut, hatte er die Arme gehoben, die Götter herausgefordert und ihren Zorn gespürt. Danach – ein schwarzes Nichts …

Und im Augenblick des Erwachens war sein Leben durcheinander geraten.

Seither erwog er jeden Abend, wenn sein Kopf ins Kissen

sank, die Möglichkeit, am nächsten Morgen in London oder Ashford Hall zu erwachen – oder wenigstens im richtigen Jahrzehnt.

Aber offensichtlich genügte es nicht, einfach die Augen zu öffnen, um alles zu ändern. Also musste er etwas unternehmen. Was anderes als … Bedrückt zog er die Arme hinter dem Kopf hervor und strich über sein Gesicht.

Warum hatte er mit Grace MacCammon im Mondschein getanzt und sie auch noch geküsst? Wenn sein sonstiges Verhalten nicht auf seinen Wahnsinn schließen ließ – seine Aktivitäten am letzten Abend wiesen eindeutig darauf hin.

Er hatte sie begehrt. Und er sehnte sich immer noch so heiß nach ihr, dass ihn beinahe der Impuls überwältigte, in ihr Zimmer zu eilen und zu vollenden, was unter den Sternen begonnen hatte. Dagegen würde sie sich nicht wehren – das wusste er, wenn er sich seine Arroganz auch vorwarf. Nur halbherzig hatte sie sich aus seinen Armen befreit. Ein zweiter Kuss – und was er ersehnte, wäre geschehen.

Aber ein längst vergessener Funken von Anstand, tief in seiner Seele vergraben, hatte sich an die Oberfläche gedrängt und ihn gezwungen, Graces Wunsch zu erfüllen. Zumindest jenen Wunsch, den ihr die Sittsamkeit vorschrieb.

Noch heute muss ich abreisen, sagte er sich stöhnend …. Bevor er dem Bedürfnis, hier zu bleiben, nicht mehr widerstehen konnte. In ihrem Schloss, am Rand des Moors, in ihrer Zeit. Fox schnitt eine Grimasse und stieg aus dem Bett. *In ihrer Zeit.* War er tatsächlich von einer Epoche in die andere gereist?

Er traf sie in dem großen, zugigen Raum an, den sie ihren »Salon« nannte. Im Kamin brannte ein Torffeuer und bekämpfte die Kälte. Grace hatte ihren Stickrahmen vor eines der Ostfenster gerückt. Vermutlich, um das Morgenlicht zu nutzen. Die Sonnenschein zauberte Flammen in ihrHaar …

Entschlossen verdrängte Fox diesen Gedanken, ging zu ihr und räusperte sich. Sie wandte sich um. Das Sonnenlicht verwandelte ihr Haar in eine Gloriole, die ein so süßes, makellos schönes Gesicht umrahmte, wie er nie zuvor eines gesehen hatte.

Um sich ihrem Reiz zu entziehen, betrachtete er die Stickerei. Offenbar saß Grace nicht nur wegen des Lichtes am Fenster, denn sie bannte mit Nadel und Faden eine Moorlandschaft auf die Leinwand. Fox wandte den Blick ab, von dem beklemmenden Gefühl verwirrt, das Bild würde ihn vereinnahmen.

Nun musste er ihr erklären, dass er abreisen wollte. Aber bevor er zu Wort kam, holte sie tief Atem. »Was können wir tun?«

Fragend hob er die Brauen.

»Das betreffend, was du mir gestern erzählt hast – deine Fantasien … Wenn es wirklich die Zukunft ist – oder deine Vergangenheit …« Sie unterbrach sich und strich mit zwei Fingern über ihre Stirn. »Seit ich heute Morgen erwacht bin, versuche ich, das alles zu verstehen, die richtigen Worte dafür zu finden.«

»Nichts, was du sagst, würde ich dir verübeln.«

»Das befürchte ich auch gar nicht … Aber die Geschichte geht mit nicht aus dem Kopf.«

»Du meinst die Schlacht?«

»Ja – und die Ereignisse danach, die Rebellionen, das Leid, das mein Volk vor der Niederlage heraufbeschwor.« Ehrfürchtig berührte sie die gestickte Moorlandschaft. »Culloden …«, flüsterte sie. »Wie kann man verhindern, dass es passieren wird?«

Ihre Blicke trafen sich. Eigentlich hätte er sich freuen müssen, weil sie seine Geschichte ernst nahm. Aber er empfand keine Freude. Niemand sollte ihm glauben. Allein schon der Gedanke an eine Rückkehr in die Vergangenheit war ungeheuerlich. Verstand sie das nicht?

Gewiss, sie nannte es eine Fantasie. Aber sie nahm jedes einzelne Wort ernst, das er ausgesprochen hatte. Das las er in den Tiefen ihrer kristallklaren Augen. Vielleicht musste sich ihr Verstand noch daran gewöhnen. Aber ihr Herz und ihre Seele hatten das Unfassbare bereits akzeptiert. Eine Verführerin mit rotem Haar spähte in die Kristallkugel der Zukunft. Was sie sah, missfiel ihr. Verdammt, er musste die Flucht ergreifen.

»Foxworth?«

»Ja?«

»Irgendeine Möglichkeit muss es doch geben, die Ereignisse zu ändern.«

Den Lauf der Geschichte zu ändern? Oder die Zukunft? Fox trat vor den Kamin. Die Hände hinter dem Rücken verschränkt, starrte er in die bläuliche Glut. Dieser Gedanke war so grotesk wie die Zeitreise. An beidem zweifelte er. Außerdem – sollte man die Zukunft wirklich ändern?

Natürlich wäre es wundervoll, wenn die Schlacht von Culloden niemals stattgefunden hätte. Aber er war dabei gewesen. »Nein«, erwiderte er. »Wir können nichts tun.«

»Das nehme ich nicht hin.« Grace beugte sich wieder über den Stickrahmen – als würde sie ihm Recht geben, wenn sie ihn weiterhin anschaute.

»Vorher ist einiges geschehen, was zu der Schlacht geführt hat. Daran erinnere ich mich nicht genau.«

»Was weißt du noch?«

»Bitte, Grace ...« Er kehrte zu ihr zurück und schaute sie

flehend an. Doch dann entsann er sich, dass er ihr von der Zukunft erzählt und versucht hatte, ihr zu beweisen, dies wäre nicht die richtige Zeit, nicht der richtige Ort. Seufzend sank er in einen Sessel. Vielleicht würde er sich besser fühlen, wenn er sein Gedächtnis erforschte. »Ich glaube … der offenkundigste Anlass für die Schlacht war Charles Stuarts Behauptung, sein Großvater sei der rechtmäßige König. Um seinen Anspruch zu bekräftigen, stellte er ein Heer auf.«

»Ja, das hast du bereits erwähnt. Aber es geschieht erst in vielen Jahren. Gibt es denn jetzt, in diesem Augenblick, keinen Vorboten der schrecklichen Schlacht?«

Fox schüttelte den Kopf. »Wie bereitwillig du die Fantasie für Wirklichkeit hältst …« Als sie ihn wortlos anstarrte, zwang er sich zur Erinnerung an seinen Geschichtsunterricht. Was hatte ihm der Lehrer eingebläut? »Nach Annes Tod war die Thronfolge strittig. Nur wenige Schotten wussten den Kurfürsten von Hannover, George I., zu schätzen. Auch in England protestierten viele Leute gegen ihn, obwohl er dem protestantischen Glauben angehörte. Wie ich vermute, wolltet ihr Schotten einen eigenen Herrscher krönen. Natürlich passierte das alles vor der Union.«

»Vor der Union …« Plötzlich leuchteten ihre Augen auf. »Gestern sagtest du, das Unionsgesetz sei verabschiedet worden. Aber Alex und die meisten anderen Parlamentarier sind dagegen.«

»Gewiss, in Schottland löste die Union keine allzu große Begeisterung aus. Trotzdem wurde das Gesetz erlassen.«

»Wann?«

»1707 trat es in Kraft, falls ich mich nicht irre.«

»Warum war Schottland einverstanden, obwohl so viele Parlamentarier dagegen stimmten?«

»Das weiß ich nicht.«

»Irgendeinen Grund muss es geben. Wurden Kämpfe ausgefochten? Bestand die Gefahr eines Krieges?«

»Nein, soviel ich weiß. Bedenk doch, damals war ich noch gar nicht auf der Welt.« Voller Unruhe stand er auf. »Mein Gedächtnis lässt mich im Stich. Hätte ich diese Reise ins Moor vorausgesehen, wäre ich beim Geschichtsunterricht etwas aufmerksamer gewesen. Aber ehrlich gesagt – mein Lehrer hätte mir wohl kaum irgendetwas erzählt, das ein schlechtes Licht auf die Engländer werfen würde.«

»Oh, ich verstehe.«

»Grace …« Er setzte sich wieder und ergriff ihre Hand. »Glaub mir, wir sind machtlos.«

»Wie kannst du das behaupten, nachdem du die blutrünstige Schlacht geschildert hast. Das alles tut mir in der Seele weh.«

»Mir auch. Aber die Tatsachen sind unumstößlich.«

»Seltsame Worte aus deinem Mund …«

Die Augen geschlossen, lehnte er sich im Sessel zurück. Von Tatsachen dürfte er wirklich nicht sprechen. Wo er doch gar nicht wusste, was die Realität war und was nicht …

Er beobachtete Grace, die plötzlich das lange Schweigen brach. »Vielleicht hätte die Geschichte einen anderen Verlauf genommen, wäre das Darien-Projekt erfolgreich gewesen.«

»Schlägst du einen neuen Versuch vor?«

»Nein …« Niedergeschlagen erkannte sie, wie aussichtslos ein solches Unterfangen wäre. »Dafür gibt es kein Geld mehr. Zu viele Schotten investierten ihr ganzes Vermögen. Man versprach der Scotland Company einen Kredit. Der wurde unter dem Druck der Engländer zurückgezogen. Angeblich griff ein britisches Kriegsschiff sogar die Verstärkungsschiffe an, die zur

Kolonie segelten. Und die Spanier … Jetzt ist nichts mehr übrig.«

Ihr Kummer brach ihm fast das Herz, und er überlegte vergeblich, wie er sie aufheitern konnte.

»Vielleicht sollten wir den Prinzen unterstützen. Oder James, seinen Vater. Sagtest du nicht, er sei mehrmals nach Schottland gekommen, um den Thron zu erobern?«

»Das waren nur kurzfristige Bemühungen, alle zum Scheitern verurteilt. Außerdem würden die Engländer niemals tatenlos zusehen, wie die Stuarts die Krone zurückgewinnen. Solche Bestrebungen würden nur zu blutigen Schlachten führen.«

»Was wir nicht wollen.«

»Natürlich nicht. Es gibt keinen Ausweg, Grace. Das musst du endlich einsehen.«

»So leicht lasse ich mich nicht unterkriegen. Wir müssen den Parlamentariern wenigstens erklären, wie wichtig diese Sitzung ist.«

»Willst du ihnen von mir erzählen?«

»Wenn's sein muss …«

»Und du erwartest, irgendjemand würde diesen Unsinn glauben?«

»Nun, *ich* glaube daran.«

»Allmählich zweifle ich an deinem Verstand.« Sofort bereute er seine Worte. Die Lippen zusammengepresst, widmete sie sich wieder in ihrer Stickerei. »Wie willst du den Parlamentariern einreden, ein Engländer sei aus der Zukunft zurückgekehrt, um Schottland zu retten?«

»Zumindest muss ich es versuchen. Wie kannst du so ruhig dasitzen, wenn du das alles weißt? Immerhin stehen viele hundert Menschenleben auf dem Spiel, und du behauptest in einem fort, das Schicksal der schottischen Soldaten sei unausweichlich. Empfindest du denn kein Mitleid? Keine Leidenschaft in deinem Herzen?« Erbost stach sie die Nadel in den Stoff. »Was glaubst du wohl, warum du zurückgeschickt wurdest?«

»Keine Ahnung. Sicher nicht, damit ich mit dir streite. Falls ich tatsächlich *zurückgeschickt* wurde, wie du's nennst.«

Jetzt nahm ihr Gesicht sanftere Züge an. »Natürlich bist du verwirrt und …«

»Heute reise ich ab.«

»Wohin?«, fragte sie tonlos.

»Nach London. Oder nach Ashford Hall. Das habe ich noch nicht entschieden. Jedenfalls kann ich nicht hier bleiben.«

»Auch ich werde abreisen. Nach Edinburgh.«

»Grace!«

»Du glaubst, die Ereignisse wären unabänderlich. Aber ich denke anders darüber.«

»Um Himmels willen, Grace!« Wenn er sich irrte? Wenn er verrückt war? Dann würde sie vor dem schottischen Parlament das Gefasel eines Wahnsinnigen wiedergeben.

»Nichts, was auf dieser Welt geschieht, ist sinnlos. Nach meiner Ansicht bist du aus einem ganz bestimmten Grund zu diesem Zeitpunkt hierher gekommen.«

Entgeistert starrte er sie an. Wie sicher sie ihrer Sache war … Dachte sie wirklich, sein Leben würde irgendetwas bedeuten – in welcher Epoche auch immer? So viele Jahre lang war er ziellos umhergestreift, ohne zu wissen, was er mit sich anfangen sollte. Er war zur Army gegangen und bald befördert worden, hatte aber den Eindruck gewonnen, er würde nicht dazugehören. Auch in der zivilen Welt fühlte er sich nicht heimisch. Wie oft hatte er sein Offizierspatent zurückgegeben, um es wenig später erneut zu erwerben? Sogar diese Reise nach Schottland war der Laune eines Verzweifelten entsprungen. Er hatte sein Londoner Haus verlassen, um nach Devon zu reiten. Stattdessen hatte er ein schottisches Schlachtfeld aufgesucht, das gar kein Schlachtfeld war. Zumindest jetzt noch nicht …

Nein – nichts, was ihn betraf, stand eindeutig fest. Im Augenblick wusste er nur, dass seine Nerven zerreißen würden, wenn er noch länger über all das nachdachte. Und so holte er tief Atem. »Ich kehre nach England zurück.«

»Und ich reite nach Edinburgh«, erwiderte sie und stand auf. Hoch erhobenen Hauptes ging sie zur Tür.

Was für eine starrsinnige Frau … Musste sie sich unbedingt in Schwierigkeiten bringen?

»Dann begleite ich dich. Edinburgh liegt auf meinem Weg.«

Statt zu antworten, nickte sie nur. Aber er hätte sich ein Lächeln gewünscht.

Zum Teufel, er hatte die Schwägerin vergessen.

Damit Grace ihre Vorbereitungen treffen konnte, verschob er seinen Aufbruch um einen Tag. Sogar eine Woche lang hätte er sich geduldet. Und er war angenehm überrascht gewesen, als er an diesem Abend erfahren hatte, sie würde Glenraven schon am nächsten Morgen verlassen. Und Maude würde sie begleiten.

Grace zuliebe hatte er sich mit dem Gedanken abgefunden, etwas langsamer voranzukommen. Nun würde die Reise zur schottischen Hauptstadt wochenlang dauern.

Stöhnend schüttelte er den Kopf und stopfte seine Kleidung in die geliehenen Satteltaschen. Zwei Anzüge aus Wollstoff, vier Hemden. Ein feines Leinenhemd, das vermutlich Lord MacDonald gehörte. Die anderen Sachen – sehr schlicht und von minderer Qualität – stammten wahrscheinlich von Dienstboten. Andererseits musste er zugeben, dass Grace gut für ihr Personal sorgte, und sie beschäftigte viel mehr Leute, als es dieses halb verfallene Gemäuer erfordern würde.

Aber im Augenblick zählten Dienstboten, die wenig zu tun hatten, eher nicht zu seinen Problemen. Er bürstete sein Haar und band es im Nacken zusammen. Für einen hoffentlich langen Tag im Sattel wählte er ein Jackett aus grauer Wolle, mit Silberknöpfen, das ihn an ein Ahnenporträt in der Galerie von Ashford Hall erinnerte, passende Reithosen und seine eigenen Stiefel.

Im Morgengrauen betrat er das Speisezimmer, wo Grace und ihre Schwägerin bereits frühstückten. Als er sich verbeugte, schaute Grace auf und nickte ihm zu. Die ältere Frau ignorierte ihn.

Seit der Diskussion am vergangenen Morgen hatte er Grace nicht mehr gesehen. Die Nachricht, wann sie reisefertig sei, hatte ihm ein Dienstmädchen übermittelt. Vermutlich zürnte sie ihm – wenn er auch nicht wusste, warum. Jetzt schaute er sie an und wünschte, zwischen ihnen wäre alles anders, auf welche Weise auch immer.

Nach der Begrüßung wich sie seinem Blick aus und aß nur wenig. Maude konnte anscheinend gar nicht genug in sich hineinstopfen. In atemberaubendem Tempo spülte sie ihr Haferbrot und die Eier mit Milch hinunter. Wie üblich umhüllte ein Schal ihren Kopf und die Schultern. Nur ein Teil des Gesichtes und die Hände waren zu sehen.

Zwischen einzelnen Bissen musterte sie Fox. Aber sie schwieg.

Welch eine rätselhafte Frau … Fox spürte ihre Abneigung.

Manchmal starrte sie ihn an, als wüsste sie alles über ihn und würde es sogar akzeptieren. Könnte er sie doch zwingen, ihre Erkenntnisse mit ihm zu teilen …

Schließlich richtete er seine Aufmerksamkeit wieder auf Grace, zu der er sich unwiderstehlich hingezogen fühlte. Irgend etwas an ihr bewegte sein Herz und weckte den Wunsch, sein restliches Leben mit ihr zu verbringen und sie zu lieben, zu beschützen … Verwirrt zuckte er zusammen. Verdammt, was dachte er da? In seiner Lage durfte er sich nicht an eine Frau binden – an *keine* Frau. Schon gar nicht an Grace, die so starke Gefühle in ihm erregte. Deshalb musste er die Macht bekämpfen, die sie auf ihn ausübte.

»Fahren Sie mit Lady MacCammon in einer Kutsche nach Süden?«, fragte er Maude.

»Nein, wir haben keine Kutsche«, erwiderte sie.

»Die meisten Straßen sind nicht befahrbar«, ergänzte Grace. »Also müssen wir reiten.«

»Was nichts an der Tatsache ändert, dass wir keine Kutsche besitzen«, warf Maude ein.

»Da hast du Recht.«

Fox malte sich die Reise aus, die ihm bevorstand. Er hatte erwartet, es würde ihn viel Zeit kosten, neben einem Wagen herzureiten, und sich widerstrebend in sein Schicksal gefügt. Aber wie sollte die alte Frau den langen Ritt bewältigen?

Offenbar erriet Grace seine Gedanken. »Wir kamen ohne Kutsche aus Edinburgh hierher. Und wir werden ohne Kutsche zurückkehren.«

Im Schlosshof herrschte reges Leben und Treiben. Einige Dienstboten hatten sich versammelt, um ihren Herrinnen eine gute Reise zu wünschen.

»Wenn Sie wollen, komme ich mit«, erbot sich ein alter Stallknecht und verbeugte sich respektvoll vor Grace.

»Nein, Angus, am besten ziehen Sie in Ihr Häuschen. Sehen Sie ab und zu nach dem Schloss und passen Sie auf, dass die Ranken nicht alle Mauern überwuchern. Sonst würde das Moor mein Glenraven endgültig für sich beanspruchen.«

»Natürlich, ich werde das Haus bis zu Ihrer Heimkehr hüten.«

»Sobald wie möglich komme ich zurück«, versprach sie und drückte eine Münze in seine schwielige Hand.

Auch die Dienstmädchen, die ehrerbietig knicksten, erhielten ein bisschen Geld.

Verwundert fragte sich Fox, wo die restliche Dienerschaft blieb. Er war mehreren Frauen begegnet und einem kräftig gebauten Mann, der wie ein Feldarbeiter aussah, aber auf Glenraven als Butler fungierte. Jetzt ließen sich diese Leute nicht im Hof blicken.

Obwohl der alte Angus versichert hatte, er würde das Schloss im Auge behalten, konnte er den Weg zum Ende des verwilderten Gartens kaum bewältigen. Und die Mädchen hatten es offenbar eilig, das Weite zu suchen. Nun, das sollte nicht Fox' Sorge sein, er hatte zu viele andere Probleme.

Trotzdem warf er einen Blick zurück, als sie zum Moor ritten. Auch Grace spähte über die Schulter, und er wünschte, er würde herausfinden, was ihr Glenraven bedeutete – was sie hier festhielt. Oder war es das Moor, das sie mit aller Macht in seinen Bann zog?

Auch ihn hatte es zurückgelockt – nach Culloden.

An der Spitze ritt Grace, gefolgt von ihrer Schwägerin, die sich erstaunlich gut im Sattel hielt, und Fox bildete die Nachhut. Sein Pferd – dasselbe, das er sich für die unselige Reise zum Fort George geliehen hatte – war kräftig und trittsicher. Aus den Nüstern schlug der warme Atem und verlor sich im Morgennebel. Mit dem edlen Hengst allerdings, auf dem er nach Schottland geritten war, konnte sich das Tier nicht messen. So vieles hatte sich seither verändert.

Aber darüber wollte er nicht nachdenken. Nicht jetzt. In London würde er genug Zeit dafür finden.

Die Luft war immer noch kühl, und die Sonne erhellte den Osthimmel nur schwach, als sie über das Moor südwärts ritten. Nach Edinburgh, nach London zurück zur Normalität.

Dieses Terrain hatte er vor der Schlacht studiert,und es erschien ihm immer noch vertraut. Vielleicht, weil er das Gemetzel so oft erlebt hatte – in Gedanken und Albträumen. Oh, warum war er hierher gekommen? Welche Dämonen hatte er zu besiegen gehofft?

Am liebsten hätte er sein Pferd zum Galopp angespornt, um dem Schauplatz seines Grauens zu entfliehen. Aber die Vernunft erforderte einen langsamen Trab. Die Zügel locker zwischen den behandschuhten Fingern, passte er sich Graces Tempo an. Er wollte die öde, unheimliche Landschaft nicht betrachten, die im Nebelmeer verschwamm. Doch er hatte keine Wahl. Einsam und wehmütig schien sie nach ihm zu rufen, mit leiser, im unablässigen Wind bebender Stimme.

Grace zog das wollene Cape fester um ihre Schultern. Seltsam, wie schwer ihr der Abschied von Glenraven fiel … Nicht nur in der Brise, die von Norden heranwehte, lag Kälte, auch in ihrem Herzen. Ein Kaminfeuer könnte sie wohl kaum wärmen, trotzdem würde sie gern davor sitzen.

Doch ehe sie in diesen Genuss kam, würden noch mehrere

beschwerliche Stunden verstreichen. In einem Gasthof am Ufer des Loch Gleven wollten sie essen und übernachten. Grace wusste nicht, ob sie den Gedanken an das Zimmer, das sie zusammen mit Maude bewohnen würde, angenehm oder beklemmend finden sollte.

»Er folgt uns nicht.«

Verwundert drehte sie sich im Sattel um. Hatte ihre Schwägerin gesprochen, oder spielte ihr der heulende Wind einen Streich? Maude zeigte auf den Engländer, der abgestiegen war. Durch die Nebelschleier konnte man ihn kaum ausmachen. Er hielt die Zügel in der Hand, aber er schien weder das Pferd noch irgendetwas anderes wahrzunehmen.

Grace schwenkte ihre Stute herum und erschauerte unwillkürlich. »Reite weiter, Maude, wir holen dich ein.«

»Offenbar will er uns nicht mehr begleiten.«

»Doch, ganz sicher«, erwiderte Grace und lenkte das Pferd zurück. Ob Maude den Weg fortsetzte, wusste sie nicht, denn sie hatte nur Augen für Foxworth.

Sie hatte ihn fast erreicht, als er den Kopf zu ihr wandte. Grace zügelte das Pferd. Sichtlich verwirrt beobachtete er, wie sie sich aus dem Sattel schwang. »Ich erinnere mich nicht …«, gestand er mit einer Stimme, die ihr unheimlich vertraut erschien.

»An die Schlacht?«

»Daran schon – in allen Einzelheiten. Ich könnte dir erzählen, wessen Division zu welchem Zeitpunkt angriff … Aber die Gefühle verblassen.« Mutlos ließ er die Schultern hängen. »Warum?«

Alle Geheimnisse des Universums wollte sie ihm erklären und sehen, wie sich seine gefurchte Stirn glättete. Aber sie wusste nicht, was in ihm vorging, obwohl sie seine Verzweiflung teilte. Ihre Hand, die bleich im Morgenlicht schimmerte, berührte seinen Ärmel.

Da zog er sie an seine Brust. Die Umarmung tröstete sie beide und milderte die grausame Realität.

8

Die vierte Nacht verbrachten sie in einer einfachen Torfhütte am Ufer des Flusses Tey, die aus nur zwei Räumen bestand. Zu beiden Seiten grenzten Ställe an das Häuschen.

An diesem Abend war es sehr spät geworden, und das Durchhaltevermögen der beiden Frauen – vor allem der älteren – überraschte ihn. Sie hatten unwegsames Terrain überquert, auf schmalen, holprigen Pfaden. Nur wenn die Pferde eine Ruhepause brauchten, hielten sie an. Weder Grace noch Maude hatten sich beklagt oder das Tempo verlangsamt. Fox fragte sich, ob seine Soldaten jemals die gleiche Ausdauer bewiesen hatten. Jedenfalls war er selbst todmüde und wollte endlich woanders sitzen als im harten, mit einem Plaid bedeckten Sattel.

Wem die Hütte gehörte, fragte er nicht. Bisher waren sie von allen Gastwirten freundlich aufgenommen worden – trotz seiner Anwesenheit. Wie er den Blicken entnahm, die man im zuwarf, wurden die Engländer in dieser Gegend nicht sonderlich geschätzt. Deshalb versuchte er, möglichst wenig Aufmerksamkeit zu erregen und sagte kaum ein Wort – was ihm keine Mühe bereitete, da er ohnehin meistens in grüblerischem Schweigen verharrte.

Das Gekläff eines stämmigen, kurzbeinigen Hundes meldete den Bewohnern die Ankunft der Reisenden. Mit wedelndem Schwanz lief er um Fox' Pferd herum, hielt aber sofort inne, als Grace seinen Namen rief. »Ob wir hier schlafen können, weiß ich nicht.« Fox stellte keine Fragen. Im Laufe der letzten Tage hatte er gelernt, ihren Arrangements zu vertrauen.

Wenig später öffnete sich die Haustür. Ein rothaariger Mann blinzelte in die sinkende Sonne und zückte ein Schwert, das fast so groß war wie er selbst.

»Guten Abend, Alisdair McKinzie! Ich bin's, Grace MacCammon. Dürfen wir für eine Nacht um Ihre Gastfreundschaft bitten?«

Zunächst war nur das Plätschern des Flusses zu hören, der sich zwischen großen Felsbrocken hindurch seinen Weg bahnte. Die Waffe schimmerte im rötlichen Licht. Beunruhigt lenkte Fox sein Pferd an Graces Seite. Als er zur Hütte reiten wollte, hob sie warnend eine Hand. Endlich begann der Mann zu sprechen. »Wieso erwarten Sie eigentlich, Sie wären hier willkommen?«

»Das erwarten wir nicht, wir bitten um Unterkunft.«

Darüber schien er nachzudenken, dann senkte er das Schwert. »Sie sind ziemlich kühn, Grace MacCammon.«

»Nein, nur müde von der langen Reise.«

»Also gut, Sie können bei mir übernachten.« Der Mann rief etwas über die Schulter, worauf ein Junge aus der Hütte rannte, über einen Misthaufen sprang und die Zügel von Graces Pferd ergriff.

Erleichtert stieg Fox ab und half den beiden Frauen aus dem Sattel.

In der Küche spendete ein qualmendes Torffeuer schwaches, bläuliches Licht. Es gab keine Fenster, nur ein Loch in der rußgeschwärzten Decke.

Alisdair McKinzie bedeutete den Gästen, auf den Stühlen Platz zu nehmen, die ihnen ein paar rothaarige Kinder überlassen hatten. In der Mitte des Kreises, den die Stühle bildeten, stand eine fast leere Schüssel auf einem kleinen Tisch. Alisdair winkte eine Frau heran – *seine* Frau, wie Fox vermutete. Wortlos füllte sie die Zinnschüssel. Löffel wurden verteilt, und Maude begann heißhungrig zu essen.

Auch Grace tauchte ihren Löffel in das Gefäß. Als sie Fox einen kurzen Blick zuwarf, folgte er ihrem Beispiel. Was er aß, wusste er nicht. Es fühlte sich körnig auf der Zunge an, und es schmeckte nach gar nichts. Aber es füllte seinen Magen. Während der Mahlzeit sagte niemand ein Wort. Der Junge, der die Pferde versorgt hatte, betrat die Hütte und kniete sich hinter die Gäste.

Nach einer Weile senkte Grace ihren Löffel und berührte Maudes Hand. »Iss nicht zu viel, sonst bekommst du Verdauungsbeschwerden.«

Fox gewann den Eindruck, die alte Frau würde gern widersprechen. Doch sie schwieg ausnahmsweise und legte den Löffel beiseite. Um das Gleiche zu tun, brauchte er keinen mahnenden Blick aus grünen Augen.

»Danke für das köstliche Essen.« Grace stand auf. »Und für Ihre Gastfreundschaft.«

»Es gibt noch mehr.« Der Schotte zeigte über seine Schulter auf einen Topf mit Deckel.

»Oh, das ist sehr nett von Ihnen. Aber wir bringen keinen Bissen mehr hinunter, wir würden uns lieber hinlegen.«

Alisdair nickte. »Gehen Sie nach nebenan – der Raum ist groß genug für Sie alle.«

Im Schlafzimmer lagen mehrere zusammengerollte Matten auf dem Boden. Außerdem gab es ein eingebautes Bett mit einer Tür. Durch ein paar Löcher in der Torfwand drangen frische Luft und das schwindende Tageslicht herein.

Fox entrollte eine Matte, die ein Plaid und Laken enthielt, und streckte sich darauf aus. Da er annahm, Grace würde das Bett benutzen, staunte er, weil sie sich ebenfalls auf eine Matte legte. Maude kroch ins Bett und schloss die Tür.

Allzu groß war der Raum nicht, und so spürte er Graces verwirrende Nähe. Sie lag auf der Seite, von ihm abgewandt, die roten Locken zerzaust. Um sie zu berühren, hätte er nur eine Hand ausstrecken müssen.

Die Zähne zusammengebissen, schloss er die Augen. Doch die Vision der Gestalt an seiner Seite ließ sich nicht verscheuchen. Wie schon so oft glaubte er, ihre Stimme zu hören, ihr Lächeln zu sehen, in seinem Herzen zu fühlen. Und neben ihr zu liegen – das erschien ihm so vertraut wie sein Atem. »Wir nehmen den Leuten ihre Betten weg«, flüsterte er.

»Wenn wir es nicht täten, wären sie beleidigt«, wisperte sie und drehte sich zu ihm herum.

»Das dachte ich mir.« Fox blinzelte, um sie im Halbdunkel genauer zu betrachten. Doch das war gar nicht nötig, denn er kannte sie. »Warum übernachten wir bei Alisdair McKinzie?«

»Weil es spät war und seine Hütte in der Nähe lag.«

»Aber er hat uns nicht so freundlich empfangen wie all die anderen.«

»Ach, das ist eine lange Geschichte«, seufzte Grace.

»Ich habe dir *sehr* lange Geschichten erzählt.«

»Ja … In Edinburgh würdest du's ohnehin erfahren.«

Ihre Stimme klang so leise, dass er etwas näher zu ihr rückte, um sie besser zu verstehen. »Was?«

»Neulich erwähnte ich, mein Mann sei in das Darien-Projekt verwickelt gewesen …«, begann sie zögernd. »Dafür arbeitete er hart – jeden Tag viele Stunden. Als es fehlschlug, war er völlig verzweifelt. Um Geld für die Kolonie aufzubringen, hatte er seinen beträchtlichen Einfluss genutzt.«

»Und viele Menschen verloren ihr ganzes Vermögen.«

»Ja …«

»Dann ist es nur natürlich, dass sie nicht gut auf deinen Mann zu sprechen sind.«

»Das wusste er. Aber es steckt noch mehr dahinter. Einige Leute – nicht zuletzt der Earl of Denbigh – warfen ihm vor, er habe sie bestohlen.«

»Stimmt das?«

Obwohl sie diese Frage erwartet hatte, zuckte sie erschrocken zusammen. Vor allem, weil sie von einem Engländer gestellt wurde. Doch er konnte nicht wissen, wozu Dugald fähig gewesen war. Was das betraf, hegte sie selbst gewisse Zweifel. »Nein, ich glaube nicht.« Nach einer kleinen Pause fügte sie hinzu: »Aber es wäre möglich.«

»Hat auch der Earl sein Geld verloren?«

»Lord McKinzie?« Unwillkürlich kicherte sie. »Großer Gott, nein! Von Anfang an wetterte er gegen die Kolonie New Caledonia. Er glaubt, Schottlands Zukunft läge im Zusammenschluss mit England.«

»Also ein Feind deines Freundes Alex?«

»Ja. Und mit Alisdair McKinzie verwandt.«

»Trotzdem hast du ihn um seine Gastfreundschaft gebeten?« Fox stützte sich auf seinen Ellbogen. »Könnte er jeden Moment hereinstürmen und sein überdimensionales Schwert schwingen?«

»Nein, er ist ein ehrenwerter Mann.«

»Kennst du ihn so gut?«

»Auch ich bin eine McKinzie.«

»Und der Earl of Denbigh?«

»Mein Onkel«

»Lord McKinzie ... Diesen Namen habe ich schon einmal gehört.«

»Weil Alex ihn erwähnt hat, als einen Freund von ...« Grace unterbrach sich. Foxworths Freund? Irgendwie würde das seltsam klingen. Und einen Freund seines Großvaters konnte sie den Earl auch nicht nennen. »Als Lord Morgans Freund.«

Sein Freund? Fox hatte den Mann nie getroffen. »Immer wieder stoßen wir auf mein Dilemma.«

»Natürlich lässt es sich schwer umgehen.«

»Da hast du Recht.« Er drehte sich auf den Rücken und verschränkte die Arme hinter dem Kopf. »So leicht wie du kann ich nicht akzeptieren, dass ich aus der Zukunft zurückgekehrt bin. Wie schaffst du das nur?«

»Nach meiner Ansicht gibt es mehrere Möglichkeiten. Du bist verrückt, was ich bezweifle. Oder du belügst mich.«

»O nein!«

»Keine Angst, ich glaube dir. Also bleibt nur die dritte Möglichkeit übrig.«

»Ich bin durch die Zeit gereist.«

»Ja. Schon unsere Vorfahren dachten, so etwas würde hin und wieder geschehen.«

»Aber ich bin kein Kelte. Und ich nehme solchen Unsinn nicht ernst.«

»Früher oder später wirst du dich damit abfinden müssen.«

»Für mich zählt nur die Wahrheit, die ich sehe.«

»Wenn du mit deiner Wahrheit zufrieden bist, lass es dabei bewenden.«

»Damit bin ich nicht zufrieden!«, stieß er hervor. Als er eine Hand ausstreckte, wusste er nicht, ob er Grace berühren würde. Inzwischen war es dunkel geworden, und er erkannte nicht einmal die Umrisse ihres Körpers. Aber er roch den Duft des Heidekrauts, der ihr wie ein zarter Schleier anhaftete. Jede ihrer Bewegungen, alle ihre Atemzüge schärften seine Sinne. Und als seine Finger ihre warme Haut streiften, geriet sein Entschluss, die Leidenschaft zu zügeln, ins Wanken. »Unentwegt denke ich an dich – und ich begehre dich so sehr.« Sein Puls beschleunigte sich. »Sag mir, dass du meine Gefühle erwiderst.«

»Das darfst du nicht von mir verlangen.«

»Warum nicht? Nein, wende dich nicht ab! Antworte doch! Bitte!«

»Hier drin kenne ich dich so gut ...« Sie ergriff seine Hand und presste sie auf ihr Herz. »Aber ich darf die Botschaft nicht vergessen, die du mir überbracht hast.«

»Hältst du dich deshalb von mir fern?«

»Diese Reise wird uns trennen.«

»Noch nicht.« Fox neigte sich zu ihr, küsste sie, und sie wehrte ihn nicht ab. Immer heißer schienen ihre Lippen zu verschmelzen. Stöhnend spürte er, wie sie ihre Arme um seinen Nacken schlang. Und dann hörte er ein scharrendes Geräusch. Sofort richtete er sich auf und rang nach Luft.

»Was ist das?«, fragte Grace.

»Keine Ahnung«, flüsterte er und legte einen Finger auf ihren feuchten Mund. Das Geräusch drang durch die geschlossene Tür des eingebauten Bettes.

»Maude?«, wisperte Grace und setzte sich auf, aber Fox drückte sie auf die Matte zurück.

»Warte, ich werde nach ihr sehen.« Er kroch zum Bett hinüber, tastete nach dem Knauf und öffnete die Tür. Da verstummte das Geräusch.

Beinahe erwartete er, irgendetwas würde herausspringen – ein Hund oder eine Katze oder die alte Frau, die Finger zu Krallen gekrümmt. Nichts geschah, er hörte nur seinen eignen Atem. Ob Maude schlief oder nicht, konnte er nicht feststellen. Jedenfalls gab sie keinen Laut von sich. Nach einer Weile schloss er die Tür und kehrte zu seiner Matte zurück.

»Was ist geschehen?«, hauchte Grace.

»Ich habe nichts gesehen. Und inzwischen ist nichts mehr zu hören.« Er beugte sich wieder zu ihr hinüber. Aber diesmal kehrte sie ihm den Rücken.

»Jetzt sollten wir schlafen. Ein anstrengender Tag liegt vor uns.«

Vergeblich versuchte er ihren Rat zu befolgen. Während er hellwach ins Dunkel starrte, bedachte er, was sich ereignet hatte, seit er im Moor zu sich gekommen war. Wie schon so oft suchte er nach einer logischen Erklärung.

Im Laufe der langen Reise hörte er auf, die Tage zu zählen. Sie schliefen, sie aßen, sie ritten weiter. Manchmal mussten sie in der kargen Landschaft, in der nur wenige Bäume wuchsen, einen Fluss durchqueren. Die Brücken, die er bei seiner ersten Reise nach Schottland benutzt hatte, waren verschwunden. Auch die Straßen sahen anders aus. Die Militärstraßen, von General Wade angelegt, existierten noch nicht.

Nur noch wenige Meilen von Edinburgh entfernt, hielten sie am frühen Nachmittag vor einem Palast am Firth of Forth. Viel grandioser als alle bisherigen Quartiere, erhob sich das Gebäude zwischen gepflegten Parkanlagen und Wäldern.

Grace ritt durch das Tor voraus. Hier gab es keine zerstörten Türme, keine Höfe voller Unkraut. Dieses Schloss war nicht erbaut worden, um Belagerungen zu widerstehen, sondern um den Bewohnern jeden erdenklichen Komfort zu bieten.

Sobald sie den Eingang erreichten, erschienen mehrere Dienstboten, ergriffen die Zügel und halfen den Damen aus den Sätteln. Die mittlere Tür schwang auf, und Fox folgte seinen Begleiterinnen in eine opulente Halle, die ihn an Ashford Hall erinnerte.

Nachdem Grace ihren Namen genannt hatte, wurden sie über den schimmernden Marmorboden zu einer Doppeltür geleitet, die in einen großen, prächtigen Salon führte. Erstaunt schaute Fox sich um. Obwohl der Butler den Neuankömmlingen Platz anbot, blieb er ebenso wie die anderen stehen, nahm aber dankend ein Glas Portwein entgegen.

Vielleicht lag es an der luxuriösen Einrichtung des Raumes – jedenfalls gewann Fox den Eindruck, er wäre endlich aus seinem Albtraum erwacht. Jetzt war alles wieder so, wie es sein sollte. Und Grace gehörte dazu. Seine Euphorie hielt an, bis ein kleiner rundlicher Mann mit dunklen Ringellocken eintrat. Falls die Perücke kein ausreichender Beweis war, stammten das Jackett, die Samtweste und das spitzenbesetzte Hemd eindeutig aus einer früheren Epoche. Sofort lastete wieder das Gewicht der unangenehmen Wahrheit auf Fox' Seele.

»Lady MacCammon, Grace, welch eine Freude!« In hochhackigen Schuhen eilte der Mann zu Grace, ergriff ihre Hände und überschüttete sie mit Küssen. »Und ich hatte schon Angst, ich müsste mich in die Niederungen von Schottland begeben, um endlich wieder Ihren Anblick genießen zu können.«

»Wie freundlich Sie sind, Sir …« Grace knickste und Fox bemerkte ihr Erröten.

»Mit Freundlichkeit hat es nichts zu tun, meine Liebe«, betonte er und führte sie zu einem reich geschnitzten, vergoldeten Sofa. »Bitte, setzen Sie sich. Oh, Sie haben Ihre reizende Schwägerin mitgebracht!« Lächelnd trippelte er zu Maude, die sich offensichtlich über die Begegnung freute. »Liebe, liebe Maude!«

Nachdem er die Damen zu einem Sofa geführt hatte, wandte er sich Fox zu. Ihre Blicke tauchten ineinander. Als Fox den Mann wiedererkannte, durchfuhr ihn ein körperlicher Schmerz. Heller Zorn stieg in ihm auf, das Bedürfnis, sich zu verteidigen. Instinktiv umfasste er den Griff des Schwerts an seiner Taille.

Graces Stimme, die seinen Namen aussprach, brachte ihn zur Besinnung. Erstaunt sah er sie an seiner Seite stehen. Sie berührte seine Hand, die auf dem Schwertgriff lag, und er merkte, dass sie ihm den Gentleman vorgestellte hatte – Hugh Archey, den Earl of Maymont. »Sir«, murmelte Fox und verbeugte sich.

»Ah, ein Engländer!«

»Ja, Foxworth Morgan stammt aus London, aber er hält sich schon seit einiger Zeit im Hochland auf«, erklärte Grace, ohne seinen Titel zu erwähnen. »Mr. Morgan war so freundlich, meine liebe Schwägerin und mich nach Edinburgh zu begleiten.«

»Dann stehe ich tief in Ihrer Schuld, Mr. Morgan. Allein schon den Gedanken, meiner liebsten Freundin wäre etwas zugestoßen, könnte ich nicht ertragen. Wäre ich rechtzeitig über Ihre Reise informiert worden, teure Grace, hätte ich Ihnen selbstverständlich eine Eskorte geschickt. Ein Dutzend kräftiger Burschen.«

Ihr perlendes Gelächter erfüllte den Raum. »Wie Sie sehen, hat nur ein kräftiger Gentleman genügt.«

»Gewiss. Und die Dienerschaft, die ich Ihnen gesandt habe? Ist sie nicht mit Ihnen zurückgekehrt?«

»Oh, wie dumm von mir!« Grace schlug sich mit der flachen Hand an die Stirn. »Natürlich hätte ich sie alle mitnehmen müssen. Es gibt keinen Grund, warum ich sie auf Glenraven festhalten sollte. Jedenfalls war es sehr großzügig von Ihnen, Sir, mir Ihr Personal zu leihen.«

»Niemals hätte ich Sie ohne Dienstboten in die Wildnis des Hochlands reisen lassen.« Der Earl ließ einen Wein servieren. Sie plauderten noch ein wenig, danach wurde jeder Gast zu einem Schlafzimmer geleitet.

Alle Räume waren verschwenderisch ausgestattet. In Fox' Zimmer umrahmte italienischer Marmor den Kamin. Über dem Sims hing ein Gipsrelief, das Wappen der Maymonts. Kostbare Gobelins schmückten die Wände. Auf einem wurde Goliath von David besiegt, ein anderer zeigte Engelsscharen, ein dritter verschiedene Tiere, die paarweise Noahs Arche betraten.

Im Ankleidezimmer fand Fox den Luxus vor, der ihm am besten gefiel – eine große Wanne mit dampfendem Wasser. Während der Reise hatte er sich immer nur mit kaltem Wasser gewaschen. Und nun glaubte er, der Schmutz ganz Schottlands wäre in seine Haut gedrungen.

Hastig zog er sich aus und ließ sich ins heiße Wasser. Die Knie angezogen, genoss er das sinnliche Vergnügen sanfter Wellen, die seinen Körper umspülten. Nie zuvor, nicht einmal im Dienst Seiner Majestät, hatte ihm ein Bad so große Freude bereitet.

Er lehnte sich an den Rand der Wanne und verdrängte alle beklemmenden Gedanken. Allmählich war er es müde, ständig zu grübeln. Seit der Ankunft auf Glenraven tat er kaum etwas anderes. Was ihm widerfuhr, konnte er sich jetzt ebenso wenig erklären wie am Anfang seiner so genannten Zeitreise. Jetzt wollte er ausnahmsweise an gar nichts denken.

Und in diesem Augenblick schoss ihm die Antwort durch den Kopf. Als er sich ruckartig aufrichtete, schwappte Wasser aus der Wanne.

»Mein Gott!« Er griff nach der Seife und begann sich zu waschen. In seinen Augen brannten Tränen, weil er den Schaum zu achtlos im Gesicht verteilte. Fluchend bespritzte er sich mit klarem Wasser und spülte die Seife aus seinem Haar.

Auf dem Weg ins Schlafzimmer hinterließ er feuchte Fußspuren auf dem Steinboden. Ein Leinentuch um die Hüften geschlungen, sah er sich um. Verdammt, wo waren seine Kleider? Nachdem er sich ausgezogen hatte, musste ein Dienstbote hereingekommen sein.

Er zog am Glockenstrang und wanderte umher, bis es klopfte. »Herein!«, rief er. Normalerweise hätte ihn die schockierte Miene des Dienstmädchens, das die Tür öffnete, belustigt. Aber er wollte möglichst schnell mit Grace reden. Und vorher musste er sich anziehen. »Wo sind meine Kleider?«, fragte er und bemühte sich um einen sanften Ton. Offensichtlich war das arme Mädchen einer Ohnmacht nahe. Fox warf einen kurzen Blick nach unten, um sich zu vergewissern, dass die wichtigsten Körperteile bedeckt waren.

»Eh – die hat Freddy geholt«, stammelte sie, und ihre Verlegenheit schien ein wenig nachzulassen, »gerade bürstet er sie aus.«

»Gut. Würden Sie mir die Sachen bringen lassen? So schnell wie möglich?«

»Ja, Sir.« Sie knickste und musterte ihn mit ihren großen Augen. »Kann ich sonst noch etwas für Sie tun?«

Diese Frage hatte er oft genug gehört, von Marketenderinnen und Huren in Militärlagern. Manchmal hatte er ein solches Angebot angenommen, um seine Einsamkeit kurzfristig zu lindern. Aber jetzt geriet er nicht in Versuchung. »Bringen Sie einfach nur meine Kleider«, befahl er und wandte sich ab.

Wenig später erschien ein Diener, das frisch gebürstete graue Jackett und die Reithose über einem Arm. Fox' Haut war inzwischen an der Luft getrocknet. In aller Eile kleidete er sich an. Noch bevor er den zweiten Arm in den Ärmel des Jacketts schob, rannte er aus dem Zimmer.

Wo man Grace einquartiert hatte, wusste er nicht. Entlang des Flurs sah er mehrere Türen. Glücklicherweise musste er sich nicht nach Graces Verbleib erkundigen. Als er die Treppe hinabstieg, sah er ihr rotgoldenes Haar schimmern und rief nach ihr.

Lächelnd drehte sie sich um, ihr Anblick bezauberte ihn wieder einmal. Gewiss, sie war keine klassische Schönheit. Die Augen standen ein wenig zu weit auseinander, und während der Reise hatte der Sonnenschein die Sommersprossen auf ihrer Nase vermehrt. Jetzt bedeckten sie auch ihr Kinn und die Stirn. Wenn sie lächelte, entblößte sie ungleichmäßige Zähne.

Doch das alles spielte keine Rolle. Fox fand sie einfach hinreißend. Nie zuvor war ihm eine so reizvolle Frau begegnet, das wurde ihm jedes Mal bewusst, wenn er sie nach einer kurzen Trennung wiedersah. Zärtlich erwiderte er ihr Lächeln und berührte ihre hoch gesteckten Locken.

»Lord Archey hat mir die Zofe seiner Tochter geschickt. Diesem Mädchen verdanke ich meine kunstvolle Frisur.«

»Wundervoll!«, meinte er und wurde mit sanft geröteten Wangen belohnt. Bedauerlicherweise konnte er den Flirt nicht fortsetzen, denn es gab Wichtigeres zu tun. »Ich muss mit dir reden.«

»Natürlich. Gerade wollte ich in den Salon gehen.« Sie legte ihre behandschuhten Finger auf das breite, dunkle Treppengeländer und stieg eine Stufe hinab.

»Nein.«

Verblüfft wandte sie sich wieder ihm zu.

»Bitte, Grace, ich muss sofort mit dir sprechen. Unter vier Augen.«

»Also gut. Gehen wir in den Garten. Dort gibt es ein Labyrinth, wo uns niemand stören wird.« Sie eilte an seiner Seite hinab.

In der Halle erklang eine joviale Stimme. »Ah, da sind Sie ja, Grace – in Mr. Morgans Begleitung. Großartig! Kommen Sie, trinken Sie ein Glas Bordeaux mit mir.«

Da ihnen nichts anderes übrig blieb, folgten sie dem Earl zum Salon. Fox neigte sich zu Grace und flüsterte: »Trau ihm nicht!«

»Was?« Sie riss die Augen auf, dann blinzelte sie. Mit einem strahlenden Lächeln fragte sie den Gastgeber: »Und was tut sich in Edinburgh? Ich habe schon so lange keine Klatschgeschichten mehr gehört.« An seinem Arm betrat sie den Salon.

Angeregt begannen sie zu plaudern, und Fox' Miene verdüsterte sich. Als er Maymont beobachtete, schwanden die letzten Zweifel an der Erkenntnis, die er in der Badewanne gewonnen hatte. Der eine war klein und rundlich, der andere eher schmächtig. Trotzdem ließ sich die Ähnlichkeit nicht leugnen.

Erbost schüttelte Fox den Kopf und erregte Lord Archeys Aufmerksamkeit. »Liebe Grace, ich fürchte, wir langweilen deinen Freund. Bitte, Mr. Morgan, setzen Sie sich doch zu uns. Von jetzt an werden wir Gesprächsthemen von allgemeinem Interesse wählen. Zum Beispiel Ihren Namen ...« Seine Perücke wippte in Graces Richtung. »Letzte Woche lud mich Ihr Onkel in sein Haus ein, meine Liebe ... Da traf ich einen

Mann, der ebenfalls Morgan heißt – Lord Morgan, Earl of Clayborne. Kennen Sie ihn?«

Beinahe wäre Fox in hysterisches Gelächter ausgebrochen. Nur mühsam konnte er sich beherrschen. »Ja, ich denke schon.«

»Natürlich einer Ihrer Landsleute. Stets mit schottischen Angelegenheiten beschäftigt.«

»Also ist Lord Morgan in Edinburgh?« Graces Blick glitt zu Fox hinüber.

»In der Tat.« Verschwörerisch neigte sich Lord Archey zu ihr. »Da macht er angeblich Urlaub. Aber ich habe etwas anderes gehört.«

»Was denn?«, fragte Fox.

»Ah, Mr. Morgan interessiert sich für seinen Verwandten.«

»Ich bezweifle, dass er mit Lord Morgan verwandt ist«, bemerkte Grace.

»Unsinn! Sind wir nicht alle Kinder dieser Erde? Nein, das war nur ein Scherz, Mr. Morgan. Offensichtlich sind Sie nicht mit diesem Gentleman verwandt. Und Sie sind auch kein Freund unserer lieben Grace, falls Sie einen royalistischen Standpunkt vertreten. Was Lord Morgan betrifft – angeblich ist er ein Gesandter der Königin und hat seine Taschen mit dem Gold Ihrer Majestät voll gestopft, um möglichst viele Leute zu bestechen und für die Union zu gewinnen.«

Bis sich Maude und die Tochter des Earls hinzugesellten, sprach er ausschließlich über Lord Morgan und das politische Klima in Edinburgh. Falls Maude irgendetwas unternommen hatte, um ihre äußere Erscheinung für das Dinner zu verbessern, konnte Fox nichts dergleichen feststellen. Margaret, die Tochter des Hausherrn, war ein nicht besonders hübsches, etwa achtzehnjähriges Mädchen. Während der ganzen

Mahlzeit schwatzte sie über ihre bevorstehende Reise nach Paris.

Maude schwieg und widmete sich ihrem Essen. In wachsender Ungeduld überlegte Fox, der Grace gegenübersaß, wie er ihr zu verstehen geben könnte, was er herausgefunden hatte. Vergeblich hoffte er auf eine Gedankenübertragung, wenn sich ihre Blicke über dem silbernen Tafelaufsatz begegneten.

Erst nach dem Dinner, als Lady Margaret zu Ehren der Gäste Harfe spielte, fand er eine Gelegenheit, mit Grace zu sprechen. Sie saßen auf einem Sofa vor dem Kaminfeuer, und Lord Archey stand neben seiner Tochter. Begierig lauschte er jedem Ton, den sie spielte.

»Was willst du mir erzählen?«, flüsterte Grace hinter ihrem Fächer.

Fox beugte sich vor und hoffte zu erwecken, die Musik würde ihn faszinieren. »Diesem Mann darfst du nicht trauen.«

»Lord Archey? Lächerlich! Seit Jahren kenne ich ihn. Er war einer der eifrigsten Verfechter des Darien-Projektes. Sogar nach dem Fehlschlag stellte er sich auf Dugalds Seite.

»Offensichtlich hat er sein Vermögen nicht verloren.«

»Dieses Pech hatten nicht alle Investoren. Was stört dich an unserem Gastgeber?«

»Ich kenne ihn.«

»Unmöglich! Du sagtest doch …«

»Nicht aus diesem Leben, nicht aus dieser Zeit. Wir sind uns schon begegnet – ehe der Blitz mich traf. In Irland. Damals hätte er mich fast getötet.«

9

Sie glaubte ihm nicht.

Darüber ärgerte er sich maßlos.

Ausgerechnet Grace, die Fox gedrängt hatte, seine Zeitreise zu akzeptieren, hegte jetzt ernsthafte Zweifel. Warum behauptete sie, Lord Archey sei kein Schurke? Nun, vielleicht war er in *diesem* Leben tatsächlich ehrenwert. Aber 1747 war er nicht Hugh Archey gewesen, der Earl of Maymont, sondern Sir Edwin White, ein lasterhafter, kranker, widerwärtiger Mörder – der grausigsten Verbrechen fähig.

Im Gegensatz zu jenem Tag, an dem Fox im Moor erwacht war, vertraute er seinem Gedächtnis. Klar und deutlich erinnerte er sich an die Ereignisse. 1747 hatte ihn die Army nach Irland geschickt. Dort sollte er einen flüchtigen Rebellen festnehmen, der die englische Aristokratie erzürnte.

»Ein Robin-Hood-Typ«, hatte sein Kommandant erklärt, bevor Fox zur irischen Westküste gesegelt war. »Verhasst beim Adel, den er bestiehlt, beliebt bei den heidnischen Papisten. Der verdammte Revolutionär sichert sich das Schweigen der Einheimischen, indem er ein paar Münzen verteilt. Aber Sie werden seinem ›wohltätigen Unwesen‹ sicher ein Ende setzen.« Herzhaft hatte General Poole über seinen eigenen Witz gelacht.

Diese Herausforderung nahm Fox an. Etwas anders blieb

ihm gar nicht übrig. Bei der Army hatte er den Ruf eines unerbittlichen Rebellenjägers erworben. Auch den schottischen Renegaten Keegan MacLeod hatte er aufgespürt. Diesen Mann ließ er am Leben und erlaubte ihm sogar, in die Neue Welt zu fliehen – und seine Schwester Zoe mitzunehmen. Das änderte nichts an Fox' Erfolg, bewog ihn aber, an seinem Verstand zu zweifeln.

Er hatte MacLeod schon einmal geholfen – oder es zumindest versucht. Auf dem blutüberströmten Schlachtfeld von Culloden, im strömenden Regen.

Mühelos hatte er dann den irischen Rebellen aufgespürt. Wer er war, wusste Fox, sobald er den geckenhaften Lord Padraic Rafferty erblickte – trotz der raffinierten Verkleidung. Er hatte auch ihn schon einmal getroffen. Er war Fox ein ebenbürtiger Gegner, und es fiel ihm schwer, den Iren zu übertrumpfen. Letzten Endes hinderte er Sir Edwin daran, den Rebellen zu töten. Danach hatte er Padraic in die Carolinas geschickt.

Nun saß Fox dem Earl gegenüber. Inzwischen hatte Margaret ihren musikalischen Vortrag beendet, und sie nahmen wieder am Tisch Platz. Hugh Archey wirkte kerngesund und gut gelaunt. In seiner Erscheinung erinnerte nichts an Edwin White. Aber für Fox machte das Aussehen keinen Unterschied. Nur die erkennbaren Wesenszüge spielten eine Rolle.

Die Religion bedeutete ihm wenig. Vielleicht hatte er zu viel Leid gesehen, das den Menschen im Namen Gottes zugefügt wurde. Er betrachtete Archey. Der Earl besitzt Edwin Whites unsterbliche schwarze Seele, dachte Fox.

Und diese Seele war irgendwie mit seiner eigenen verbundenen. Würde Lord Archey das ebenfalls bemerken?

Offensichtlich nahm Grace nichts dergleichen wahr. Lachend lauschte sie einer weiteren Anekdote des Hausherrn. In ihrem Kleid, von Lady Margaret geliehen, strahlte sie heller als die Smaragde an ihrem schlanken Hals, und ihr Anblick lenkte Fox beinahe von seinem inneren Aufruhr ab. Er wünschte, er hätte mehr Zeit gefunden, um ihr seine Befürchtungen zu erklären. Jene hastig geflüsterte Warnung hatte nicht genügt.

»Bedauerlicherweise scheint Mr. Morgan meinen Humor nicht zu schätzen.« Fox wandte sich verwirrt zu Lord Maymont, der lächelnd seine großen, leuchtend weißen Zähne entblößte. »Meine lieben Mädchen«, fuhr der Earl fort und schaute erst Grace an, dann seine Tochter, »ich glaube, wir behandeln unseren Gast unhöflich. Während ihr beide mich gewissermaßen seit eurer Geburt kennt, bin ich für ihn ein Fremder.«

Ganz im Gegenteil, dachte Fox. Doch er verzog keine Miene. Unbefangen schwatzte Lord Archey weiter und versuchte ihm klarzumachen, von wem seine Geschichte handelte.

»Lady Kilgore ist sehr eitel. Ein Grund mehr, warum sie den Verlust ihrer Perücke zu jenem unpassenden Zeitpunkt so peinlich fand.«

»Wenn ich ihr in Edinburgh begegne, werde ich mir nicht anmerken lassen, dass ich von dieser Episode gehört habe«, versprach Grace belustigt.

»Wie nett und taktvoll Sie immer sind, meine Teure ...« Lord Archey bedeutete einem Diener, seinen Stuhl zurückzuschieben. Dann stand er auf, trippelte um den Tisch herum und beugte sich über Graces Hand. »Wollen wir uns in den Salon begeben?«

Notgedrungen eskortierte Fox die Tochter des Gastgebers, die ihn kokett anschmachtete, und Maude, die ihm keinen Blick gönnte. Um die beiden nicht in unschicklicher Hast durch die zugige Halle zu scheuchen, musste er sich sehr beherrschen – denn er beobachtete, wie der Earl seinen Kopf zu

Grace neigte und offenbar Vertraulichkeiten mit ihr austauschte. Könnte er das Gespräch doch belauschen …

Aber die junge Lady duldete keine Ablehnung ihres Vorschlags, die Ahnengalerie zu besichtigen. Maudes Widerstreben, längere Wege zurückzulegen, als unbedingt nötig, brachte Margaret nicht von ihrem Plan ab. Stattdessen beauftragte sie einen Lakaien, die alte Dame in den Salon zu geleiten – oder in ihr Schlafzimmer, falls sie das vorzog. Während Maude etwas Unverständliches vor sich hin murmelte, musterte Fox die Tochter des Hauses. Sie war überdurchschnittlich groß. Mit ihrem Häubchen reichte sie ihm fast bis zur Stirn. Er sah ein eckiges Kinn, eine lange Nase, eingefallene Wangen voller Rouge. Trotz der großen Augen konnte er die Farbe im Licht der silbernen Wandleuchter nicht richtig erkennen. Da er in ihren Zügen keine Seele entdeckte, beendete er die Inspektion.

Offenbar war ihr sein prüfender Blick nicht entgangen, denn sie versuchte, betörend mit den Wimpern zu klimpern. »Ohne Anstandsdame dürfte ich Sie eigentlich nicht entführen, Sir.«

»Dann sollten wir uns zu den anderen gesellen, Lady Margaret. Natürlich möchte ich Sie nicht kompromittieren.« Was seine Emotionen betraf, bestand diese Gefahr nicht im Mindesten. Sie ergriff den Arm, den er ihr reichte, wandte sich aber nicht in Richtung Salon.

»Bei Ihnen fühle ich mich sicher, Mr. Morgan. Ich würde Ihnen gern die Galerie zeigen.«

Fox tat sein Bestes, um Interesse an den Ahnenporträts zu heucheln. Vor jedem Gemälde blieb Margaret stehen und verkündete, welchen grandiosen Platz die dargestellte Person in der schottischen Geschichte einnahm. In dieser Hinsicht schien sie lückenlose Kenntnisse zu besitzen.

Nur Lord Archeys Bild erregte Fox' Aufmerksamkeit. Aber in diesem gemalten Gesicht suchte er vergeblich den Mann, der ihm 1747 begegnet war. »Interessant«, meinte er.

»Oh, es freut mich, dass mein Vater Sie beeindruckt, Sir.« Lächelnd entblößte sie eine Zahnlücke.

»Wann ist das Porträt entstanden?«

Als er die Jahreszahl erfuhr, war er enttäuscht, aber nicht überrascht. 1692.

Obwohl Margaret schmollte, führte er sie unbeirrt zum Salon. Der Gedanke, Grace könnte mit Lord Archey allein sein, missfiel ihm. Selbst wenn Maude beschlossen hatte, den beiden Gesellschaft zu leisten, würde sie ihre Schwägerin wohl kaum vor dem Einfluss des Hausherrn schützen.

Grace saß vor dem kunstvoll gemeißelten Kamin. Zerknirscht blickte sie auf, als Fox mit Margaret eintrat. Warum, verriet ihm die erste Bemerkung des Gastgebers.

»Ah, Mr. Morgan, wie ich höre, sorgen Sie sich um die Zukunft Schottlands, falls die Union mit England zustande kommt.«

Die Stirn gerunzelt, wandte sich Fox Grace zu. Wie viel hatte sie dem Mann erzählt? Er setzte sich dem Earl gegenüber an den Spieltisch und wählte seine Worte sehr sorgfältig. »Nicht nur ich dürfte solche Bedenken hegen.«

»Gewiss nicht, Sir. Spielen Sie Schach?« Dicke, kurze Finger berührten ein Schachbrett.«

»Hin und wieder.«

»Wunderbar! Jedes Mal, wenn ich einen gleichrangigen Gegner finde, bin ich überglücklich. Fangen wir an?« Archeys Daumen streichelte das geschnitzte Elfenbeinkleid der weißen Dame.

Hinter seinem Rücken hörte Fox das Kichern der jungen

Lady. »Nehmen Sie sich in Acht, Mr. Morgan! Papa glaubt, er sei unschlagbar.«

Wie Fox schon nach wenigen Minuten feststellte, war die Warnung berechtigt. Im Dienst Seiner Majestät hatte er oft Schach gespielt – eine angenehme Abwechslung an endlosen langweiligen Tagen. Doch der Earl beherrschte dieses Spiel wesentlich besser. Er schien Fox' Züge vorauszuahnen, möglicherweise sogar drei auf einmal. Noch bevor Fox seine Verteidigungsbastionen errichten konnte, schwebte die weiße Dame in Gefahr. Konzentriert starrte er das Schachbrett an und versuchte sie zu retten.

»Grace hat mir erzählt, einige Hochländer würden rebellieren, wenn es zur Union kommt.«

»Wie bitte ...?« Es dauerte eine Weile, bis Fox merkte, dass Lord Archey der Schachpartie keine ungeteilte Aufmerksamkeit schenkte.

»Nun, sie deutete an, die Stuarts würden versuchen, Annes legitimem Nachfolger die Krone zu entreißen.«

Fox holte tief Atem. Als er den Earl ansah, versuchte er, das Fantasiebild Sir Edwins zu verdrängen. »Gewiss, diese Möglichkeit besteht.«

»Nur eine *Möglichkeit?*«

Fox beobachtete, wie der Gastgeber seinen Springer in den schwarzen Bereich zurückzog und die Schlinge um den Hals der weißen Dame lockerte.

Hatte Lord Archey die Bedrohung übersehen, die seine Schachfiguren darstellten? Fox hob die dunklen Brauen. »Falls Sie andeuten, ich wüsste von einer Verschwörung ...«

»Du meine Güte, nein!« Der Earl lachte laut auf. »Haben Sie Ihrem Freund soeben zugehört, liebe Grace? Glauben Sie mir, Mr. Morgan, ich frage nur nach Ihrer Meinung. Der Standpunkt eines Engländers interessiert mich. Vielleicht riskiere ich zu viel, wenn ich Sie ins Vertrauen ziehe – aber eine Union mit England würde mir nicht behagen.«

Jetzt rochierte Fox, worauf Archey anerkennend nickte. »Warum?«

»Weil ich ein Patriot bin. Das wird Grace bestätigen. Nicht wahr, meine Teure?«

Fox wandte sich zu Grace, die immer noch vor dem Kamin saß. In ihrem Schoß lag eine vergessene Handarbeit. Während sie seinen Blick erwiderte, stimmte sie dem Hausherrn zu.

»Ja, ich wurde in Schottland geboren«, betonte der Earl. »Alles würde ich tun, um meine Heimat zu schützen.« Seufzend ordnete er die Ringellocken seiner Perücke. »Der Fehlschlag des Darien-Projekts war furchtbar deprimierend. So eifrig sich der Ehemann unserer lieben Grace auch bemüht hat, die Katastrophe zu vermeiden …«, fügte er hinzu und schenkte ihr ein väterliches Lächeln.

»Tatsächlich?« Fox ging in die Offensive und schlug mit seiner Dame einen schwarzen Läufer. »Nach meinen Informationen warf man ihm vor, er habe die Geldgeber bestohlen.« Obwohl er nicht aufschaute, vermutete er, es wäre Grace, die verblüfft nach Luft schnappte.

»Also wirklich, Sir, ich finde Ihre Bemerkung unverschämt, noch dazu in Mistress MacCammons Anwesenheit, und ich muss Sie bitten …«

»Pardon.« Fox verneigte sich vor Grace, die seine Entschuldigung gleichmütig zur Kenntnis nahm. Dann erklärte er dem Earl: »Natürlich war es töricht von mir, bösartige Klatschgeschichten zu wiederholen. Falls ich schottische Gefühle verletzt habe, bedaure ich das zutiefst.«

»Schon gut«, erwiderte Archey und lehnte sich in seinem

Sessel zurück. »Sie sind mein Gast, Sir, und ich verstehe, dass Sie sich nur etwas ungeschickt ausgedrückt haben.« Die Augen zusammengekniffen, legte er den Kopf schief und schob einen Bauern vor, um seinen König zu schützen. »Wie seltsam, Mr. Morgan – irgendwie kommt es mir so vor, als wären wir uns schon einmal begegnet.«

»Sicher nicht.« Die weiße Dame glitt diagonal über das Brett. »Schachmatt.«

In dieser Nacht fand Fox nur wenig Schlaf. Die meisten dunklen Stunden nutzte er, um nachzudenken. In letzter Zeit schien er kaum etwas anderes zu tun. Wenigstens sah er jetzt einen Sinn in allem, und er akzeptierte seine Notlage. Es war hilfreich gewesen, Lord Archey wiederzuerkennen.

Trotzdem blieb die wichtigste Frage bestehen. *Warum?*

Eine ganz einfache Frage. Aber es gab keine Antwort.

Während der Morgen graute, stieg er aus dem Bett und begann umherzuwandern. Er zog die Vorhänge auseinander, und da entdeckte er sie im Garten. Grace.

Hastig kleidete er sich an und eilte die Treppe hinab. Im Erdgeschoss traf er nur wenige Dienstboten an, bevor er das Haus durch eine Seitentür verließ und den Küchengarten betrat.

Sie saß auf einer Bank, die Füße auf der steinernen Einfassung eines frisch umgegrabenen Beetes, und starrte über den Park hinweg. Obwohl er nicht nach ihr rief, obwohl sie sich nicht zu ihm wandte, wusste er, dass sie seine Nähe spürte.

»Woher du kommst, habe ich ihm nicht erzählt«, beteuerte sie, als er neben ihr Platz nahm.

»Du meinst, aus welcher Zeit ich stamme?«

Jetzt sah sie ihn an und erhellte seinen Tag mit einem Lächeln. »Was auch immer – ich habe dem Earl nichts verraten.«

»Und das Bestreben der Stuarts, den Thron zurückzuerobern?«

»Ja, das habe ich erwähnt, aber keineswegs angedeutet, du wüsstest davon. Deshalb reite ich doch nach Edinburgh – um die Leute zu warnen, die etwas unternehmen könnten.«

»Und du glaubst, zu diesen Männern würde Lord Archey gehören?«

Ihre Augen, im Morgenlicht so grün wie eine Frühlingswiese, suchten seinen Blick. »Was du mir gestern mitteilen wolltest, verstehe ich nicht. Mein Leben lang habe ich Lord Archey gekannt. Er war mit meinem Vater befreundet. Und mit Dugald. Wie kannst du nur vermuten …«

»Gestern Abend ließ er mich die Schachpartie gewinnen.«

»Ist das so schlimm?«

Fox streckte die langen Beine aus. »Irgendwie hatte ich das Gefühl, unser Gastgeber würde nicht gegen mich spielen, sondern viel mehr *mit* mir. Wie eine Katze mit der Maus.«

»Hältst du dich etwa für einen Mäuserich, der sich gegen Lord Archeys Pfoten wehren muss?«

Das Fantasiebild, das diese Worte heraufbeschworen, belustigte ihn. Grinsend schüttelte er den Kopf. »Bevor er seine schwarzen Schachfiguren zurückzog, hätte er mich beinahe besiegt. Und ich denke, er kennt mich. So wie ich ihn kenne.«

»Erzähl mir, wieso.«

»Das lässt sich nicht so einfach erklären. Ich kannte ihn in meinem richtigen Leben. Da war er ein schlechter Mensch. Und ich spüre immer noch die Finsternis in seiner Seele.«

»In deinem richtigen Leben … Wie betrachtest du *diese* Zeit? Und mich?«

Die Augen geschlossen, hob er sein Gesicht zum Morgenhimmel empor. »Keine Ahnung … Was ich jetzt erlebe, erscheint mir manchmal wie ein magischer Traum, aus dem ich irgendwann erwachen werde.« Er hob die Lider und wandte sich wieder Grace zu. »Aber ich will gar nicht erwachen – weil ich mich dann von dir trennen müsste.«

»Dann hoffe ich inständig, dein Traum wird niemals enden.«

Fox wickelte eine ihrer roten Locken um seinen Finger. Nur widerstrebend zog er seine Hand zurück. »Hier sollten wir nicht länger bleiben.«

»Gestern hat Lord Archey einige Dienstboten nach Edinburgh geschickt, die mein Haus in Ordnung bringen sollen. Wahrscheinlich sind sie noch gar nicht dazu gekommen, alle Räume zu lüften.«

»Spielt das eine Rolle?«

»Wohl kaum.« Grace biss in ihre Unterlippe.

»Was bedrückt dich?«

»Könntest du dich irren, was Lord Archey betrifft?«

»Nein, Grace – obwohl ich mir wünsche, ich wäre ihm nie zuvor begegnet.«

Da es nicht in Mode war, außerhalb der Mauern von Edinburgh zu bauen, dehnte sich die Stadt in die Höhe aus. Fast jedes Haus war sehr schmal und hoch gebaut. Mit Graces elegantem Heim konnten sich nur wenige Gebäude messen. Aus Stein errichtet, mit großen Schiebefenstern, erhob es sich fünf Stockwerke hoch über dem Gestank der Stadt.

Offenbar hatten Lord Archeys Dienstboten gute Arbeit geleistet, denn die Möbel und Böden rochen nach Wachs, kein Staubkörnchen schien an den Vorhängen zu haften, und die Räume rochen so frisch, wie es die abgestandene Luft in den schmalen Straßen erlaubte. Sogar ein Dinner erwartete Grace, Maude und Fox.

Eingemachte Täubchen und gebratenes Lammfleisch füllten die Servierplatten unter der Stuckdecke des Speisezimmers. Bewundernd musterte Fox das kostbare Tafelsilber und die Kristallgefäße. Dieses Haus erweckte gewiss nicht den Eindruck, ein erfolgloses Projekt hätte die Bewohner um ihr gesamtes Vermögen gebracht. Grace schien seinen prüfenden Blick zu bemerken. Lebhaft schwatzte sie über die schönen Schnitzereien, die aus Cromwells Zeiten stammten. Wie üblich sagte Maude kaum ein Wort und aß umso herzhafter.

Nach der Mahlzeit verließ sie den Raum. Auch Grace entschuldigte sich.

Fox schlenderte durch das Erdgeschoss. Zuerst besichtigte er den Salon, dann die Bibliothek. Zahlreiche Bücher füllten die Regale. Aber das Zimmer war klein und bescheiden eingerichtet, der alte Schreibtisch stark zerkratzt. Die Kerzen standen in schlichten Keramikhaltern, fadenscheinige Vorhänge verhüllten die Fenster, die Ledersessel, die am Kamin standen, waren abgewetzt, die Luft roch schal, aber nicht unangenehm.

Während Fox die Bücher inspizierte, strich er mit einem Finger über die Lederrücken. Die lateinischen und französischen Titel entzifferte er nur mühsam, also wollte er es bei den keltischen und griechischen gar nicht erstversuchen.

»Die Bücher gehörten meinem Ehemann.«

Erstaunt drehte er sich zu Grace um, die in der Tür stand. Sie trug ein schlichtes Kleid, das sie aus Glenraven mitgebracht hatte. Obwohl ihr Lady Margarets Garderobe sehr gut gestanden hatte, gefiel sie ihm in der schmucklosen Aufmachung, die ihre aparte Schönheit hervorhob, viel besser.

»Diese Bücher hat Dugald sehr geliebt«, erklärte sie und trat an Fox' Seite. »Die Bibliothek war seine große Leidenschaft. Und natürlich Schottland.«

Fox verzichtete auf den Hinweis, offensichtlich habe Dugald *leidenschaftlich* gern schöne – und teure Dinge gesammelt. Wieder einmal schien Grace seine Gedanken zu lesen.

»Nach unserer Hochzeit führten wir ein zurückgezogenes Leben. Dugald, der dritte Sohn eines Clan-Oberhauptes, war ein erfolgreicher Kaufmann – schon lange, bevor wir geheiratet hatten. Aber er stellte seinen Reichtum nicht zur Schau – zumindest nicht mit Absicht …« Sie seufzte und schlenderte zu einem der Fenster. »Was du jetzt denkst, weiß ich. Das Tafelsilber, die Teppiche, die edlen Möbel …«

»Auf Glenraven sieht es etwas anders aus.«

»Ja. Als ich Edinburgh verließ, hoffte ich, nie mehr zurückkehren zu müssen. Ich beauftragte Lord Archey, das Haus zu verkaufen und den Erlös an die Leute zu verteilen, die unter dem fehlgeschlagenen Darien-Projekt am schmerzlichsten gelitten hatten.«

»Was er nicht tat.«

»Offenbar nicht. Gestern fragte ich ihn danach. Die ganze Zeit hatte ich angenommen, das Haus wäre bereits verkauft und ein Teil der Investoren entschädigt worden. Lord Archey antwortete, er habe meinen Wunsch nicht erfüllt, weil er überzeugt gewesen sei, ich würde eines Tages nach Edinburgh zurückkehren.«

»Womit er Recht behielt.«

»Ja, aber ich will nicht hier leben.« Unangenehm berührt schaute sie sich in der Bibliothek um. »Von all dem will ich nichts mehr wissen.«

»Bist du deshalb nach dem Tod deines Mannes ins einsame Glenraven übersiedelt?«

»Ja – auch deshalb. Hier wurde ich ständig daran erinnert, was Dugald …« Sie zögerte bedrückt. »… was Dugald angeblich verbrochen hat.« Sie schob den Vorhang beiseite und starrte durch das Fenster, das zu dem verwilderten Garten hinausging. Aber er wusste, dass sie in ihrer Fantasie etwas anderes sah. »Da war noch etwas, das mich bewog, die Flucht zu ergreifen. Etwas, das ich nicht erklären kann – nicht einmal mir selber.« Nachdenklich ließ sie den Vorhang fallen und wandte sich wieder Fox zu. »Aus irgendwelchen Gründen fühlte ich mich – genötigt, auf Glenraven zu leben.«

Forschend betrachtete Fox ihr Gesicht und glaubte auf der Schwelle einer wunderbaren Entdeckung zu stehen. Wieder einmal stellte er die Frage, die ihn in letzter Zeit so oft beschäftigte. »Warum?« Sie öffnete den Mund und wollte antworten – unfähig, seinem glühenden Blick auszuweichen.

Ein Geräusch in der Eingangshalle brach den Bann. Fox wandte sich zur Tür und sah Lord Alexander MacDonald in die Bibliothek stürmen.

Nur für Grace hatte er Augen. Und seine Worte galten nur ihr: »Um Himmels willen, wieso hast du mich nicht über deine Ankunft informiert? Ich hätte dir eine Eskorte geschickt – oder dich aus Glenraven abgeholt. Weiß Gott, ich fühle mich unnütz genug, wenn ich jeden Tag im Parlament sitze und Leute wie deinen Onkel ein Loblied auf die Unionsakte singen höre. Aber nein, du gibst mir nicht Bescheid, unternimmst die Reise allein – und dass du hier bist, muss ich von Lord Archey erfahren.«

»Gerade wollte ich dich benachrichtigen, Alex. Und wie du siehst, geht es mir gut. Natürlich bin nicht allein nach Edinburgh geritten.«

»Ich habe sie begleitet.« Erst jetzt schien Alex die Anwesenheit des Engländers zu bemerken.«

»Was macht er hier?« Sein Gesicht nahm einen angespannten Ausdruck an. »Eigentlich dachte ich, er wäre endgültig aus unserem Leben verschwunden.«

»Er hat einiges zu erzählen, Alex. Das solltest du dir anhören.«

»Auf seine Geschichten lege ich keinen Wert. Waren wir uns nicht einig, dass er uns schändlich belogen hat?«

»Bitte, Alex, hör ihm zu.«

»Nein! Und du lässt dir auch nichts mehr von diesem Schuft einreden!« Blitzschnell zog Alex sein Schwert und richtete die stählerne Spitze auf Fox' Brust.

»Alex!«, rief Grace entsetzt.

Wie aus weiter Ferne vernahm Fox ihre flehende Stimme, als sie ihren Freund drängte, die Klinge zu senken. Da er unbewaffnet war, hätte er um sein Leben bangen müssen. Aber er empfand nur heißen Zorn gegen den infantilen, viel zu impulsiven Lord MacDonald. So war der Mann schon immer gewesen. Nein, sein ungestümes Verhalten hatte sich sogar noch verschlimmert.

Ohne die Konsequenzen zu bedenken, trat Fox vor. In seinem Spitzenhemd verfing sich das Schwert. Doch das kümmerte ihn nicht. »Seien Sie nicht albern!«, befahl er. »Nun werden Sie mir zuhören und versuchen, die Zusammenhänge zu verstehen. In Zukunft müssen Sie lernen, Ihr Temperament zu zügeln, Padraic.«

Der Stahl krachte zu Boden. Schreiend rannte Grace zu Fox. Aber sie sah kein Blut, nicht einmal zerfetzte Kleidung. Alex hatte die Waffe einfach fallen lassen.

Mit zusammengekniffenen Augen starrte er Fox an. »Wie haben Sie mich genannt?«

»Padraic ...« Fox blinzelte verwirrt. »Oh, mein Gott, Sie sind es wirklich!«

10

»Heiliger Himmel, was soll das?«, keuchte Alex. So gut er es vermochte, wandte er den Kopf in Graces Richtung. »Was treibt der Mann?«

Doch sie brachte kein Wort über die Lippen. Entgeistert beobachtete sie, wie Fox ihren Freund mit beiden Armen umschlungen hielt und emporhob.

»Lassen Sie mich runter, Engländer, oder ich ersteche Sie! Das schwöre ich, hören Sie?«

Offenbar nicht, denn Alex musste noch länger schreien und sich mit aller Kraft gegen Fox' Brust stemmen, bis er sich endlich verständlich machen konnte.

»Tut mir Leid«, murmelte Fox und stellte ihn auf die Füße.

Nachdem der erste Schock verebbt war, fühlte er sich wie ein Idiot. Er zupfte an Alex' Jackett, womit er sich einen vernichtenden Blick einhandelte. Und so wartete er, bis der schottische Lord seine Kleidung und die Perücke selber zurechtgerückt hatte – und auf die unvermeidliche Frage. Allzu lange musste er sich nicht gedulden.

»Verdammt noch mal, würden Sie mir erklären, was hier vorgeht? Und wer zum Teufel ist Padraic?«

»Vielleicht solltest du dich setzen, Alex«, schlug Grace vor und zeigte auf den Ledersessel hinter dem Schreibtisch. Was sich ereignet hatte, wusste sie auch nicht, entnahm aber Fox'

Miene, dass ihr Freund einige Schwierigkeiten damit haben würde. »Möchtest du ein Glas Wein?« Ohne eine Antwort abzuwarten, füllte sie drei Kelche. Dann sank sie in den Sessel vor dem Kamin.

Von zwei Augenpaaren fixiert, überlegte Fox, wie er beginnen sollte. Hilfe suchend schaute er Grace an, die an ihrem Rotwein nippte. »Ist es das, was ich glaube?«, fragte sie. Als er nickte, wandte sie sich zu Alex. »Erinnerst du dich, auf welche Weise wir Lord Morgan gefunden haben?«

»Ja – falls du den Mann meinst, der sich für Lord Morgan ausgibt.«

»Er schien aus dem Nichts aufzutauchen.« Skeptisch runzelte Alex die Stirn, und Grace sprach hastig weiter. »Es wäre denkbar, dass er aus einer anderen Zeit zu uns kam.«

»Aus einer anderen Zeit?«

»Gewiss, das klingt lächerlich«, mischte Fox sich ein. »Und es fiel mir schwer genug, mich damit abzufinden.«

»Womit?« Alex stand auf. »Weder Ihre noch Graces Faseleien ergeben einen Sinn.«

»Ich bin aus meiner Zeit in Ihre gereist, Sir«, verkündete Fox mit fester Stimme.

Als Alex fassungslos den Atem anhielt, wies Grace auf sein Glas. »Trink deinen Wein.«

»Was Sie behaupten, ist unmöglich.« Kraftlos ließ er sich in seinen Sessel zurückfallen.

»Seien Sie versichert, ich hatte das nicht geplant. Und ich begreife die Zusammenhänge noch immer nicht. Aber es gibt keine andere Erklärung.«

»Doch – Sie sind verrückt.«

»Erzähl ihm von der Schlacht, Foxworth«, bat Grace.

Und so schilderte Fox die Ereignisse von Culloden, die Niederlage der Schotten und das Gemetzel danach. Alex glaubte ihm kein Wort, das verriet sein Blick nur zu deutlich. »Am Wall neben der Straße sind wir uns zum ersten Mal begegnet, Lord MacDonald.«

»Was?«, flüsterte Alex. »Niemals bin ich …«

»Sie waren verletzt und hatten starke Schmerzen«, fiel Fox ihm ins Wort und beobachtete, wie Alex instinktiv sein Knie berührte. »Damals wusste ich es nicht – aber sie waren kein richtiger britischer Soldat.«

»Großer Gott, das will ich hoffen!«

»In Wirklichkeit waren Sie ein irischer Freibeuter und Schmuggler. Vermutlich kamen Sie nach Culloden, um Prinz Charles zu retten – was Ihnen misslang.«

»Was für eine fabelhafte Geschichte, Engländer! Was hältst du davon, Grace? Hast du diesen dreisten Lügner noch immer nicht durchschaut?«

»Auf jenem Schlachtfeld kämpften ein Laird und sein Sohn. Um dem Sohn das Leben zu retten, haben Sie einen englischen Soldaten getötet.«

»Endlich sagen Sie etwas Sinnvolles.«

Fox lachte leise. »Eigentlich hätte ich Sie niederstechen müssen – obwohl ich das Gefühl hatte, ich würde Sie kennen. Genauso ging es mir mit einem anderen Schotten namens MacLeod. Ich versuchte seinen Vater zu retten, geriet jedoch in den Verdacht, ich wäre schuld am Tod des Lairds. Zumindest glaubte das der Sohn. Zur Strafe für seine Taten sollte er gehängt werden. Aber er entkam …«

»… und versuchte Sie umzubringen. Darauf möchte ich wetten.«

»Ja, das hatte er vor. Stattdessen entführte er meine Schwester Zoe.« Fox verschränkte die Hände hinter dem Rücken.

»Deshalb sah ich Sie wieder. Ich traf gewisse Arrangements, damit Sie meine Schwester MacLeod und ein paar andere Schotten in die Neue Welt bringen konnten.«

»Kein einziges Wort nehme ich Ihnen ab!«

»Bei unserer nächsten Begegnung sollte ich einen irischen Rebellen aufspüren, und Sie versuchten mich mittels einer Verkleidung zu täuschen. Sie waren ein sehr überzeugender Geck. Aber zu Ihrem Pech bestand diese seltsame Verbindung zwischen uns. Wir erkannten einander sofort.«

»Und Sie haben mich verhaftet?«

»Was glauben Sie denn?«

»Das alles klingt völlig verrückt. Vielleicht gleiche ich irgendeinem Iren, aber …«

»Nicht äußerlich. Nur in Ihrer Impulsivität.«

Alex' Augen verengten sich. »Falls Sie sich einbilden, jeden Mann zu kennen, der zum Ungestüm neigt …«

»So ist es nicht.«

»Verdammt, wie können Sie dann behaupten, ich sei dieser Padraic – obwohl ich nur einen einzigen Wesenszug mit ihm teile?«

»Wenn ich es bloß erklären könnte …« Seufzend zuckte Fox die Schultern. »Ich weiß es einfach – das muss Ihnen genügen. In Ihnen erkenne ich eine Seele wieder, die mir in meinem anderen Leben begegnet ist.«

»Sicher ist es schwierig, das alles zu akzeptieren«, warf Grace ein.

»Unmöglich, meinst du wohl!« Alex sprang auf und ging zu ihr. »Oder bist du so dumm und glaubst ihm?«

»Manche Legenden handeln von Besuchern aus anderen Zeiten.«

»Ja – *Legenden,* Grace. In der Realität gibt es so etwas nicht.«

»Seien Sie ehrlich, MacDonald«, mahnte Fox. »Spüren Sie's wirklich nicht?«

Erbost wandte sich Alex zu ihm. »Was, Engländer?«

»Das Gefühl, unsere Wege hätten sich schon einmal gekreuzt.« Fragend hob Fox die Brauen, und Alex starrte ihn eine Zeit lang schweigend an.

»Und wenn schon, zum Teufel? Das bedeutet gar nichts. Sie erinnern mich einfach nur an jemanden. Sonst steckt nichts dahinter.«

»An wen?«

»Keine Ahnung. Spielt das eine Rolle?«

»Ja, weil wir uns schon einmal begegnet sind. In einem anderen Leben.«

»So etwas gibt es nicht, Engländer.«

»Das dachte ich auch. Bevor ich im Moor erwacht bin.«

Seufzend sank Alex wieder in den Ledersessel und lehnte sich zurück. »Ich sage keineswegs, ich würde diesen Unsinn glauben.«

»Bitte, Alex ...«

Fox hob eine Hand, um Grace zu unterbrechen. »Und was sagen Sie?«

»Dass ich Ihnen zuhören werde, Engländer.«

Mehr durfte Fox unter diesen Umständen nicht erwarten.

Nachdem ein Diener die Kerzen entzündet und frischen Torf ins Kaminfeuer gelegt hatte, saßen sie noch lange in der Bibliothek. Grace versuchte ihrem Freund zu erklären, Fox sei aus einem ganz bestimmten Grund zu ihnen gekommen – um die Geschichte zu ändern. Sie müssten Schottland vor der blutigen Revolution retten.

So sicher wie Grace war sich Fox nicht. Vielleicht lag gar kein tieferer Sinn in seiner Zeitreise, und sie beruhte nur auf einem schrecklichen kosmischen Irrtum. Gewiss, er hatte Alex wieder erkannt, und das schien Graces Theorie zu bestätigen. Aber was Lord Archey betraf … Selbst wenn er ein böser Mensch wäre, woran Fox nicht zweifelte, schien er kein Unrecht zu begehen. Wie Grace und Alex betonten, war der Earl immer nur freundlich und hilfsbereit gewesen. In aller Öffentlichkeit hatte er die Leute angeprangert, die Graces verstorbenen Ehemann verunglimpften.

»Wenn es um historische Dinge geht, habe ich ein furchtbar schlechtes Gedächtnis«, klagte Alex nicht zum ersten Mal.

»Und ich behaupte keineswegs, ich sei ein Gelehrter«, murmelte Fox.

»Warum zum Teufel haben die höheren Mächte dann ausgerechnet *Sie* hierher geschickt? Gab es denn keine Historiker, die diese Reise hätten unternehmen können?«

Fox leerte sein Weinglas und lachte leise. »Wahrscheinlich würden sich nur wenige Leute entsinnen, wie die einzelnen schottischen Parlamentarier in der Unionsfrage abgestimmt haben. Wissen *Sie*, wer welchen Standpunkt vertritt?«

»Wenn sie alle ehrlich wären, wüsste ich es.« Alex schnitt sich ein Stück Käse ab, den ein Diener auf einer Silberplatte servierte. »Aber die meisten reden mal so und mal so.« Nachdenklich begann er zu kauen. Nur wer der New Party angehört, steht eindeutig fest. Dafür sorgt Andrew Fletcher.«

»Wie geht es ihm? Ich habe ihn lange nicht gesehen.«

»Gut …«, erwiderte Alex und blinzelte verwirrt.

»Er gibt Dugald immer noch die Schuld am Fehlschlag des Darien-Projektes«, warf Grace ein.

»Nun, du weißt ja, wie leidenschaftlich sich Fletcher für die Kolonie eingesetzt hat.«

»So wie Dugald«, ergänzte Grace.

»Ja, das weiß ich. Am besten schicke ich Andrew eine Nachricht und bitte ihn, deine Anwesenheit in Edinburgh zu erwähnen, wenn er sich mit irgendwelchen Leuten unterhält.«

»Tu das, wir brauchen ihn.« Zu Fox gewandt, fügte Grace hinzu: »Ursprünglich war das Projekt Andrew Fletchers Idee. Genauer gesagt, er ging auf den Vorschlag eines Mannes ein, den er in Haag kennen gelernt hatte – William Paterson. Dann traten die beiden an Dugald heran und ersuchten ihn, Geld aufzutreiben.«

»Andrew hat eine ganze Menge von seinem persönlichen Vermögen investiert«, bemerkte Alex.

»Genauso wir Dugald«, ergänzte Grace. Doch sie konnte den beiden Männern nicht in die Augen schauen.

»Wird Andrew ebenfalls für den Misserfolg verantwortlich gemacht?«, erkundigte sich Fox.

»Wer die Union anstrebt, betrachtet ihn als Verräter. Aber für manche Leute ist er ein Nationalheld.«

»Und die schart er um sich?«

»Ja, aber er hat einflussreiche Feinde.«

»Und mächtige Verbündete?«, fragte Fox.

Alex nickte. »Natürlich ist es sehr schwer, ein Volk mit so unterschiedlichen Neigungen auf einen Nenner zu bringen. Obwohl die Leute in gewissen, grundlegenden Punkten übereinstimmen.«

»Können wir irgendwas unternehmen, Alex?«

»Das weiß ich nicht, Grace.« Alex schenkte sich Wein nach. »Selbst wenn ich die verrückte Geschichte dieses Engländers glauben würde – was nicht der Fall ist«, fügte er hastig hinzu, »sehe ich keine Möglichkeit, die Union zu verhindern. Mit dem Ausländergesetz hat England die Schotten in eine Ecke gedrängt.« Nun warf er Fox einen vernichtenden Blick zu. »Wäre Dugald noch am Leben …«

»… und würde man ihn nicht des Diebstahls verdächtigen …«, fügte Grace hinzu.

»Verdammt, Grace, das alles glaube ich nicht!«

»Das spielt keine Rolle«, erklärte sie unwiderruflich.

Aber Fox wusste, wie wichtig Alex' Standpunkt war.

Etwas später, nachdem sich der immer noch skeptische Alex verabschiedet hatte, schnitt Fox das Thema noch einmal an. Maude hatte sich nach dem Dinner zurückgezogen, und er saß mit Grace im Salon. Während sie sich über ihre Stickerei beugte, sah er einige Papiere durch, die er aus der Bibliothek mitgenommen hatte.

»Wie ich zugeben muss, verstehe ich nicht viel von finanziellen Dingen«, begann er und wartete, bis Grace ihm ihre Aufmerksamkeit schenkte. Lächelnd hob sie den Kopf, und plötzlich gewann er den Eindruck, sie wären schon jahrelang zusammen. »Um die Verwaltung von Ashford Hall habe ich mich nie gekümmert. Vor ein paar Wochen wollte ich dort hinreiten. Und dann entschloss ich mich zu einem Umweg.«

»Ins Moor?«

»Ja …« Vom Reiz dieser idyllischen häuslichen Szene durfte er sich nicht ablenken lassen. »Wie gesagt, in finanziellen Belangen habe ich keine Erfahrungen gesammelt.« Er zeigte auf die Papiere, die auf einem kleinen Tisch neben seinem Sessel lagen. »Aber in diesen Aufzeichnungen finde ich nichts, was deinen Mann belasten würde.«

Grace griff nach ihrer Nadel und fädelte einen Faden ein. »Glaubst du, Dugald hätte solche Beweise hinterlassen?«

»Keine Ahnung. Wäre er so unvorsichtig gewesen?« Fox rieb

seinen Nasenrücken zwischen Daumen und Zeigefinger. Als sie nicht antwortete, blickte er auf. »Nun?«

»Soviel ich mich entsinne, hat er nichts versteckt. Weder die kostbaren Möbel noch das Tafelsilber oder die teure Kleidung. Diesen Luxus haben wir uns nicht von Anfang an geleistet. Seltsam – je schlimmer es für die Kolonien aussah, desto komfortabler haben wir gelebt.« Grace raffte ihre Röcke und stand auf. »Stell dir vor – manchmal warf er mir vor, ich würde Geld ausgeben, das wir gar nicht besitzen.«

»Warum – wo er sich doch selber genauso viel gönnte?«

»Das alles ist mir ein Rätsel. Immer wieder tauchten neue Sachen auf. Eine Silbervase. Kristallgläser. Samtkleider. Was ihm gefiel, kaufte er. Manchmal vergaß er sogar, was er nach Hause gebracht hatte. Eines Tages sah er ein Silbertablett auf dem Tisch und beschuldigte mich, ich hätte es erworben.«

»Was du nicht getan hattest.«

»Natürlich nicht. Kurz zuvor hatten wir vom Fehlschlag des Projekts erfahren. Trotzdem bestellte er immer noch dies oder jenes aus Frankreich und England. Das hat er später geleugnet. Er bestritt, er habe Möbel oder neue Livreen für das Personal geordert. Ach, und die Kutsche … Steif und fest behauptete er, die hätte er niemals gekauft. Eine der extravagantesten Kutschen von ganz Edinburgh …

»… die du nicht bestellt hast.«

»Ganz bestimmt nicht. Also muss es Dugald gewesen sein.« Seufzend lehnte sie sich an den Kaminsims. Ich weigerte mich, in diesen Wagen zu steigen. Deshalb haben wir gestritten. Er versicherte, es würde ihm genauso widerstreben, die Kutsche zu benutzen. Trotzdem sah ich ihn darin sitzen, auf der Rückfahrt von Holyrood. Wie er glauben konnte, sein Wohlstand würde niemandem auffallen, begreife ich nicht.«

»Das klingt beinahe so, als hätte er mit seinem Reichtum geprahlt.«

»Ja. Vielleicht hat er es sogar darauf angelegt, den Argwohn der Leute zu erregen.«

»Deshalb hast du Edinburgh verlassen?« Fox stand auf und ging zu ihr. »Weil die Leute deinem Mann das Allerschlimmste zutrauten? Und dir auch?«

»Ja, das war einer der Gründe.«

Mitfühlend strich er über ihre Wange. »Wie schrecklich muss das alles für dich gewesen sein ...«

»Bitte – müssen wir darüber reden?«

Ihr warmer Atem streifte seine Hand. »Nein.« Als ihre Lippen seine Handfläche berührten, schloss er die Augen und schlang einen Arm um ihre Taille. »O Grace«, flüsterte er, ich habe es versucht – aber ich kann nicht mehr dagegen ankämpfen. Wenn du mich abweisen willst ...«

»Das will ich nicht ...« Noch während sie sprach, presste er seinen Mund auf ihren. Der lange, süße Kuss erschien beiden wie eine Heimkehr.

Bis zu dem Moment, da sie ihn umarmte, glaubte Fox, er könnte sich beherrschen. Er war kein romantischer Jüngling. Seit Jahren hatte er seine Gefühle unter Kontrolle. Wenn er sich mit einer Frau einließ, empfand er mehr oder weniger starke Emotionen – je nachdem. Aber Besessenheit – dieses Wort hatte niemals zu seinem Vokabular gezählt.

Bis jetzt.

Er hob den Kopf – nur für ein paar Sekunden, nur um den Anblick ihrer Sternenaugen zu genießen. Dann küsste er sie wieder, schmeckte den warmen Nektar ihrer Lippen – und plötzlich glaubte er, sie intim zu kennen, ihren ganzen Körper. Er konnte es kaum erwarten, dies alles wieder zu besitzen. Verlockend reizten ihr zarter Hals und die helle Haut mit den Sommersprossen seine Zungenspitze.

Erinnere dich, schien sein Herz zu rufen, während sie seine Sinne immer heftiger betörte.

»Grace ...« Der atemlose, heisere Klang seiner Stimme erschreckte ihn. Nur mühsam sog er Luft in seine hungernden Lungen, und musste seine ganze innere Kraft aufbieten, ihre Schultern zu umfassen und sie ein wenig von sich zu schieben.

Es dauerte eine Weile, bis sich die Nebel ihrer Begierde verflüchtigten, bis sie sein Gesicht wieder klar und deutlich sah. Und da stieg kalte Angst in ihr auf. »Warum schaust du mich so an? Als würdest du einen Geist sehen?«

Forschend glitt sein Blick über ihre Züge, und seine Finger gruben sich in die Seide ihres Kleides. »Dir geht es genauso, nicht wahr?« Aus weiter Ferne schienen die Worte heranzudringen.

»Was meinst du?« Sie wand sich unter seinem Griff. »Du machst mir Angst. Und du tust mir weh.«

»O Gott, es tut mir Leid.« Abrupt ließ er sie los. »Das wollte ich nicht ...«

»Schon gut.« Zögernd berührte sie seine Brust. »Was bedrückt dich? Ich dachte, wir ...«

Verzweifelt stöhnte er, presste seine Hände an die Schläfen und kehrte ihr den Rücken. Nachdem er seine Fassung wiedergewonnen hatte, wandte er sich ihr zu und las in ihren Augen die gleiche Verwirrung wie zuvor.

Kein Wunder – er selbst war genauso verstört. »Ich kannte deinen Freund Alexander in einem anderen Leben – und Lord Archey auch. Das weißt du doch?«, fragte er und ging zum Serviertisch. Mit zitternden Händen schenkte er sich ein Glas Portwein ein. Fragend schaute er Grace an, und sie schüttelte den Kopf, um das Angebot abzulehnen. »Als wir uns küssten … Seltsam – seit unserer ersten Begegnung im Moor zog mich irgendetwas zu dir hin – eine überwältigende Macht.«

»Genauso fühlte ich mich zu dir hingezogen«, gestand Grace. In diesem Moment war jede Koketterie überflüssig.

»Nicht, dass ich dich übertrumpfen will, meine Liebe – aber ich wette, meine Emotionen waren viel stärker.«

»Glaubst du …« Eine Lächeln vertiefte die Grübchen neben ihren Mundwinkeln. »Erkennst du mich wieder? Sind wir in einem anderen Leben schon einmal zusammen gewesen? O Gott … Ich war doch nicht böse? Wie Lord Archey?« Plötzlich presste sie ihre Hände auf die Ohren. »Oder doch? Dann sag es mir nicht, es wäre unerträglich.«

»Nein, Grace!« Bestürzt eilte er zu ihr und nahm ihre Hände in die seinen. »Wie könntest du jemals etwas anderes sein als immer nur gut?«

»Das dachte ich auch von Lord Archey.«

Bevor er ihre Hände losließ, küsste er jeden einzelnen ihrer Finger. »Ich weiß nur, was *ich* empfinde. Und ich spüre deine Güte. Leider weiß ich nicht, welche Rolle du in jenem anderen Leben gespielt hast.«

»Soeben sagtest du …«

»Ja, ich kenne dich. Aber nicht aus der Zeit vor dem Blitzschlag.«

»Und wann kanntest du mich?«

»Keine Ahnung. Auf keinen Fall *vor* jenem Gewitter. Sonst würde ich mich daran erinnern.«

Grace setzte sich wieder. »Das verstehe ich nicht.«

»Ich auch nicht. Jedenfalls bin ich dir nie begegnet, bevor ich im Moor zu mir kam – weder in London noch in Irland, nicht einmal in Schottland. Nein, da war niemand, der sich mit dir vergleichen ließe.« Fox kniete vor ihr nieder. »Trotzdem kenne ich dich – wenn ich auch nicht weiß, warum.«

Zärtlich strich sie über seine dunklen, seidigen Locken, und er legte den Kopf in ihren Schoß. Seine Arme umklammerten ihre Hüften, die Hitze seines Körpers hüllte sie ein. Voller Leidenschaft dachte sie an seine Küsse. Und seine Verletzlichkeit bewegte ihr Herz.

Um diese späte Stunde hätte er längst im Bett liegen sollen, aber er saß immer noch im Salon. Sein Rücken schmerzte, seine Gedanken überschlugen sich. In der rechten Hand hielt er einen Cognacschwenker, den er gelegentlich an die Lippen führte. Aber der Alkohol half ihm nicht, seine Verwirrung zu bekämpfen.

Seit sich Grace in ihr Zimmer zurückgezogen hatte, saß er zusammengesunken in diesem Sessel. Blinzelnd schaute er zur Uhr hinüber, die auf dem Kaminsims stand. Im schwachen Licht einer fast herabgebrannten Kerze versuchte er, das Zifferblatt zu erkennen.

Halb fünf. Sogar in den schlimmsten Phasen gewisser Ausschweifungen hatte er um diese Zeit einen Platz zum Schlafen gefunden. Er stellte das Glas auf den kunstvoll geschnitzten Tisch an seiner Seite und strich mit beiden Händen über sein Gesicht. Auf den Wangen spürte er kratzige Bartstoppeln. Seine Augen brannten. Durch die geschlossenen Fenster drang das Schreien von Katzen herein.

Vielleicht überhörte er deshalb das Klicken der Tür, die Schritte im Salon. Als Maude zu sprechen begann, stieß er beinahe einen Schreckensschrei aus. »Großer Gott, Madam …« Bestürzt starrte er die dunkle Gestalt an. »Also wirklich, Sie sollten ein Glöckchen am Hals tragen.«

»Es ist spät, Reisender.«

»Warum nennen Sie mich so?«, fragte er wieder, richtete sich auf und streckte seinen Rücken.

»Das wissen wir beide.«

»Mag sein – aber es missfällt mir.«

»Dass ich Sie so nenne? Oder dass Sie weit gereist sind?«

Stöhnend griff er wieder nach dem Schwenker und leerte ihn in einem Zug. Maude meinte wohl kaum, er sei aus einem weit entfernten Land nach Schottland gekommen. Mit verschleierten Augen schaute er wieder zu ihr auf. »Warum spuken Sie mitten in der Nacht im Haus herum ?«

Ihre Miene – oder was er im Schatten ihres Schals davon sah – änderte sich nicht. »Dieselbe Frage könnte ich Ihnen stellen.«

»Wenigstens habe ich gute Gründe, um auf meinen Schlaf zu verzichten.«

»Natürlich – Selbstmitleid.«

Fox verzog den Mund. Aber er widersprach ihr nicht. Zu diesem Entschluss gratulierte er sich, als sie zur Tür ging. Zumindest war er sie losgeworden.

Doch dann drang ihre geisterhafte Stimme aus der Finsternis. »Sie denken zu viel nach, Reisender. Folgen Sie lieber Ihren Gefühlen.«

11

Nebelschleier umwehten ihre Gestalt, krochen mit dünnen Fingern in die Falten ihres Rockes und schienen sie festzuhalten. Nein, nicht der Nebel nahm sie gefangen, sondern ihr Herz. Und an diesem Tag hatte ihr Herz sie hier herausgeführt. Ins Moor. Zu ihrem Liebsten.

Sie schlang den Umhang fester um ihren Körper und versuchte sich zu wärmen, zu vergessen, wie lange sie schon wartete, in dieser unwirklichen Atmosphäre.

Sicher würde er zu ihr kommen. Daran zweifelte sie keine Sekunde lang.

Gestern hatte er ihr eine Nachricht geschickt. Drei Wörter. Nur drei Wörter. Trotzdem wusste sie, was die Botschaft bedeutete. Sie würde ihn wiedersehen und berühren. Bald. Allein schon der Gedanke erregte ein heißes Glücksgefühl in ihr, und es war ihr schwer gefallen, die Leute, die sie unterwegs getroffen hatte, nicht anzulächeln.

Das durfte sie keinesfalls tun. Rodrick hatte ohnehin schon Verdacht geschöpft. Die Augen geschlossen, warf sie sich wieder einmal ihr verantwortungsloses Verhalten vor. Aber es gab kein Zurück. Jetzt, wo die Sonne das Moor erhellte, schon gar nicht.

»Gleich wird er kommen, gleich wird er kommen«, wisperte sie immer wieder – eine süße Litanei. Als gedämpfte Hufschläge durch die feuchte Morgenluft drangen, unterbrach sie sich kurz. Dann flüsterte sie erneut, ohne sich umzudrehen: »Gleich wird er kommen …«

Hinter ihr wurde ein Pferd gezügelt, Metall klirrte, starke Hände umfassten ihre Schultern. Und dann lag sie in seinen Armen, seine geöffneten Lippen erstickten das letzte Wort ihrer jubelnden Prophezeiung.

Heiße Freude stieg in ihr auf, während seine Zunge ihren Mund erforschte, während er die letzten Verteidigungsbastionen niederriss, hinter der sie sich verschanzen musste.

Bereitwillig ließ sie sich hinabziehen in den wirbelnden Nebel. Erst zerriss er den Wollstoff ihres Umhanges, dann das Kleid. Er setzte ihren Körper der feuchten Kälte aus, doch sie spürte nur die Wärme seiner starken Hände auf ihrer Haut. Sein Gewicht drückte sie ins weiche Gras, der erdige Torfgeruch und wildes Verlangen berauschten ihre Sinne. Als seine Finger das Zentrum ihrer Weiblichkeit fanden, schrie sie auf und begann unkontrolliert zu zittern.

»Grace!«

»Oh …« Verstört blinzelte sie und schüttelte den Kopf. Ihre Hände umklammerten das Fensterbrett so fest, dass sie schmerzten. Langsam lockerte sie den Griff und wandte sich von der Aussicht ab, die im Dunkel lag. Nur ein winziger Garten und die Silhouetten einiger Häuser … Aber aus den Augenwinkeln glaubte sie, das Moor zu sehen.

»Alles in Ordnung?« Fox trat in den Lichtkreis der Kerzenflamme, die ihr Gesicht mit überirdischem Glanz übergoss.

»Ja, ich …« Sie versuchte das Bild jener Liebenden aus ihrer Fantasie zu verdrängen. Doch das gelang ihr nicht, als sie Fox' Blick erwiderte.

»Was ist geschehen? Sag es mir«, bat er und nahm sie in die Arme. Da presste sie sich so ungestüm an seine Brust, dass er einen Schritt zurückwich, bevor er sie hochhob. Er trug sie zu ihrem Bett, legte sie behutsam hin und strich ihr das rote Haar aus der Stirn. »Grace?«

»Ganz deutlich sehe ich uns …« Sie beobachtete, wie sich seine Augen verengten, fuhr mit der Zunge über ihre Lippen und begann noch einmal von vorn. »Einerseits träumte ich, andererseits nicht. O Foxworth, es ist so verwirrend …«

»Vielleicht solltest du dich ausruhen. Ich wollte mit dir reden, aber …«

»Nein, ich will nicht schlafen – das ist es nicht, was ich brauche.« Sie ergriff seine Hand, spreizte seine Finger und legte sie auf ihre Brust. Um ins Bett zu gehen, hatte sie ihr Kleid und das Korsett ausgezogen. Nur das dünne Leinen des Hemdes trennte Fox' Hand von ihrer Haut.

Ein paar Sekunden lang – oder eine halbe Ewigkeit – rührte er sich nicht. Ihre Blicke hielten einander fest. Dann umfasste er stöhnend eine ihrer Brüste, ein fordernder Kuss verschloss ihr den Mund und drohte sie zu verzehren.

Sie versuchte sich an die Wirklichkeit zu klammern, doch es war so schwierig … Ihr Körper schien ihr nicht mehr zu gehören. Jeden ihrer Herzschläge, jeden Atemzug schenkte sie *ihm.*

Dann nahm sie nur noch das Geräusch zerfetzten Leinens wahr. Es störte Grace nicht. Alles, alles war ihr gleich – wenn sie ihn nur spürte … Mit rauen, aggressiven Händen nahm er sie in Besitz. Sie löste das Band in seinem Nacken, das sein Haar zusammengehalten hatte, und es fiel herab. Wie leicht wäre es, die Augen zu schließen und sich der Macht geteilter Leidenschaft zu überlassen … Dazu war sie nicht fähig. Die

Augen weit geöffnet, sah sie, wie er sich zur Seite drehte und seine Kleidung vom Leib riss, so schnell und ungeduldig wie zuvor ihr Hemd.

Und dann lag er auf ihr. Mit beiden Händen umschloss sie sein Gesicht, als er in sie eindrang. Der erste tiefe Stoß zwang sie die Lider zu senken, die sie sofort wieder hob. Sie musste ihn betrachten, während sie gemeinsam der Erfüllung entgegenstürmten, dem Höhepunkt, einem überwältigenden, explosiven Angriff auf ihre Sinne, der ihnen Schwindel erregend zu Kopf stieg und sie trotzdem auf seltsame Weise mit der Realität verband. Die Finger in sein Haar geschlungen, rief Grace seinen Namen. »Foxworth!«

Ihre Stimme glich einem Echo, das Jahrhunderte überbrückte.

»Habe ich dir wehgetan?«

Die Augen halb geschlossen, lächelte sie seufzend. »Nein.«

»Bist du sicher?« Auf einen Ellbogen gestützt, lag er neben ihr und streichelte ihre Wange. »Ich weiß nicht, was über mich gekommen ist …«

»Wirklich nicht?«, fragte sie lächelnd.

»Nun ja – eigentlich schon … Aber normalerweise kann ich mich beherrschen.« Sein Blick streifte die Kleidungsstücke, die das Bett übersäten. »Das ist mir dieses Mal offensichtlich misslungen … Grace? Schau mir in die Augen! Was bekümmert dich?«

»Nichts«, beteuerte sie, ohne seinen Wunsch zu erfüllen. Stattdessen starrte sie weiterhin die Wand an.

»Warum weinst du dann?« Mit sanfter Gewalt drehte er ihr Gesicht zu sich herum. Durch einen Tränenschleier sah sie zu ihm auf.

»Weil ich mich an die anderen erinnere.«

»An welche anderen?«

»Aus meinem Traum …« Eine Träne rollte ihr die Wangen hinunter. »Als du in mein Zimmer kamst, träumte ich.«

»Du warst wach.«

»O nein …«

»Doch. Du hast am Fenster gestanden, und ich rief deinen Namen.«

»Da muss ich geträumt haben. Trotzdem erschien mir das alles – so real.« Mühsam schluckte sie. »Ich sah uns beide – aber wir waren es nicht … Nein, sag nichts – hör mir einfach nur zu … Jetzt kehrt die Erinnerung zurück. Ich erwartete dich im Moor, du kamst zu mir, und …« Obwohl sie nackt beisammen lagen, errötete sie beschämt. »Und wir liebten uns.«

Unwillkürlich lächelte Fox. »Das verstehe ich nicht.«

»Du und ich – aber irgendwie anders … Da war ein Krieg ausgebrochen, eine Fehde …« Nachdenklich runzelte sie die Stirn. »Worum es ging, weiß ich nicht. Jedenfalls stand nicht nur mein Mann zwischen uns …« Entsetzt presste sie eine Hand auf ihren Mund.

»Dein Mann?«

»Mein Gott, Fox, ich war verheiratet – und ich habe die Ehe gebrochen!«

»Beruhige dich, Grace!«, bat er und zog sie an sich. »Das warst nicht du.«

»Doch!« Verzweifelt schaute sie in seine Augen. »Und du … Wir wurden getötet! Von den Kriegern meines Mannes.«

Über Fox' Rücken rann ein eisiger Schauer, den er zu ignorieren suchte. Viel schwerer fiel es ihm, die feurigen Gefühle zwischen seinen Schenkeln zu ignorieren. »Sei nicht albern, Grace.«

»Albern? Wer ist denn zuerst aus einer anderen Zeit hierher gekommen. Glaub mir – ich weiß, was ich weiß.«

Fox ließ seinen Kopf ins Kissen sinken. Eine Zeit lang schwieg er, und als er zu sprechen begann, klang seine Stimme seltsam fremd. »Als ich dich zum ersten Mal sah, trugst du ein safrangelbes Kleid, das mit dem goldenen Glanz deiner Haare wunderbar harmonierte. Du hast am Kopfende der Tafel gesessen, neben deinem Mann, und ich konnte meinen Blick nicht von dir losreißen. Ich war in euer Schloss geschickt worden mit dem Auftrag, einen Waffenstillstand zwischen unseren beiden Clans auszuhandeln. Das könnte ich am besten, hatte man mir erklärt – reden. Aber du nahmst mir den Atem. Meine Zunge war wie gelähmt. Nur mühsam erwiderte ich den Gruß deines Mannes, des Lairds. Und du hast mich angelächelt. Ich lächelte zurück ... Da wusste ich, welche Gefahr mir drohte.«

Beklommen setzte sie sich auf und schwang ihre Beine über den Bettrand. »Wie ist das möglich? Wie konnten wir beide dasselbe träumen?«

»Diesen Traum hatte ich schon oft. Im Laufe der Jahre immer wieder. Daran bin ich längst gewöhnt, und ich weiß nicht einmal, wann es anfing.«

»Ich fürchtete, Dugald würde meine Gedanken erraten oder ich würde im Schlaf sprechen. Wenn ich von jenen Ereignissen träumte, erschienen sie mir so real.«

»Was geschieht mit uns?«, flüsterte Fox und legte einen Arm über seine Augen.

»Das weiß ich nicht.« Die Augen voller Tränen wandte sie sich ihm zu.

»Komm zu mir«, bat er und liebkoste ihren Nacken. Als sie sich wieder neben ihm ausstreckte, nahm er sie in die Arme. Er spürte, wie sie zitterte und breitete die Wolldecke über beide

Körper. Und dann schliefen sie ein, von einem Band vereint, das sie nicht verstanden.

Fox eilte durch die schmale, staubige High Street zum Edinburgh Castle. In dieser Nacht hatte er wieder von der Frau im safrangelben Kleid geträumt und seinen Tod gefürchtet. In früheren Träumen war er dieser Gefahr immer entronnen und stets nach einer leidenschaftlichen Umarmung erwacht.

Aber dieses Mal – an Graces warmes Fleisch geschmiegt, vom Liebesgenuss befriedigt – hatte er viel mehr geträumt. Er vernahm donnernde Hufschläge und spürte, wie die weiche Erde unter dem Galopp bebte. Um die Liebste zu schützen, schob er sie hinter seinen Rücken und versuchte zu kämpfen. Doch sie waren allein im windgepeitschten Moor und hoffnungslos in der Unterzahl. Nirgendwo gab es ein Versteck.

Nach einer kurzen Gerichtsverhandlung wurde er zum Tode verurteilt. Als Abgesandter seines Clans hatte er die Gastfreundschaft des Lairds missbraucht und dessen Frau verführt. In höllischen Qualen verstrichen die Tage zwischen dem Urteil und der Hinrichtung. Bis zu seinem letzten Atemzug machte er sich bittere Vorwürfe.

Warum hatte er sich so niederträchtig verhalten? Gewiss, er war schon immer leichtfertig gewesen und hatte sich alle Wünsche erfüllt, ohne zurückzublicken. Wenn die Mitglieder seines Clans von seinem Tod hörten, würden sie wohl kaum staunen – höchstens über seine Dummheit. Wie viele Frauen er schon umgarnt hatte, wussten sie alle. Aber diesmal war es anders gewesen. Ganz anders. Und niemand würde es jemals erfahren.

Kurz vor seinem Tod erkannte er, welches Schicksal seine Liebste erleiden würde. Während er zum Richtplatz geführt wurde, stand sie neben ihrem Mann, das schöne Gesicht ausdruckslos, die Hände mit Lederriemen gefesselt. Zuerst sollte sie mit ansehen, wie das Schwert dem Leben ihres Geliebten ein Ende setzte, und danach des gleichen Todes sterben.

Ein heftiger Ruck riss ihn in die Gegenwart zurück. Verwirrt starrte er die elegant gekleidete Gestalt an, mit der er zusammengeprallt war.

»Idiot!«, schrie der Mann, fast so groß wie er selbst und versetzte ihm einen kräftigen Stoß. Sein rotes Gesicht färbte sich noch dunkler, als Fox sich nicht von der Stelle rührte. »Wie können Sie es wagen, mir in den Weg zu treten, elender Schurke?«

Die Schultern gestrafft, wollte Fox eine passende Antwort geben. Doch der Kerl war offenbar betrunken, stank nach Whisky und Schweiß, und es war durchaus möglich, dass Fox ihm tatsächlich den Weg versperrt hatte. So verneigte er sich und wich ihm aus.

Damit wollte sich sein Gegenüber, das Gehirn vom Alkohol benebelt, nicht begnügen. »Haben Sie nicht gehört, wie ich Sie nannte?«, fauchte er und packte Fox am Jackett. »Schottisches Schwein!«

Wegen seiner offenkundigen englischen Abstammung hatte sich Fox in Schottland stets etwas unbehaglich gefühlt. Deshalb amüsierten ihn die Schimpfwörter, die ihm sein Widersacher ins Gesicht schleuderte. Aber da der Mann ihn eisern festhielt, konnte Fox die Komik der Situation nicht länger würdigen.

Trotzdem hoffte er, eine Prügelei zu vermeiden, und riss sich einfach nur los. »Ich möchte nicht gegen Sie kämpfen.«

»Habt ihr das gehört?«, fragte der Betrunkene die Zuschauer, die sich inzwischen versammelt hatten. »Der Schotte will nicht gegen mich kämpfen! So sind sie alle, diese Bastarde – ein feige Bande.«

Er wandte sich kurz ab, zog sein Schwert und fuhr wieder zu Fox herum. »Jetzt werden Sie lernen, wie man einem Engländer Respekt zollt!«

Funkelnder Stahl zwang Fox, der keine Waffe bei sich trug, beiseite zu springen. Johlend bildete das Publikum einen Kreis um die beiden Gegner.

Als Fox dem nächsten Schwertstreich auswich, fiel etwas Kaltes, Hartes in seine Hand. Ein großer, kräftig gebauter Schotte, den Kopf und fast das ganze Gesicht mit rotem Kraushaar bedeckt, grinste ihn an. »Diesen Abschaum würden nur wenige Leute vermissen, wenn er die Welt verließe.«

Fox umklammerte den Griff des Schwerts. Sobald er seinen Herausforderer in die Menschenmenge gedrängt hatte, wusste er, welch ungleichen Kampf er ausfocht. Heller Jubel erklang, und er winkte seinen Bewunderern lächelnd zu.

»Verdammter Schotte!«, brüllte der Mann und taumelte vorwärts. »Ich schneide dir die Gedärme aus dem Leib!«

»Dazu müssen Sie mich erst einmal schlagen«, erwiderte Fox. Allmählich machte es ihm Spaß, mit dem Narren zu spielen, der ihn wenigstens kurzfristig von seinen Sorgen ablenkte. Während der Engländer auf ihn zustürmte, ließ Fox ihn vorbeistolpern und drosch mit der Breitseite des Schwerts auf sein Hinterteil. Ein gellender Schmerzensschrei verriet einen Volltreffer.

Mit seiner Fechtkunst hatte Fox niemals Ruhmeslorbeeren geerntet. Aber der betrunkene Stutzer konnte ihn nicht gefährden. Bald begann sich Fox zu langweilen. Mit einer flinken Drehung des Handgelenks schlug er seinem Gegner die Waffe aus der Hand. Klirrend landete die Klinge auf dem Steinboden, und Fox schob sie mit der Fußspitze beiseite, als der Betrunkene auf die Knie sank.

»Das genügt!«, entschied Fox und wandte sich ab, um dem bärtigen Schotten das geliehene Schwert zurückzugeben. Der große Mann stand etwas abseits, die Arme vor der breiten Brust verschränkt. Die Blüte seiner Jahre hatte er bereits hinter sich. Aber das Alter schien seine Kräfte nicht zu beeinträchtigen. Er griff nach der Waffe, und in diesem Augenblick erkannte Fox, wer vor ihm stand. Sprachlos starrte er ihn an, und seine Überraschung veranlasste ihn, den Schwertgriff festzuhalten, was ihm zum Vorteil gereichte. Wer ihn warnte, wusste er nicht. Jedenfalls fuhr er gerade noch rechtzeitig herum, ehe der Betrunkene auf ihn zustürzte, einen Dolch gezückt.

Instinktiv schwang Fox die Waffe hoch.

Was jetzt geschah, dauerte nur wenige Sekunden. Aber er gewann den Eindruck, ein Maler würde jede einzelne Bewegung auf seine Leinwand bannen, sodass Fox die Ereignisse in aller Ruhe verfolgen konnte. Und er sah nicht nur ein Gemälde, er roch auch verfaultes Obst, den Inhalt der Nachttöpfe, der in den engen Gassen aus den Fenstern geschüttet wurde. Er hörte das blutrünstige Geschrei der Menge, die ihn begierig aufforderte, den englischen Bastard zu töten.

Genau das hatte er vor. Die blutunterlaufenen Augen seines Feindes quollen aus den Höhlen, als er trotz seiner Trunkenheit erkannte, wohin ihn sein Leichtsinn getrieben hatte.

»Bringen Sie ihn um! Erstechen Sie ihn!«, grölte das Publikum.

Nur um Haaresbreite war der Trunkenbold von der Schwertspitze entfernt, als irgendjemand in der Menge einen Namen rief, der in Fox' Bewusstsein drang. Hastig zog er die Waffe zurück – zu spät. In seinem Arm vibrierte das grausige Gefühl, zerrissenen Fleisches, durchtrennter Sehnen. Blut spritzte empor, und die Zuschauer jubelten. Entsetzt ließ Fox die Waffe fallen, sprang vor und fing sein Opfer auf.

Der Mann sackte in sich zusammen und sank an Fox' Brust. Die Augen drehten sich nach oben, die lange Lockenperücke glitt von einem kahl rasierten Schädel.

»Helft mir, um Himmels willen, helft mir!«, schrie Fox und hievte die schlaffe Gestalt auf seine Schulter. Um den letzten Atemzug des englischen Gecken nicht zu verpassen, drängte sich die Menge vor und versperrte Fox den Weg. Während er überlegte, wie er dem Getümmel entrinnen sollte, schob der bärtige Schotte die Menschenmasse beiseite und eilte zu ihm.

Die Arme erhoben, rief er ein paar Worte in einer Sprache, die Fox nicht verstand. Dann befahl er den Leuten auf Englisch, den Schauplatz des Kampfes zu verlassen, und führte Fox, der den Schwerverletzten immer noch auf der Schulter trug, die Straße nach Holyrood hinab.

Wann der Schotte verschwand, wusste Fox nicht. Er wurde von dem Wunsch getrieben, Graces Haus möglichst schnell zu erreichen. Ob der blutende Mann tot oder lebendig war, konnte er nicht feststellen. Er stolperte über einen Stein und fiel beinahe, bevor er sein Gleichgewicht wiedergewann.

Ringsum gingen die Leute ihren Geschäften nach, Schubkarren und Pferdewagen polterten dahin, Sänften wurden durch das Gedränge getragen. Niemand schien Fox zu beachten, als er die steinernen Eingangsstufen hinaufstieg. Atemlos hämmerte er gegen Graces Haustür.

Der Butler, den Lord Archey hierher geschickt hatte, öffnete die Tür. Beinahe hätte er sie wieder zugeschlagen. Aber Fox stieß blitzschnell eine Stiefelspitze in den Türspalt und zwängte sich an dem konsternierten Mann vorbei. »Wohin kann ich ihn bringen?«

»Sir, ich glaube nicht …«

»Wohin, verdammt?«

»Foxworth!«

Er wandte sich in die Richtung, aus der die Stimme erklungen war, und sah Grace die Treppe herablaufen. »Bitte, ich brauche …« Doch sie ließ ihn nicht aussprechen und eilte zum hinteren Teil des Hauses. »Komm mit mir!«

Um diese Tageszeit arbeitete nur eine einzige Magd in der Küche. Als Grace und Fox hereinstürmten, blickte sie entgeistert auf – die Augen so groß wie die Zwiebeln, die sie gerade schälte.

»Hol Maude!«, befahl Grace der Frau und fegte die Zwiebelschalen vom Tisch. »Leg ihn hierher, Foxworth.«

Keuchend gehorchte Fox und beobachtete dankbar, wie sie eine Hand unter den Kopf des Mannes schob, um so zu verhindern, dass der kahle Schädel unsanft auf die Holzplatte prallte.

Von seiner Last befreit, beugte sich Fox über die Lehne eines Stuhls und rang nach Luft.

»Oh, mein Gott!« Ihre Hände berührten sein Gesicht, seine Schultern. »Du blutest! Wo bist du verletzt?«

»Nein, es ist nicht mein Blut, sondern seines«, erklärte er und richtete sich auf. »Schau ihn doch an!«

In diesem Moment trat Maude ein, gefolgt von der schreckensbleichen Küchenhilfe, die einen großen Weidenkorb zum Tisch trug.

Nach einem flüchtigen Blick auf den Verletzten fragte Maude: »Was ist ihm zugestoßen?«

»Er wurde von einem Schwert getroffen«, antwortete Fox.

»Von welchem Schwert?«

»Mir gehört es nicht. Aber ich habe es geschwungen. Wird er genesen?«

»Vorläufig lebt er noch. In seinen Adern fließt immer noch Blut.«

Fox' Knie wurden weich. »Wird er es überstehen?«

»Ich bin keine Hellseherin, Reisender, nur eine heilkundige Frau. Gib mir meine Kräuter, Mädchen. Übrigens habe ich keine Lust, sie alle vom Boden aufzuheben. Also fall nicht in Ohnmacht.«

Offenbar würde Fox keine weiteren Informationen von der alten Hexe erhalten, und so trat er zurück. An die Wand neben dem Backofen gelehnt, beobachtete er die Ereignisse. Hin und wieder wurde er beauftragt, kochendes Wasser aus dem eisernen Kessel zu schöpfen, der über den Herdflammen hing. Aber meistens schaute er nur zu, während sich Maude und Grace, von der Küchenhilfe unterstützt, um den Patienten bemühten.

Die Kleider des Mannes, die nach Whisky, Blut und Angst stanken, wurden aufgeschnitten, und Fox versuchte die dunkle Wunde zu übersehen. Stattdessen betrachtete er breite Schultern und schmale Hüften, die ihm so vertraut erschienen, kräftige Handgelenke und lange Finger.

»Hören Sie nicht zu, Reisender? Zermahlen Sie diese Samenkörner!«

Fox ergriff eine steinerne Schüssel und erfüllte Maudes Wunsch. Immer wieder schaute er zur Brust des Verletzten hinüber, die sich kaum merklich hob und senkte. Als er Maude die zerstampften Samenkörner brachte, schaute sie ihn kurz an. Zumindest glaubte er, im Schatten ihres Schals die dunklen Augen glitzern zu sehen. »Bitte, Madam, er muss am Leben bleiben.«

»Das hätten Sie sich überlegen sollen, bevor Sie ihn niederstachen.«

»Es war ein Unfall ...« Sogar in seinen eigenen Ohren klang

diese Erklärung lächerlich. Verlegen wandte er sich ab. »Retten Sie ihn … bitte!«

Bis Maude die ärztliche Behandlung beendete, und den Patienten zugedeckt hatte, schien eine Ewigkeit zu verstreichen. Inzwischen war das Blut an Fox' Jackett getrocknet. »Noch ist er nicht gestorben, Reisender.«

Sie wandte sich zur Tür, und Fox sprang bestürzt von seinem Stuhl auf. »Lassen Sie ihn einfach hier liegen? Und wenn er aufwacht?« *Oder wenn er stirbt?* fügte er in Gedanken hinzu.

»Halten Sie bei ihm Wache, Reisender. Offenbar bedeutet er Ihnen sehr viel.« Mit schrillem, meckerndem Gekicher verschwand sie aus der Küche.

»Was meint sie?« Grace trocknete ihre Hände an einem Geschirrtuch ab, das sie über ihr Kleid gebunden hatte.

»Ich kenne diesen Mann.« Langsam und zögernd ging Fox zum Tisch.

»Was ist passiert? Warum hast du gegen ihn gekämpft? Heute Morgen erwachte ich und dachte, ich würde dich in meinem – an meiner Seite finden. Und dann bist du plötzlich in mein Haus gestürmt, voller Blut …«

Erschrocken sah er ihre Lippen zittern und ging zu ihr, nahm ihr eine Keramikschüssel aus der Hand und übergab sie der Magd. Nur zu gern befolgte das Mädchen den Befehl, die Küche zu verlassen. »Tut mir Leid«, beteuerte er, »es war gedankenlos von mir, heute Morgen so früh wegzugehen – und dich in diese Situation zu bringen …« Er zeigte auf den bewusstlosen Engländer. »Dafür gibt es keine Entschuldigung, bestenfalls meine Unaufmerksamkeit. Deshalb kam es zu meinem unseligen Kampf gegen diesen Mann. Ich achtete nicht auf meine Schritte, und wir stießen zusammen. Mit einer knappen Verbeugung wollte ich meinen Weg fortsetzen. Doch das akzeptierte er nicht, und ehe ich wusste, wie mir geschah, kreuzten wir die Klingen.«

»Aber wer ist er? Warum bedeutet dir seine Genesung so viel?«

Eindringlich erwiderte er Graces Blick. »Ohne ihn wäre ich nie geboren worden.« Verwundert hielt Grace den Atem an. Nur zögernd sprach er weiter. »Dieser Mann, den ich fast getötet hätte, ist Lord James Morgan. Mein Vater.«

12

»Nun ist das Allerschlimmste passiert«, verkündete Alex und warf sich in einen Sessel vor dem Kamin.

Grace blickte von ihrer Stickerei auf, einer weiteren düsteren Moorlandschaft. Als ein Lakai den Besucher angemeldet hatte, war sie sofort in den Salon hinabgeeilt, um sich ihm zu widmen. Mit seiner trüben Stimmung hatte sie nicht gerechnet.

»Vor kurzem wurde der Sohn des Earl of Clayborne entführt oder ermordet. Die näheren Umstände scheint niemand zu kennen … Stimmt was nicht?«, fragte er und richtete sich auf. »Hast du dir wehgetan?«

»Nur ein Nadelstich.« Grace zog ihren Finger aus dem Mund. »Nichts Ernstes …«

»Pass doch besser auf.« Alex beugte sich vor. »Was stickst du da?«

»Das Drummoissie Moor.« Sehnsüchtig betrachtete sie ihre Handarbeit. »Warum sorgst du dich um Lord Morgans Sohn? Eigentlich dachte ich, du würdest ihn hassen.«

»Nein, und ich glaube, kein Schotte von echtem Schrot und Korn wird ihm jemals zürnen.« Seine Augen verengten sich. »Wo ist dieser Engländer? Wirklich, Grace, er dürfte nicht bei dir wohnen.«

»Oh, er ist …« Sie zuckte mit den Schultern. »Irgendwo in

der Nähe, nehme ich an. Und wie ich mich erinnere, haben wir dieses Thema bereits erörtert.«

»Ja, aber ich gab dir nicht meine Einwilligung.«

»Die brauche ich auch nicht.« Angesichts seiner kummervollen Miene bereute sie ihre schroffe Antwort sofort. »Wie ich dir erklärt habe, wohnt auch Maude in diesem Haus.

»Maude ...«, murmelte er und fügte etwas Unverständliches hinzu, das sie lieber nicht hören wollte.

»Warum ist dir Lord Morgans Sohn so wichtig?«

»Nicht nur mir, Grace. Das Verschwinden dieses Gecken beschwor einen Aufruhr im Parlament herauf. Natürlich machen die Royalisten die Country Party dafür verantwortlich und behaupten, die barbarischen Schotten hätten den Burschen als Geisel genommen, um sich eine bessere Verhandlungsbasis zu verschaffen. Solange er nicht zurückkehrt, weigern sie sich, über die Unionsakte zu reden. Andrew Fletcher hegt den Verdacht, die Royalisten hätten die Entführung inszeniert, um die Debatte zu beenden – mit dem Ergebnis, das sie anstreben.«

»O Gott ...«

»Heute Nachmittag brach ein Kampf zwischen Patrick MacVee und Sir Randolph Wallace aus. Diese verrückten Hitzköpfe ... Mitten im Saal! Der Regierungskommissar musste die Sitzung vertagen.«

»Und das alles James Morgans wegen?«

»Ja.« Alex stand auf und begann umherzuwandern. »Behauptet der Engländer immer noch, er sei Lord Morgan?«

Grace stach sich wieder in den Finger, aber diesmal bemerkte Alex es nicht. »Warum fragst du?«

»Weil ich gewisse Zusammenhänge vermute. Vielleicht hofft er, Lord Morgan und sein Sohn würden sterben, damit er den Titel beanspruchen kann.«

»Ganz sicher nicht.«

Alex streckte sich und holte tief Atem. »Hast du noch einmal über meinen Heiratsantrag nachgedacht?«

»Um Himmels willen, Alex! Das ist wohl kaum der geeignete Zeitpunkt ...«

»Warum nicht? Wegen der Probleme im Parlament? Die lösen wir, sobald der junge Morgan gefunden wird – falls er noch lebt.«

»Er lebt.«

»Was?«

Sekundenlang schloss sie die Augen und konnte nicht fassen, dass sie diese Worte tatsächlich ausgesprochen hatte.

»Was hast du über Lord Morgans Sohn gesagt? Weißt du irgendetwas, Grace?«

»Nein ...«

»Er ist hier, im Schlafzimmer.« Fox betrat den Salon. »Nach meiner Ansicht gibt es keinen Grund, warum MacDonald nichts davon erfahren sollte.«

»Nichts davon erfahren?«, rief Alex. »Großer Gott, was geht hier vor? Das hätte ich mir denken können, dass Sie dahinter stecken, Engländer.«

»Wenn ich mich recht entsinne, dachten Sie es bereits seit einiger Zcit.«

»Haben Sie uns belauscht?« Wütend eilte Alex zu Fox.

»Setz dich, Alex!«, befahl Grace in einem Ton, als würde sie ein unartiges Kind ermahnen. »Wenn Foxworth etwas gehört hat, dann sicher nur, weil er im Nebenraum war, bei seinem Vater.«

»Bei seinem Vater ...« Alex sank in den nächstbesten Sessel. »Von diesem Unsinn will ich nichts mehr wissen.«

»Zweifellos werden Sie sich fragen, warum ich James Morgan verletzt habe«, bemerkte Fox, »obwohl er mein Vater ist.«

»Im Laufe der Geschichte haben schon viele Männer ihre Väter ermordet, um einen Adelstitel zu erben.«

»Das stimmt. Aber würden Sie auch Selbstmord verüben?«

»Wovon reden Sie?«

»James Morgan ist ein junger Mann«, erklärte Grace, stand auf und ging zu Fox, der neben der Tür stand. »Unverheiratet. Und er hat keine Kinder. Zumindest haben wir nichts dergleichen erfahren.«

»Offensichtlich musste mein Vater etwas länger leben, um mich zu zeugen«, betonte Fox.

»Das alles glaube ich nicht!«, fauchte Alex.

»Denk doch logisch!«, bat Grace.

»Logisch? Wie kannst du es wagen, dieses Wort zu benutzen?«

»Das alles ergibt einen perfekten Sinn.«

»Findest du eine Zeitreise sinnvoll? Machst du Witze?«

»Komm mit mir!« Grace eilte zu Alex, ergriff seine Hand und zog ihn aus dem Sessel hoch. Obwohl er skeptisch die Brauen zusammenzog, folgte er ihr widerstandslos zum Schlafzimmer am Ende des Flurs, und Fox begleitete die beiden.

Als sie die Tür erreichten, trat Maude gerade heraus. Wortlos ging sie den Flur entlang. Im abgedunkelten Zimmer ließ Grace die Hand ihres Freundes los und stellte sich ans Fenster.

»Was ist das für ein Geruch?« Alex presste ein parfümiertes Taschentuch an seine Nase.

»Zweifellos eine von Maudes Arzneien«, erwiderte Grace und schob die Vorhänge auseinander, damit etwas Licht in den Raum fallen konnte. »Sieh doch selbst!«

Alex ging zum Bett und fluchte. »Tatsächlich, Morgan!« Er starrte Grace an, dann wandte er sich zu Fox, der am Türrahmen lehnte, die Arme vor der Brust verschränkt.

»Nun, er wurde verwundet ...«, begann Grace.

»Ich stach ihm ein Schwert in die Brust«, vervollständigte Fox diese vage Erklärung. »Ein Unfall – ich wollte ihn nicht verletzen.«

»Wie konnten Sie den Mann unabsichtlich niederstechen?«, fragte Alex. »Das würde mich interessieren.«

»Um Gottes willen, Alex, das spielt keine Rolle. Sieh ihn an!«

»Allem Anschein nach geht es ihm sehr schlecht.«

»Ja, aber Maude scheint zu erwarten, dass er genesen wird. Schau ihn etwas genauer an. Das Gesicht, die Hände. Wem ähnelt er?«

Widerstrebend beugte sich Alex über das Bett. Obwohl er Lord Morgans Sohn nur selten begegnet war, erkannte er ihn wieder. Die Wangen waren fast so weiß wie das Kissen, auf dem der kahl geschorene Kopf lag. Die Augen geschlossen, atmete er tief und gleichmäßig. Alex drehte sich zu Grace um, die ihm bedeutete, den Patienten erneut zu betrachten.

Was zum Teufel sollte er denn feststellen? Eine hohe Stirn, eine Adlernase, ein kantiges Kinn, offenbar sehr groß ... Ein typischer Engländer.

Verblüfft schnappte Alex nach Luft und warf einen kurzen Blick auf den Mann, der sich Morgan nannte. Dann musterte er wieder den Verletzten.

»Wenn er erwacht, wirst du dunkelblaue, fast schwarze Augen sehen«, kündigte Grace an.

»Also gut, die beiden gleichen sich.«

»Weil wir Vater und Sohn sind«, betonte Fox. »Wenn der Vater in diesem Fall auch jünger ist als der Sohn. Ich sah seine Porträts. Deshalb hätte ich ihn sofort erkennen müssen.«

»Wie schwer ist er verwundet?«

»Nach Maudes Ansicht nicht allzu schlimm. Jetzt schläft er seinen Rausch aus.«

»Vielleicht sollte ich meinen Großvater besuchen und ihm mitteilen, sein Sohn sei am Leben«, meinte Fox.

»Sind Sie verrückt?« Alex lief zu ihm und ergriff seinen Arm.

»Mag sein«, entgegnete Fox trocken, »was ein Besuch bei meinem Großvater aber wohl kaum bestätigen würde.«

»Sie ahnen nicht, welch eine gefährliche, brisante Stimmung in dieser Stadt herrscht.« Ihre Blicke trafen sich, und Alex zog sich zurück. »Überall spricht man von der Union, die möglicherweise bevorsteht. Und jetzt ist auch noch Lord James verschwunden.«

»Ein Grund mehr, um bekannt zu geben, dass er am Leben ist.«

»Warten wir doch einfach, bis er erwacht und den Leuten selber erzählt, was geschehen ist. Natürlich werden Sie sich den Zorn seines Vaters zuziehen, Engländer. Was auch für dich gilt, Grace.«

»Bis er aufstehen kann, wird es noch einige Tage dauern«, sagte Fox. »Das hat Maude vorhin prophezeit. Sorgen Sie sich nicht, MacDonald. Ich werde Grace beschützen.«

»Sie? Welch tapfere Worte! Und *wie* wollen Sie Grace schützen, wenn Sie im Verlies der Festung sitzen?«

»Hört zu streiten auf!« Entschlossen trat Grace zwischen die beiden Männer und starrte sie abwechselnd an, bis sich die kampflustigen Mienen entspannten. »Man wird Foxworth nicht einsperren.«

»Wahrscheinlich hast du Recht – man wird ihn sofort hinrichten.«

»Bitte, Alex!«, seufzte sie ungeduldig. »Diese Diskussion

führt zu nichts. Offen gestanden, es missfällt mir, dass ihr beide glaubt, ihr müsstet mich schützen.«

»Grace, ich meinte doch nur …«

»Das genügt, Alex. Natürlich ist ganz Edinburgh in Aufruhr. Bald wird sich diese bedrohliche Stimmung im ganzen Land ausbreiten. Deshalb müssen wir etwas gegen die künftigen Ereignisse unternehmen … Verdreh bloß nicht die Augen, Alex!«

Vom Bett drang ein gedämpfter Laut herüber, und alle drei beobachteten Lord Morgans Sohn. Nachdem Grace sich vergewissert hatte, dass er immer noch schlief, scheuchte sie Alex und Fox aus dem Zimmer und schloss lautlos die Tür hinter sich.

»Ich finde, Foxworth hat Recht, und er sollte seinen – Lord Morgan über den Zustand des jungen Lords informieren.«

»Gracie …«

»Außerdem wäre das eine ausgezeichnete Gelegenheit, mit Lord Morgan die geplante Union zu erörtern.«

»Unsinn! Niemals würde Lord Morgan diesen Kerl empfangen.«

»Ich habe bereits eine Nachricht an meinen Onkel geschickt, Lord McKinzie.«

Als die beiden Träger die Sänfte vor dem majestätischen Haus abstellten, spähte Grace aus dem Fenster und holte tief Atem. Dann stieg sie aus und versuchte, ihre flatternden Nerven zu beruhigen.

Immerhin besuchte sie keinen fremden Unmenschen, sondern ihren Lieblingsonkel. Das war er zumindest gewesen, bis er ihrem Ehemann ein furchtbares Vergehen zugetraut hatte – und ihr auch.

Damals hatte er ihr geschrieben, er wolle nichts mehr mit ihr zu tun haben, und Dugald vorgeworfen, er habe einen schrecklichen Betrug begangen. Nur zu gut erinnerte sich Grace an das Pergament zwischen ihren Fingern, an den Duft des Wachses mit dem Siegel des Earl of Denbigh. Und an ihren Zorn gegen Dugald, der sie in eine beklagenswerte Situation gebracht hatte. Diese Wut empfand sie immer noch.

Nach einem letzten tiefen Atemzug betrat sie die Halle und nahm an, sie würde eine Zeit lang warten müssen. Aber zu ihrer Überraschung wurde sie sofort in die privaten Räumlichkeiten ihres Onkels geführt. In den vier Jahren, seit sie ihn zuletzt gesehen hatte, war er sehr gealtert. Früher ein attraktiver Mann mit dichtem rotem Haar und strahlenden Augen, erweckte er jetzt den Eindruck, ein bösartiger Maler hätte die Leinwand grau überpinselt – das Haar, die Haut, sogar das Licht in seinem Blick.

Grace knickste, den Tränen nahe.

»Wie gut du aussiehst, Grace.«

Sie hatte ihr Kleid sehr sorgfältig gewählt und bei der Toilette ausnahmsweise die Hilfe der Zofe beansprucht, die Lord Archey ihr aufgedrängt hatte. »Danke.«

»Setz dich doch.« Nachdem sie auf einem kleinen Stuhl ihm gegenüber Platz genommen hatte, beugte er sich in seinem Sessel vor. »Offen gestanden, deine Nachricht hat mich ziemlich überrascht. Ich wusste nicht, dass du nach Edinburgh zurückgekehrt bist.«

»Ich bin erst vor kurzem angekommen. Und ich werde nicht lange bleiben.«

»Natürlich liegt diese Entscheidung bei dir.«

»Meine Anwesenheit war dir sehr unangenehm.«

»Glaub mir«, erwiderte er und räusperte sich, »ich wollte niemals schlecht von dir und deinem Mann denken.«

»Trotzdem hast du es getan.«

»Es gab keine Beweise, die euch entlastet hätten.«

»Also muss ich dir meine Unschuld beweisen?« Als er schwieg, fragte sie: »Hätte es einen Sinn, wenn ich dir beteuern würde, dass ich unschuldig bin? Von jenem Geld das Dugald angeblich veruntreut hat, wusste ich nichts.«

»Aber man erzählte mir von all den Sachen, die ihr beide angeschafft habt. Nachdem die anderen Investoren ihr Geld bereits verloren hatten.«

»Das warf mir Dugald ebenfalls vor. Aber ich habe nichts gekauft.« Sie beobachtete, wie sein Blick über ihr Seidenkleid wanderte, wie sich seine Augen verengten. »Soll ich etwa einen alten Fetzen anziehen, wenn ich einen Earl besuche?«

»Nein, und ich will dir deine schönen Kleider nicht missgönnen – doch das Getuschel über euer Tafelsilber und eine vornehme Kutsche mussten meinen Argwohn erregen. Lauter Gerüchte, die sich bewahrheitet haben ...«

Dem konnte sie nicht widersprechen. Jene Kutsche war bestellt und mit Sterling bezahlt worden. Daran hatte sie Dugald die Schuld gegeben, und er ihr. Aber sie hatte die Kutsche nicht geordert. Das versicherte sie jetzt ihrem Onkel.

»Da er gestorben ist, kann er nicht mehr für sich selbst sprechen«, betonte er.

»Das stimmt. Aber ich schwöre dir, ich habe nicht gelogen. Nach seinem Tod verkaufte ich die Kutsche und entschädigte einige Investoren. Das hast du sicher erfahren.«

»Was ich von jener Episode halte, weißt du.« Lord McKinzie betrachtete seine Hände, die im Schoß lagen. »Aus meinem Standpunkt machte ich keinen Hehl.«

»Nun, wir waren oft verschiedener Meinung, Onkel Albert.« Gedankenlos sprach sie den Namen aus, mit dem sie ihn früher angeredet hatte, und zu ihrer Erleichterung protestierte er nicht, er lächelte sogar.

»Allerdings, du warst schon immer ziemlich eigenwillig.«

»Vielleicht, weil ich mit dir verwandt bin …«

»Wie gesagt, ich wollte niemals schlecht von dir und Dugald denken. Trotz unserer Differenzen habe ich deinen Mann bewundert.«

Was sollte sie darauf antworten? Auch sie hatte Dugald stets *bewundert,* nicht geliebt. Zumindest nicht so sehr wie Foxworth … Bei diesem Gedanken stockte ihr Atem. Liebte sie den Engländer tatsächlich? Einen Mann, der glaubte, er würde aus einer anderen Zeit stammen?

»Jedenfalls bin ich froh, dass du mir geschrieben hast«, die Stimme ihres Onkels riss sie in die Gegenwart zurück. »Und dass wir endlich wieder miteinander reden.«

»Darüber freue ich mich auch, Onkel Albert. Aber ich muss zugeben – ich besuche dich noch aus einem anderen Grund.« Bedrückt sah sie, wie sich die Falten um seinen Mund vertieften. »Wie sehr ich Schottland liebe, weißt du, ein McKinzie-Erbe … Aber was das Wohl dieses Landes betrifft, vertreten wir verschiedene Ansichten.«

»Bitte, Grace, keine politischen Diskussionen …«

»Die Politik interessiert mich nicht. Nur die Zukunft des schottischen Volkes, dem die Union schweres Leid zufügen würde …«

»Gegen die Union sind wir alle machtlos. Dein Mann und einige Gleichgesinnte wollten sie mit dem Darien-Projekt verhindern. Doch das war ein Fehlschlag.«

»Ja, aber es muss andere Mittel und Wege geben …«

»Nein«, fiel er ihr ins Wort und stand auf, rastlos wanderte er umher. »Glaubst du, ich hätte nicht darüber nachgedacht?

Mir geht es einzig und allein um Schottland. Ich bin ein wohlhabender Mann. Und ich lasse mich nicht von den Engländern kaufen.«

»Das nahm ich auch niemals an, Onkel Albert.«

»Ohne den englischen Markt ist Schottland dem Untergang geweiht.«

»Das schottische Volk ist ohnehin verloren.«

»Was sagst du da, Mädchen?«

»Man wird die Unionsakte unterzeichnen. Aber viele Schotten werden das Bündnis mit England nicht akzeptieren und sich gegen einen deutschen König stellen. Entschlossene Rebellen werden für die Thronfolge der Stuarts kämpfen, in grausamen Schlachten wird Blut fließen …« Plötzlich merkte Grace, dass sie ebenfalls aufgestanden war. Beklommen trat sie ans Fenster. Ein paar Minuten lang lag tiefe Stille im Zimmer, nur das Ticken der Uhr auf dem Kaminsims war zu hören.

Als Grace sich wieder zu ihrem Onkel wandte, las sie unverhohlene Verblüffung in seinen Augen. »Du sprichst so, als wüsstest du ganz genau, was du sagst, Grace.«

»Ja, das stimmt.«

»Aber es ist nicht möglich …«

»Doch. Ich kam zu dir, weil ich dich mit jemandem bekannt machen möchte – mit einem Mann, der dir viel mehr erzählen kann.«

»Grace …«

»Bitte!«, flehte sie und ging zu ihm. »Wenn ich dir jemals etwas bedeutet habe, tu es für mich. Zu viele Menschenleben hängen davon ab.«

»Wer ist dieser Mann? Alexander MacDonald kenne ich bereits.«

»Er ist kein Schotte, sondern ein Engländer. Wenn ich seinen Namen oder seinen Titel nenne – du würdest mir nicht glauben. Nur eins will ich dir versichern, er wird dir keinen Schaden zufügen.«

»Wann soll ich mit diesem Mann reden?«

»Noch heute. Sobald wie möglich.«

»Also, dann am Nachmittag. In meinem Haus.«

»Könntest du auch Lord Morgan einladen?«

»Sicher ist er nicht in der Stimmung für politische Gespräche. Gestern verschwand sein Sohn. Warum soll er an dieser Unterredung teilnehmen?«

»Weil es um seinen Sohn geht ... mehr kann ich wirklich nicht sagen. Aber ich bitte dich, Onkel Albert, tu dein Bestes, damit er hierher kommt.«

Allen weiteren Fragen wich sie aus. Erwartungsgemäß erregte ihr Verhalten den Argwohn des Onkels. Umso dankbarer war sie ihm, weil er sich bereit erklärt hatte, Foxworth zu empfangen. Sie vereinbarten einen Termin, dann stieg sie wieder in eine Sänfte und ließ sich durch die belebten Straßen nach Hause bringen.

Es war warm und windstill, und Grace sehnte sich nach einer frischen Brise, die den Gestank aus der Stadt vertreiben würde.

Wieder daheim, suchte sie Fox und fand ihn im Zimmer seines Vaters. »Wie geht es ihm?«

Fox stand am Fenster, das zu dem kleinen ummauerten Garten hinausging. Als er sich zu ihr wandte, erwärmte sein Lächeln ihr Herz. Ja, sie liebte ihn. Obwohl sie fürchtete, dabei würde nichts Gutes herauskommen. »Vorhin ist er erwacht.«

»Oh?«

»Er war furchtbar schlecht gelaunt, als ich ihn vorhin besuchte, und schrie mich an – ohne den Mann zu erkennen, der ihn verwundet hatte. Vielleicht, weil er zum Zeitpunkt unseres

Kampfes sternhagelvoll war. Aber er jammerte lauthals, er würde sich miserabel fühlen.«

»Immerhin trug er eine schlimme Wunde davon.«

»Dass er vorerst ans Bett gefesselt ist, schien ihn viel mehr zu ärgern, und er drohte, uns alle umzubringen.«

Grace schaute zu dem schlafenden Mann hinüber. »Jetzt sieht er ruhig und friedlich aus.«

»Nachdem Maude ihm eine Brühe eingeflößt hatte, schlief er sofort ein. Aber sie erklärte, allzu lange könnte sie ihn nicht mehr im Zaum halten.«

»Heute Nachmittag treffen wir seinen Vater.«

»Wir?«

»Dachtest du etwa, du würdest allein mit ihm reden?«

»Allerdings.«

»Diese Begegnung habe *ich* arrangiert. Im Haus meines Onkels.«

»Und wenn Lord Morgan mir übel nimmt, was mit seinem Sohn geschehen ist?« Liebevoll berührte er ihre Wange. »Falls es Schwierigkeiten gibt, sollst du nicht hineingezogen werden, Gracie.«

»Seit ich dich im Moor gefunden habe, stecke ich mitten drin«, erwiderte sie und versuchte, ihren beschleunigten Puls zu ignorieren. Vergeblich bemühte sie sich, dem magnetischen Blick seiner dunklen Augen auszuweichen. »Außerdem sollst du Lord Morgan nicht nur über das Befinden seines Sohnes informieren.«

»Sondern auch über die Zukunft. Aber er wird mir ebenso wenig glauben wie dein Freund Alex.«

»So heftig Alex auch protestiert – im Grunde seines Herzens kennt er die Wahrheit, davon bin ich fest überzeugt.«

Skeptisch hob Fox die Brauen.

»Und Lord Archey?«

»Was meinst du, Grace?«

»Hattest du nicht das Gefühl, er wüsste, wer du bist – und woher du kommst?«

»Ja … Aber ich fürchte, weder dein Onkel noch mein Großvater werden das alles ernst nehmen.«

»Vermutlich nicht. Trotzdem müssen wir ihnen mitteilen, welche Gefahr dem schottischen Volk droht …«

»Ist das wirklich nötig?« Fox ging zur Tür. »Allzu viel konnte ich bisher nicht erreichen. Ich habe dich mit meinen Problemen belastet, und beinahe meinen Vater getötet. Vielleicht sollte ich einfach verschwinden und den Rückweg in meine eigene Zeit suchen.«

13

Sein wiederholter Vorschlag, den Großvater und Lord McKinzie allein aufzusuchen, stieß auf taube Ohren. Nun erkannte er, wie eisern Grace an ihrem Entschluss festhielt, die Geschichte zu verändern, eine Wendung zum Guten herbeizuführen.

Unmöglich …

Andererseits hätte er bis vor kurzem behauptet, eine Zeitreise sei unmöglich.

Er strich ein letztes Mal mit der Silberbürste über sein Jackett, dann verließ er sein Zimmer. Vor der Zusammenkunft in Lord McKinzies Haus würde er noch genug Zeit finden, um nach seinem Vater zu sehen. Falls James Morgan wach war, wollte Fox versuchen, vernünftig mit ihm zu sprechen. Vorhin hatte sich Grace in ihr Zimmer zurückgezogen, und es drängte ihn, an ihre Tür zu klopfen.

Nur um zu fragen, ob sie sich inzwischen anders besonnen habe und ihm erlauben würde, allein zum Haus ihres Onkels zu gehen … nur deshalb … Das redete er sich zumindest ein. Doch er kannte die Wahrheit. Sobald er ihr Zimmer betrat, würde er sie in seine Arme schließen.

Er war von ihr besessen, von den Gefühlen, die sie in ihm entfachte, und kaum noch fähig, an etwas anderes zu denken. Letzte Nacht hatte er sie leidenschaftlich geliebt, danach war seine Begierde keineswegs erloschen.

Verdammt, was bildete er sich ein? Sein Leben befand sich im Aufruhr ... Nicht sein eigenes – nicht einmal seine Zeit. Was mit ihm geschah, verstand er nicht. Am Vortag hatte er seinen Vater bekämpft und verletzt. Um Himmels willen, seinen *Vater,* der jünger war als er selbst. Und inmitten dieses Durcheinanders verliebte er sich in eine Frau, die nach seiner Seele rief.

Grace – ihr Name erschien ihm wie Musik.

Vielleicht beeinträchtigte dieser Gedanke – für Fox' Geschmack etwas zu romantisch – sein Gehör, denn er vernahm den Lärm erst, als er den Fuß der Treppe fast erreicht hatte. Da es in Edinburgh und auch im Haus nur selten still war, verstand er nicht, warum ihn dieses Geräusch so beunruhigte. Jedenfalls stürmte er die Stufen hinauf, ehe er darüber nachdachte, und stieß beinahe mit einem Dienstmädchen zusammen, das einen Wäschestapel im Arm hielt.

Graces Tür war verschlossen. Zweimal musste er sich dagegen werfen, bevor das Holz splitterte. Nachdem seine Schulter ein drittes Mal die Tür gerammt hatte, gab sie nach, und er stolperte über die Schwelle des Ankleideraums

Vor seinem geistigen Auge sah er Grace am Toilettentisch sitzen, die Brauen hochgezogen, als wollte sie fragen: Warum brichst du in meine Suite ein? In Wirklichkeit erblickte er umgestürzte Möbel – zwei Stühle, eine kleine Kommode. Und aus dem angrenzenden Schlafzimmer, in dem er letzte Nacht Graces Bett geteilt hatte, drang ein gedämpfter Schrei.

»Grace!« Erschrocken eilte er hinüber.

Das Gesicht nach unten, lag sie auf der Matratze. An ihrer Seite kniete der Angreifer. Ehe er mit seinem Messer zustechen konnte, drehte sie sich um und hob abwehrend die Hände. Das war überflüssig, denn Fox packte den Mann bereits an der Schulter. Um Haaresbreite wich er der Klinge aus, die in seine Richtung zuckte.

»Verdammt!« Fox presste das Handgelenk des Mannes zusammen, bis die Waffe klirrend auf dem Boden landete. Dann traf seine Faust das Kinn des Eindringlings. Die Federmatratze fing die Wucht des Hiebs teilweise auf. Obwohl Blut aus der geplatzten Unterlippe des Schurken quoll, blieb er bei Bewusstsein.

Fox schwang seinen Arm empor, um ein zweites Mal zuzuschlagen. Zu langsam. Blitzschnell stieß der Mann sein Knie nach oben, zwischen die Schenkel seines Gegners. Gerade noch rechtzeitig wich Fox zur Seite. Seine empfindsamen Körperteile wurden nur leicht getroffen, trotzdem musste er eine kurzfristige Übelkeit bezwingen. Diesen Moment nutzte sein Widersacher, sprang auf und rannte zur Tür.

Als Fox ihm den Weg versperrte, lief der Mann zu einem offenen Fenster und schwang sich über den Sims. Fox folgte ihm, ein Ellbogen prallte gegen sein Kinn. Aber er bekam das Jackett des Einbrechers zu fassen, und der Wollstoff zerriss.

Schreiend fiel der Mann aus dem Fenster, und Fox hörte den harten Aufprall auf den Ziegeln des Gartenwegs. Die Hände immer noch ausgestreckt, starrte er hinaus. Grace eilte zu ihm. »Bist du in Ordnung?« Schweigend nickte er, und sie spähte in den Garten hinab. »Aber der Angreifer wohl kaum ...«

»Ganz sicher nicht«, erwiderte er und zog sie vom Fenster weg. »Mein Gott, was wollte er dir antun? War das einer der Dienstboten?«

»Ja – William. Lebt er noch?«

»Das bezweifle ich.« Er schaute wieder hinab und betrachtete die reglose Gestalt, den Kopf, der in einem seltsamen Winkel vom Körper abstand. »Vielleicht hätte er es geschafft, wenn er vorsichtig hinabgesprungen wäre. Aber so ... Warum kam er zu dir?«

»Genau das fragte ich auch, als ich aus meinem Mittagsschläfchen erwachte und ihn neben meinem Bett stehen sah.«

»Was sagte er?«

»Nichts. Er versuchte nach mir zu greifen, und ich wehrte mich. Irgendwie gelang es mir, aufzuspringen und in den Ankleideraum zu laufen. Dort kämpften wir – einige Möbel kippten um. Schließlich zerrte er mich ins Schlafzimmer zurück und warf mich wieder aufs Bett. Und dann warst du plötzlich da ...«

»Ich hörte den Krach, als die Möbel umfielen.« Besorgt strich er über ihre Wange. »Hat er dich verletzt?«

»Nein, nur erschreckt. Ich wollte nach dir rufen. Aber er hielt mir den Mund zu.«

»Weißt du, warum er dich töten wollte?«

»Keine Ahnung. Seit Jahren kannte ich ihn. Schon vor Dugalds Tod. William war immer vertrauenswürdig, und er konnte gut mit Pferden umgehen ... O Foxworth, wir können ihn nicht einfach da unten liegen lassen.«

»Ja, gleich.« Er trat wieder ans Fenster. »Ah, da ist Maude. Sicher wird sie sich um alles kümmern ... Moment mal, du sagtest, William habe schon vor dem Tod deines Mannes für dich gearbeitet. Aber in Glenraven sah ich ihn nicht.«

»Weil er vor deiner Ankunft nach Edinburgh zurückkehrte.«

»Hast du ihn hierher geschickt?«

»Nicht direkt. Genau genommen stand er in Lord Archeys Diensten. Der Earl dachte, wir würden mehr Personal brauchen. Um diese Zeit erfuhren wir vom Misserfolg der Kolonie. Und die neue Kutsche wurde geliefert. Die hatte Dugald offenbar bestellt, ohne zu bedenken, dass er dafür einen Diener benötigen würde.«

»Auf Glenraven hattest du keine Kutsche.«

»Nur Pferde. Aber die Stallarbeit genügte nicht, um William ausreichend zu beschäftigen. Das muss Lord Archey erkannt haben, denn eines Tages erschien ein Bote und fragte, ob ich William nach Maymont zurücksenden würde. Das tat ich natürlich.«

»Und dann tauchte er in diesem Haus auf.«

»Bei unserer Ankunft war er hier.«

Fox schaute wieder in den Garten hinab. Inzwischen hatten sich einige Dienstboten eingefunden, die den Toten hochhoben. Er führte Grace ins Ankleidezimmer und richtete die umgekippten Möbel auf.

Mit sanfter Gewalt drückte er Grace in einen Sessel. Als er ihre Hände zittern sah, hätte er sie am liebten umarmt und versichert, nichts würde sie je wieder erschrecken. Aber wie konnte er das – ein Mann, den eine seltsame Laune des Schicksals in eine andere Zeit verschlagen hatte? Wann immer er erwachte oder auf der Straße um eine Ecke bog, erwartete er, die kosmischen Mächte würden ihren Irrtum bemerken und ihn in seine eigene Zeit zurückbefördern.

Nein, er durfte nichts versprechen, nicht den Eindruck erwecken, er hätte die Zukunft unter Kontrolle. Stattdessen überdachte er die jüngsten Ereignisse. Warum sollte ein Dienstbote Graces Tod wünschen? Hätte William sie nur bestehlen wollen, wäre er klug genug gewesen, in ihrer Abwesenheit hier einzudringen. Auf einer Truhe stand die Schmuckschatulle – offensichtlich unberührt. Also war der Mann nicht in die Räume seiner Herrin gekommen, um einen Diebstahl zu begehen, sondern um sie zu töten.

Ist es der erste Mordanschlag gewesen, überlegte Fox. Er zog einen Stuhl zu ihrem Sessel, setzte sich und umfasste ihre

Hände. »Denk nach, Grace. War William noch auf Glenraven, als du geträumt hast, jemand würde dich angreifen?«

»O Foxworth, glaubst du etwa …?«

»Versuch dich zu erinnern.«

»Nein, er war längst wieder …« Abrupt entzog sie ihm ihre Hände und richtete sich auf. »Oh, jetzt fällt es mir wieder ein – er war noch in Glenraven. Aber ich hatte Lord Archeys Nachricht bereits erhalten und ich fragte mich, ob ich ihm von meinem Traum schreiben und William den Brief mitgeben sollte.«

»Hast du es getan?«

»Nein. Mittlerweile sagte ich mir, es sei nur ein alberner Traum gewesen.«

Da war sich Fox nicht so sicher. »Und der eiserne Lüster, der auf dein Bett fiel? Damals war ich bereits in Glenraven. Also musste William schon abgereist sein.«

»Ja. Was denkst du?«

»Eigentlich nichts.« Fox zwang sich zu einem Lächeln, um Grace zu beschwichtigen, während ihn selbst immer größere Sorgen plagten. Je länger er sich mit den Ereignissen befasste, desto seltsamer erschienen sie ihm und desto eher gewann er den Eindruck, es würde noch mehr dahinter stecken, als es die bloßen Tatsachen vermuten ließen. Viel mehr. Doch darüber würde er nicht mit Grace sprechen. Falls er sich irrte, wollte er ihr keine unnötige Angst einjagen. Außerdem würde sie ihm wohl kaum glauben. »Nun sollten wir aufbrechen und Lord McKinizie besuchen.«

»Ja, natürlich.« Grace strich über ihre zerzausten Locken, die auf ihre Schultern fielen. Im ganzen Raum lagen ihre silbernen Haarnadeln verstreut. »Ich brauche nur ein paar Minuten.«

Unter halb gesenkten Lidern wirkten Fox' Augen sehr dunkel und sonderbar intensiv. Graces Herz, das sich nach der überstandenen Lebensgefahr halbwegs beruhigt hatte, begann wieder schneller zu schlagen. So verwirrte er sie immer wieder – sobald sie ihn sah, sobald sie seine Nähe spürte. Diese unwiderstehliche Anziehungskraft schien auch er wahrzunehmen. Ihr Atem stockte, als seine Finger durch ihr Haar glitten. »Sollte ich nicht doch allein zu deinem Onkel gehen? Ich möchte dich da nicht hineinziehen.«

» Nein ...« Seine Fingerspitzen glitten hinter ihr Ohr, und ihre Stimme drohte zu versagen. »In das alles bin ich genauso verstrickt, wie du.«

»Nicht ganz. Da unten im Schlafzimmer liegt nicht *dein* Vater, der jünger ist als du, von deiner eigenen Hand verletzt.«

Hilflos lächelte sie. »Stimmt – aber ... Oh, das gefällt mir ...« Mühsam versuchte sie sich zusammenzureißen. Jetzt streichelte er ihren Nacken und erweckte Erinnerungen an die vergangene Nacht.. »Lord McKinzie ist mein Onkel – und es geht um mein Land – um das Leid meiner Landsleute.«

»Damit hast du nichts zu tun, Grace. Durch deine Schuld ist das Darien-Projekt nicht gescheitert.«

»Trotzdem fühle ich mich dafür verantwortlich.« Als er ihren Kopf an seine Schulter drückte, wehrte sie sich nicht. »Zumindest jetzt, wo ich weiß, was geschehen wird.« Sie schaute auf und erwiderte seinen Blick. »Begreifst du nicht, warum ich alles unternehmen muss, was in meiner Macht steht?«

»Doch.« Seine Lippen streiften ihren Mund. »Und ich bewundere deine Entschlossenheit, obwohl ich wünschte, du wärst nicht so mutig.«

»So mutig bin ich nicht. Sonst würde ich längst durch die Straßen von Edinburgh laufen und allen Leuten erklären, was die Zukunft bringen wird.« Sie senkte ihre Lider. »Stattdessen hoffe ich, mein Onkel wird für mich sprechen.«

»Bitte, sieh mich an.« Als sie gehorchte, fuhr er fort: »Glaubst du, ich hätte keine Angst? Jeden Morgen erwache ich und überlege, was mir widerfahren wird – warum ich hier bin, ob ich jemals in meine eigene Zeit zurückkehren kann.« Seine Stimme nahm einen sanften Klang an. »Und ob ich das überhaupt will. Ob es mir jemals gelingen wird, die Menschen von künftigen Ereignissen zu überzeugen.«

»Ich …«

»Ja, ich weiß, du glaubst mir. Dafür bin ich dir dankbar, wenn es mich auch immer noch verwirrt. *Ich* müsste durch die Edinburgher Straßen laufen und überall ausposaunen, was ich auf jenem Schlachtfeld erlebt habe.«

»Welch ein imposantes Paar wir wären …«

Lachend legte er seine Stirn an ihre. »Bis uns der Constable einsperren würde.« Er küsste ihre Nasenspitze, dann fügte er in ernstem Ton hinzu: »Nein, besonders tapfer sind wir wohl nicht, aber klug – zumindest so klug, wie es unter den Umständen möglich ist. Deinen Onkel und andere einflussreiche Leute auf unsere Seite zu ziehen – das ist die beste Methode.« Nur widerstrebend ließ er ihren Nacken los. »So gern ich dich auch liebkose – ich sollte damit aufhören, sonst versäumen wir den Termin bei deinem Onkel. Außerdem müsste ich Maude helfen. Sie sollte wissen, was geschehen ist. Mach dich inzwischen zurecht.«

Nachdem er eine Zofe in Graces Suite geschickt hatte, die ihrer Herrin bei der Toilette beistehen sollte, fand er Maude in der Küche, über den Tisch gebeugt auf dem getrocknete Kräuter und Gräser lagen. Sie blickte nicht auf, aber er spürte, dass sie seine Anwesenheit wahrnahm.

»Wurde der Tote schon weggebracht?«

»Gewaschen und sauber gekleidet – was wir nicht Ihnen verdanken, Reisender.«

»Grace hat sich furchtbar aufgeregt. Er versuchte, sie zu ermorden.«

Jetzt hob sie den Kopf. »Warum sollte er das getan haben?«

»Ich dachte, das wüssten Sie.« Fox griff nach einem Kräuterbüschel, aber Maude schlug auf seine Hand.

»Nein, ich habe keine Ahnung«, fauchte sie.

»Und wenn Sie es wüssten, würden Sie mir nichts verraten, nicht wahr?«

»Das wollte ich nicht andeuten.«

»Hoffentlich sagen Sie die Wahrheit. Als ich in das Zimmer stürmte, versuchte William, Ihre Schwägerin zu erstechen.«

»Wie gut, dass Sie rechtzeitig zur Stelle waren, Reisender ...«

Seufzend wandte er sich zur Tür. Einem Baumstamm würde er aufschlussreichere Informationen entlocken. Entweder machte sie sich nichts aus Grace, oder sie verbarg ihre Gefühle. Fox wünschte, die letzte Vermutung würde zutreffen. Zu seinem Erstaunen rief sie ihn zurück. Verblüfft sah er, dass sie ihren sonst allgegenwärtigen Schal vom Kopf gezogen hatte, und er betrachtete ihr faltiges Gesicht und die tief liegenden Augen, die ihn irgendwie zu fesseln schienen. Als sie zu sprechen begann, glaubte er, ein eisiger Nordwind würde durch die Küche wehen. Das Herdfeuer loderte auf und versprühte Funken. »Passen Sie auf das Mädchen auf, Reisender, sonst bekommen Sie es mit mir zu tun. Das schwöre ich.«

Ihre Worte verfolgten ihn immer noch, während er ärgerlich in einem luxuriös ausgestatteten Vorzimmer umherwanderte. Seit einer halben Stunde ließ Lord McKinzie ihn warten – seit einer halben Stunde war Grace verschwunden.

Gerade wollte er zur Tür eilen und sie öffnen, als ein livrierter Lakai eintrat. Gemessenen Schrittes führte ihn der Diener die Treppe hinauf und öffnete eine Doppeltür. Grace saß vor dem Kamin, schön in ihrem lavendelblauen Kleid, das ihn an das Heidekraut des Hochlandes erinnerte. Lächelnd nickte sie ihm zu, bevor er seinen Blick auf die beiden anderen Personen richtete. Lord McKinzie stand in Graces Nähe, die Familienähnlichkeit war unverkennbar, obwohl die Zeit sein rotes Haar hatte grau werden lassen. Höflich verneigte sich Fox, dann wandte er sich zu dem anderen Mann, der jetzt zu sprechen begann – mit hartem englischen Akzent, der ihm fremd erschien, nachdem er wochenlang den weichen schottischen Dialekt gehört hatte.

»Was wissen Sie über meinen Sohn?«

Fox schaute in dunkelblaue Augen, die seinen eigenen glichen.

»Heraus mit der Sprache! Verlangen Sie Geld? Wenn ja, werde ich Sie bezahlen.«

»Thomas, lass den Gentleman erst einmal reden. Grace hat mir versichert, dein Sohn sei nicht entführt worden. Setzen Sie sich, junger Mann. Möchten Sie eine Erfrischung?«

»Wenn ich mich recht entsinne, hegt er eine besondere Vorliebe für Bordeaux.«

Diese Stimme hatte Fox eine Zeit lang nicht mehr gehört. Erstaunt drehte er sich um. Aus den Schatten trat Lord Archey und schenkte ihm ein joviales Lächeln, das Fox' Unbehagen nicht milderte. Seine Verneigung wirkte ebenso steif wie seine Worte. »Hier habe ich Sie nicht zu sehen erwartet, Sir.«

»Seltsam …« Lord Archey nippte an dem Kelch in seiner Hand. »Und ich dachte, Grace hätte Ihnen erzählt, wie besorgt ich stets um sie war.«

»Hat sie den Mordanschlag erwähnt, der heute auf sie verübt wurde?«

»Bitte, Foxworth!« Grace stand auf und hoffte, sie könnte ihn zum Schweigen bringen. *Dieses* Thema wünschte sie nicht zu erörtern.

»Mein Gott, ist das wahr, Grace?«, fragte ihr Onkel.

»Ja, aber mir ist nichts zugestoßen.«

»Was hat das alles mit meinem Sohn zu tun?«, rief Lord Morgan ärgerlich.

Fox wandte sich wieder seinem Großvater zu. »Nichts. Er ist in Sicherheit und befindet sich auf dem Weg der Besserung.«

»Auf dem Weg der *Besserung*?«

In dieser Haltung – ein Bein kerzengerade, das andere leicht gebeugt, den Kopf hoch erhoben – würde sich Lord Morgan Jahre später porträtieren lassen. Wie oft hatte Fox das Gemälde in seinem Londoner Haus betrachtet und sich über die Arroganz des Mannes gewundert? Wie oft war er irritiert gewesen, weil Zoe behauptet hatte, er sei das Ebenbild seines Großvaters? Und jetzt stand er Seiner Lordschaft gegenüber – welch ein groteskes Erlebnis …

Mühsam rang Fox nach Fassung. »Ihr Sohn betrank sich, Sir, forderte jemanden zu einem überflüssigen Kampf heraus und wurde verletzt. Nicht lebensgefährlich – aber er muss sich ein oder zwei Tage schonen.«

»Und dieser Jemand waren Sie, nehme ich an?«

»Ja.«

Thomas Morgan nickte und schlenderte zum Kamin, in dem ein Torffeuer brannte. »Da ich meinen unvernünftigen Sohn kenne, fanden Sie vermutlich eine Gelegenheit, ihn zu töten.«

»Auch das trifft zu.«

»Dann muss ich Ihnen danken, junger Mann, obwohl Sie

meinen Zorn erregen. Als Vater muss ich natürlich der Dankbarkeit den Vorrang geben. Bedauerlicherweise ist James nicht der Sohn, den ich mir gewünscht habe.«

Erst jetzt schien er Fox genauer zu mustern. »Wie heißen Sie?«

Sollte er die Wahrheit sagen? Sicher könnte er genug Ereignisse aus der Familiengeschichte erzählen, um den alten Mann, der eigentlich noch gar nicht so alt war, nachdenklich zu stimmen.

Aber so weit würde er nicht kommen. Man würde ihn für verrückt erklären, und seine Mission, die noch gar nicht begonnen hatte, wäre beendet.

In Lord Archeys Gegenwart konnte er natürlich keinen falschen Namen nennen. »Foxworth Morgan«, antwortete er. Obwohl Grace am anderen Ende des Zimmers stand, hörte er, wie sie leise nach Luft schnappte.

»Morgan?« Sein Großvater legte den Kopf schief. »Wahrscheinlich sind Sie ein Engländer.«

»Ja, aus Devon.«

Die Stirn gerunzelt, schien sich sein Großvater auf die Familien in Devon zu besinnen, die er kannte. »Foxworth? Ein bemerkenswerter Name. Allerdings erinnere ich mich nicht, dass die Devon-Morgans ihre Söhne so nannten. Wer ist Ihr Vater?«

»Ich bin …«

»Bitte, entschuldigen Sie die Störung«, mischte sich Grace hastig ein, »und lassen Sie mich versichern, dass es Ihrem Sohn gut geht, Lord Morgan. Bald wird er zu Ihnen zurückkehren. Und nun sollten wir ein dringendes Thema anschneiden.«

»Welches?«

Grace wandte sich ihrem Onkel zu. Offenbar hatte die Unterbrechung Lord Morgans Interesse an Foxworth nicht verringert. Fiel ihm die Familienähnlichkeit auf? Doch darum konnte sich Grace jetzt nicht sorgen, sie musste an Schottland denken. »Onkel Albert, ich weiß, wie sehr du deine Heimat liebst. Niemals würdest du etwas tun, was deinen Landsleuten schaden könnte. Deshalb sollten wir über die Unionsakte sprechen …«

»Um Himmels willen, Grace, darum brauchst du dich nicht zu kümmern.«

»Doch, es geht uns alle an. Die Union würde Schottland ins Unglück stürzen. In blutigen Kriegen würden unsere Soldaten zu hunderten sterben. Und es wäre das Ende Schottlands.«

»Sei nicht so melodramatisch, liebe Grace. Das Ende Schottlands!«, rief Lord McKinzie sarkastisch. »Wie du wissen müsstest«, fuhr er fort und schaute eindringlich in die Augen seiner Nichte, »kann Schottland sehr viel überleben.«

Von heftigen Schuldgefühlen geplagt, zögerte sie. Ihre Stimme drohte zu versagen. Aber es stand sehr viel auf dem Spiel, und so riss sie sich zusammen. »Ja, ich weiß – du denkst an das Darien-Projekt. Aber glaub mir, mit diesem Fehlschlag hatte ich nichts zu tun.«

»Natürlich nicht, liebe Grace, niemand macht Ihnen Vorwürfe.« Lord Archeys Stimme klang honigsüß. »Immerhin sind Sie eine Frau – eine gebildete Frau mit gutem Geschmack und Bedürfnissen, die wir alle verstehen.«

»Von welchen Bedürfnissen sprechen Sie, Sir?«, fauchte Grace. »Wenn Sie das meinen, was ich vermute, beleidigen Sie mich.«

»Niemals würde ich Sie mit Absicht kränken, teure Grace. Wer stand Ihnen denn zur Seite, als sich alle anderen von Ihnen abwandten?« Lord Archey warf ihrem Onkel einen kurzen Blick zu. »Nach meiner Ansicht waren Sie in dieser ganzen beklagenswerten Angelegenheit nur eine unschuldige Schachfigur. Aber jeder Mann würde sich den Wünschen der Frau fügen, die er liebt. Und auch Ihr Gemahl war nur ein Mann.« Ausdrucksvoll zuckte der Earl die Achseln. »Wer könnte ihm das verübeln?«

»Das ist es also, was Sie glauben? Ich hätte ihn um schöne Kleider und elegante Kutschen gebeten, und Dugald beschaffte sich auf unlautere Weise das Geld dafür?« Erbost wandte sie sich Lord McKinzie zu. »Denkst du das etwa auch, Onkel Albert?«

»Niemand gibt dir die Schuld an den unseligen Ereignissen.«

»Nun, das tröstet mich.« Herausfordernd hob sie ihr Kinn. »Ich bin mir nämlich keiner Schuld bewusst. Niemals bat ich Dugald um Geld, und er legte ebenso wenig Wert darauf. Er war ein echter Patriot, der mich gewiss nicht über das Wohl Schottlands gestellt hätte. Und daran solltest auch *du* denken, Onkel Albert – an das Wohl Schottlands!«

Eine Zeit lang herrschte tiefes Schweigen. Dann trat Lord Archey vor – zweifellos, um Grace und ihren verstorbenen Ehemann mit einer weiteren Bemerkung zu verunglimpfen.

Aber ehe er zu Wort kam, ergriff Fox die Initiative. »Es geht um die Union zwischen England und Schottland. Und somit um die Zukunft des schottischen Volkes.«

14

»Sie wollten nicht einmal zuhören!«

»Hast du etwas anderes erwartet?«

Seufzend schüttelte Grace den Kopf, dann stieg sie die fünf Stufen zu ihrer Haustür hinauf. »Beide streben die Union an. Und deinem Großvater bedeutet Schottland nichts, weil er ein Engländer ist. So wie du.«

»Was meinst du?« Als sie den Türknauf ergreifen wollte, hielt Fox ihre Hand fest. »Glaubst du, *mich* würde es nicht interessieren, was mit Schottland geschieht? Nach all dem Grauen, das ich beobachten musste?«

»Aber *du* wurdest nicht gnadenlos getötet.«

»Nein, ich tat mein Bestes, um das Gemetzel zu verhindern. Seither lebe ich mit der schmerzlichen Sorge, ich hätte zu wenig unternommen. In meinen Albträumen verfolgt mich immer noch das Geschrei der Verletzten. Und manchmal wünschte ich, meine Leiche hätte im Moor von Culloden gelegen.«

»Verzeih mir«, bat Grace und schlang ihre Finger in seine. »Natürlich weiß ich, was in dir vorgeht – es ist nur … Ich frage mich, was wir tun sollen.« Nach einer kurzen Pause gestand sie: »Und es bekümmert mich immer noch, was gewisse Leute von mir halten – obwohl ich mir einrede, es wäre mir egal.«

»Das verstehe ich – und ich glaube dir, dass du meine Gefühle nachempfinden kannst«, beteuerte er und zog ihre Hand an die Lippen. Ein engelsgleiches Lächeln belohnte ihn. »Was für ein merkwürdiges Paar wir sind, Foxworth ...«, meinte sie belustigt. »Ich glaube, du stammst aus einer anderen Zeit. Und du glaubst mir alles, was ich sage, obwohl mich ganz Schottland für eine Verräterin und Betrügerin hält.«

»So beurteilt dich dein Onkel nicht.«

»Er will es nicht, aber er tut es«, entgegnete Grace und betrat die Eingangshalle. »Wie könnte er auch anders denken?«

»Wer könnte was?« Alex stand in der Tür des Salons.

»Alex! Wie lange bist du schon hier?«

»Lange genug, um mich zu fragen, wo du steckst«, erwiderte er vorwurfsvoll. »Außerdem wollte ich nach deinem Gefangenen sehen.«

»So können Sie ihn wohl kaum bezeichnen.« Fox schob sich an ihm vorbei, schlenderte zu einem Wandtischchen und schenkte sich einen Brandy ein. »Wie geht es meinem Vater?«

»Er scheint seine Rolle als Patient zu genießen. Aus unerklärlichen Gründen fühlt er sich zu Maude hingezogen. Stundenlang klagt er ihr sein Leid.«

»Diese Vorliebe wird er sicher überwinden«, murmelte Fox, leerte das Glas und füllte es noch einmal. Sein Vater hatte sich schon immer gern beschwert, über dies oder jenes. Entweder war das Wetter zu regnerisch oder zu trocken, zu warm oder zu kalt. Seine Söhne fand er zu fügsam, unfähig, eigene Entscheidungen zu treffen. Und Fox pflegte er vorzuwerfen, er sei undankbar.

Sie waren nie miteinander ausgekommen. Schon in seiner Kindheit hatte Fox den Vater nicht gemocht. Die Abneigung beruhte auf Gegenseitigkeit.

Mit seinem Großvater hatte er sich großartig verstanden.

Allzu gut erinnerte er sich nicht an den alten Mann. Aber wann immer Fox an ihn dachte, erwärmte sich sein Herz. In seiner Fantasie erschien ein halb vergessenes Bild – er saß auf dem Schoß des Großvaters, eingehüllt in die Düfte von Tabak und Brandy, und lauschte einer tiefen, wohlklingenden Stimme.Diese Stimme hatte er an diesem Nachmittag gehört. Beim Tod seines Großvaters war er vier oder fünf gewesen. Wie seltsam, ihn jetzt zu sehen – einen jungen Mann. Unheimlich und unglaublich … Trotzdem war es geschehen.

Eine schmale Hand berührte seinen Arm, als er das Glas wieder an die Lippen führen wollte, und er wandte sich zu Grace. »Das ist kein Ausweg«, flüsterte sie. In ihren sanften grünen Augen las er liebevolles Mitgefühl. Dann folgte er ihrem Blick zu der Karaffe auf dem Intarsientisch. Bei seiner Ankunft war sie fast voll gewesen. Verwirrt starrte er das halb leere Gefäß an. Wie lange stand er schon hier und trank einen Brandy nach dem anderen? In seinem Mund und im Hals spürte er einen bitteren Geschmack, und er wünschte, er könnte sich den Mund ausspülen.

Entschuldigend lächelte er Grace an und stellte das Glas ab, ignorierte Alex und verließ den Salon. Wenige Sekunden später öffnete er die Tür des Schlafzimmers, das am Ende des Flurs lag.

Von einigen Kissen gestützt, saß sein Vater im Bett und legte eine Patience auf einem Silbertablett. Mit seiner rechten Hand winkte er Fox zu sich. Den linken Arm trug er in einer Schlinge. »Sie hat mir erzählt, Sie hätten mich verletzt.«

Die Augen zusammenkniffen, spähte Fox in eine dunkle Ecke und sah Maude reglos auf einem Stuhl sitzen. »Ja, das stimmt«, bestätigte er und fragte sich, wohin dieses Gespräch führen würde.

»Verdammt, Mann, mein Arm tut höllisch weh. Wurden Sie schon mal verwundet?«

»Mehrmals.«

Stöhnend hob James Morgan den Arm. »Geben sie mir das Glas da drüben«, befahl er und wartete, bis Fox gehorchte. »Außerdem hat sie erwähnt, ich würde Ihnen mein Leben verdanken.« Seufzend schüttelte er den Kopf, als wäre ihm dieser Gedanke unangenehm. »Ist das wahr?«

»Das müssen Sie selbst herausfinden.«

»Leider lässt mich mein Gedächtnis im Stich. Da war eine Taverne, keine anständige, bei Gott nicht, eine dieser verdammten schottischen Spelunken. Eine barbarische Bande, die Schotten! Jedenfalls trank ich ein bisschen zu viel. Was danach geschah, weiß ich nicht.«

»Meine Anwesenheit auf der Straße missfiel Ihnen, und Sie wollten das Problem mit Ihrem Schwert lösen.«

»Nun, ich bin ein sehr guter Fechter …«

»Im trunkenen Zustand nicht ganz so gut.«

Jetzt erblickte Fox das Lächeln, das er so oft im Spiegel sah. »Und deshalb ließen Sie mich am Leben.«

»Es gab keinen Grund, Sie zu töten.«

»Dann brachten Sie mich hierher … Ist das Ihr Haus?«

»Nein, es gehört einer Freundin.«

»Die schöne Grace kenne ich bereits.«

»Mistress Grace MacCammon ist eine Lady.«

»Zweifellos. Darauf wies mich die bezaubernde Maude bereits hin. Wie auch immer, mein Personal muss hierher kommen. Zumindest mein Kammerdiener. Außerdem brauche ich meine Kleidung«, fuhr James fort und starrte angewidert auf sein geliehenes Nachthemd hinab. »Solche Fetzen sollte man mir nicht zumuten.«

Fox drehte sich zu Maude um. »Hat er sich inzwischen hinreichend erholt, sodass man ihn nach Hause bringen könnte?«

»Klar. Nur der Fusel hat ihn so lange ans Bett gefesselt – nicht der kleine Kratzer, den Sie ihm zugefügt haben.«

»Der kleine Kratzer!«, wiederholte Fox' Vater grinsend. »So was Drolliges sagt sie immer wieder. Ein wahrer Schatz … Würden Sie mir die liebe Maude überlassen?«

»Sie ist Lady MacCammons Schwägerin.«

»Ah, ich verstehe … Glauben Sie, die Dame wäre so freundlich und würde mir was anderes zu trinken bringen als gewässertes Ale?«

»Die bezaubernde Maude scheint gut für Sie zu sorgen. Erklären Sie ihr, was Sie wollen. Wenn Sie mich jetzt entschuldigen würden …« Ohne ein weiteres Wort verließ Fox das Zimmer.

Natürlich benahm er sich albern. Der Mann wusste nicht, wer Fox war. Wie sollte er das auch herausfinden? Wenn ihm die Ähnlichkeit auffiel, würde er vielleicht annehmen, sie wären entfernt miteinander verwandt. Vater und Sohn? Niemals!

Fox wünschte trotzdem, James Morgan würde ihn erkennen – und liebevoll betrachten.

Welch ein Chaos! Wütend stürmte er aus dem Haus.

»O Alex, sie haben mir nicht einmal zugehört«, klagte Grace. »Ich fühle mich so hilflos …« Als sie Schritte in der Halle hörte, legte sie ihre Stickerei beiseite und sprang auf. »Foxworth!« Doch die Haustür fiel bereits ins Schloss. »Was glaubst du, wohin er geht?«

Gleichmütig zuckte Alex die Achseln und blätterte in einem Buch, das er vom Tisch genommen hatte. »Keine Ahnung.«

»Seit er seinen Großvater sah, ist er völlig verändert.«

Alex verdrehte die Augen. »Großer Gott, Gracie, der Mann war schon immer seltsam. Er bildet sich ein, er würde aus einer anderen Zeit stammen – und ich wäre sein Freund Padraic …«

»Bitte, Alex!«

»Oh, verdammt!« Krachend landete das Buch auf dem Tisch. »Ich nehme an, ich soll ihm folgen.«

»Immerhin hält er dich für einen Freund …«

»Und für dich ist er viel mehr, was? Nein, schau mich nicht so an mit deinen sanften Augen und bemüh dich nicht, es mir möglichst schonend beizubringen. Ich sorge mich um dich!« Erbost griff er nach seinem Hut mit den üppigen Federn. »Hast du schon mal überlegt, was aus dir werden soll, wenn er in seine Zeit zurückkehren muss?«

»Du magst ihn, nicht wahr?«, fragte sie und begleitete ihn zur Haustür.

»Nein, kein bisschen! Der Kerl ist ein grässliches Ärgernis! In welche Richtung ist er gegangen?« Alex blieb auf der Eingangstreppe stehen und ließ seinen Blick über das Gedränge in der High Street schweifen. Dann erspähte er einen dunklen Kopf, rannte die Stufen hinab und bahnte sich einen Weg zwischen Straßenhändlern und Marktweibern. »Foxworth! Halt! He, Foxworth …«

Erst nach mehreren Schritten blieb Fox stehen und ließ die Menschenmenge an sich vorbeiströmen. Was zum Teufel wollte Padraic – nein, Alex – von ihm? Im Augenblick brauchte er keine Gesellschaft. Aber sie wurde ihm offensichtlich nicht erspart.

Alex holte ihn keuchend ein. »Warum laufen Sie einfach weg? Sie müssen doch gemerkt haben, dass *ich* es war, der nach Ihnen rief.«

»Und wenn schon …«, seufzte Fox und ging weiter.

»*Meine* Idee war es nicht, Ihnen zu folgen.«

»Hat Grace Sie darum gebeten?«

»Ja. Aus unerfindlichen Gründen bildet sie sich ein, Sie zu lieben … Nein, sagen Sie nichts! Hören Sie mir einfach nur zu … Verdammt, warum treiben sich so viele Leute hier herum?«, stöhnte Alex, als er mit einer dicken Frau zusammenstieß, die einen Korb voller Wolle vor sich her trug. »Also, Grace liebt Sie, weiß Gott, warum. Und Sie sollten ihr nicht wehtun.«

»Vielleicht bleibt mir nichts anderes übrig.«

»Was?« Ein paar schreiende Kinder schoben sich zwischen Alex und Fox.

»Wenn etwas geschieht, das ich nicht verhindern kann …«, begann Fox und blieb wieder stehen.

»Meinen Sie – wenn Sie in Ihre Zeit zurückbefördert werden?«

»So was Ähnliches – ja.«

»O Gott … Kommen Sie mit!« Alex packte Fox' Arm und führte ihn in die nächste Seitengasse zu einer Taverne.

Nachdem sich ihre Augen an das Dunkel in der Schankstube gewöhnt hatten, gingen sie zu einem Ecktisch etwas abseits von den anderen Gästen, und nahmen Platz.

»Das ist der Patrick Steele's Club, das Stammlokal der New-Party-Mitglieder. Wenn wir Glück haben, werden wir sogar Andrew Fletcher sehen, obwohl er lieber mit seinen Gedanken allein ist.« Alex bestellte eine Flasche Madeira und zwei Gläser. »Wovon haben wir vorhin geredet?« Er entkorkte die Flasche, schenkte den Wein ein und prostete Fox zu. »Ach ja, von meiner geliebten Grace, die bedauerlicherweise *Sie* liebt.«

»Mit Ihnen wäre sie besser dran«, gab Fox zu und leerte sein Glas.

»Allerdings. Dank meines Einflusses und meines Ansehens kann ich sie vor all den Narren schützen, die ihr einen schändlichen Betrug zutrauen. Und ich vergöttere sie. Während Sie ein Niemand von Nirgendwo sind … Schon gut, regen Sie sich nicht auf. Selbst wenn Sie wirklich der Mann sind, für den Sie sich ausgeben, wird es Ihnen nichts nützen. Wir leben nicht im Jahr 1749, sondern jetzt. Und Sie gehören wohl kaum hierher.«

»Glauben Sie, das wüsste ich nicht?«

»Da sehen Sie es. Grace sollte *mich* heiraten. Aber sie weigert sich. Diese verdammte Frau ist furchtbar eigensinnig. So war sie schon immer. Statt nach Dugalds Tod meine Hilfe anzunehmen, verkroch sie sich mit Maude in diesem gottverlassenen Glenraven.« Alex schüttelte den Kopf. »Was soll man da machen?«

»Keine Ahnung.«

»Natürlich wissen Sie es nicht. Das war eine rhetorische Frage. Und jetzt stelle ich eine andere. Lieben Sie Grace?«

»Soeben sagte ich doch, mit Ihnen wäre sie besser dran.«

»Das ist keine Antwort. Ja oder nein. Lieben Sie Grace?«

»Ja!«, stieß Fox hervor. »Fühlen Sie sich jetzt besser?«

»So komisch es auch klingt – ja. Ich möchte Grace glücklich sehen. Und sie wäre verzweifelt, wenn Sie ihre Gefühle nicht erwidern würden.« Alex füllte die Gläser ein zweites Mal. »Sagen Sie die Wahrheit?«

»Soll ich auf den Tisch springen und schreien: *Ich liebe Grace?*«

»Das meine ich nicht, sondern die Geschichte von Padraic. Stimmt es, was Sie behauptet haben?«

»Ja.«

»Verdammt …«

»Dachten Sie, ich hätte das alles erfunden?«

»Vielleicht habe ich es gehofft. Wie bin ich denn in meinem nächsten Leben? Hübsch, nehme ich an. Und tapfer?«

»Tapferer als in diesem Leben.«

Abrupt erhob sich Alex und schlug mit beiden Händen auf die Tischplatte. Dann sank er lachend in seinen Sessel zurück. »Ich glaube, allmählich verstehe ich, warum wir Freunde sind.«

»Das sind wir wohl. In Ihrem Wesen gleichen Sie dem Rebellen. Gewissermaßen sind Sie Padraics zweites Ich – ein maskierter Mann, der die Reichen bestahl und die Armen beschenkte. Selbst wenn ich nicht wüsste, wer Sie sind, würden Sie mich an Padraic erinnern.«

»Hm ... Also trage ich in diesem anderen Leben eine Maske.«

»Aus schwarzer Seide. Sie sind ganz in Schwarz gekleidet. Und Sie reiten einen Rappen.«

»Interessant ... Für schwarze Pferde hatte ich schon immer etwas übrig.«

»Nach meiner Meinung ist das ein ausreichender Beweis für Ihre Identität – Padraic«, erwiderte Fox grinsend.

»Sicher verstehen Sie, wie schwer es mir fällt, das alles zu glauben. Wenn ich mich an irgendetwas aus jenem früheren – oder späteren Leben erinnern könnte ...«

»Schon bevor ich im Moor erwachte, hatte ich sonderbare Visionen. Die nahm ich früher nicht ernst. Jetzt denke ich anders darüber. Sind Sie niemals jemandem begegnet, bei dem sie das Gefühl hatten, Sie würden ihn kennen? Oder haben Sie bei irgendeinem Erlebnis den Eindruck gewonnen, es wäre schon einmal geschehen?«

»Doch, aber das war wohl nur ein Zufall, oder nicht?« Fox

zuckte mit den Schultern, und Alex schwieg eine Weile. Dann biss er sich auf die Unterlippe. »Und was Sie sonst noch erzählt haben, das stimmt auch?«

»Ja, so Leid es mir tut.«

»Großer Gott ...« Am Nebentisch saßen ein paar Gäste, die Alex zuprosteten. Doch das bemerkte er nicht. Mutlos ließ er die Schultern hängen. »Sosehr ich mich auch bemüht habe, es gibt einfach zu wenig Stimmen im Parlament, um die Union zu verhindern. Sogar die Mitglieder unserer Partei, die stets gegen das Bündnis mit England protestiert haben, schlagen sich jetzt auf die andere Seite. Was ich ihnen nicht einmal übel nehme ... Damit meine ich keineswegs die Schurken, die ihre Taschen mit englischem Geld füllen. Die sollen verdammt sein bis in alle Ewigkeit. Nein, ich rede von den Leuten, die keine andere Möglichkeit sehen, solange die Engländer alle Trümpfe in der Hand halten.«

»So ist es nun mal – der Handel regiert die Welt. Und nach allem, was ich weiß, wird es noch schlimmer.«

»Klar, Sie können in die Zukunft sehen, mein Freund.« Alex verteilte des restlichen Inhalt der Flasche auf die beiden Gläser, dann bestellte er noch eine.

»Nur bis zu einem gewissen Punkt. Meine eigene Zukunft ist mir ebenso rätselhaft, wie Ihnen ihre erscheint.«

»Vielleicht ist es besser, nicht zu wissen, was einem bevorsteht. Nicht einmal die Leute, die ihr Schicksal beeinflussen können, machen das Beste draus.«

»Denken Sie an eine bestimmte Person?«

»An Dugald.«

»Ah, an Graces verstorbenen Mann ...« Fox' Worte klangen ziemlich unartikuliert, er fragte sich, ob er zu trinken aufhören sollte.

»Ja. Er hat viel Unsinn getrieben und dadurch für Grace alles noch schlimmer gemacht.«

»Was heißt das?« Fox beschloss trotz besserer Vorsätze, sein Glas zu leeren.

»Nachdem er sich erschossen hatte, zweifelten nur wenige Leute an seiner Schuld. Er hatte Grace im Stich gelassen, und sie musste sich allein gegen all die Anfeindungen wehren.«

»Also war es Selbstmord?« Abwehrend hob Fox eine Hand, als Alex ihm noch etwas Madeira einschenken wollte.

»Ja. Hat sie es Ihnen nicht erzählt? Während Grace mit mir eine Party besuchte, jagte er sich eine Kugel in den Kopf – und sie fand ihn. Er war mein Freund. Aber als ich an jenem Abend ihr Gesicht sah, hätte ich ihn selber umbringen können.«

Fox schaute in Alex' ernste Augen. Zum ersten Mal erkannte er die Seele des anderen Mannes, sah nur Alex. Gewiss, in seinem nächsten Leben würde er Padraic Rafferty heißen. Aber hier und jetzt war er Alexander MacDonald, mit all seinen Leiden und Freuden.

Auch Grace lebte hier und jetzt.

Sekundenlang senkte Fox die Lider. Dann hob er sie wieder, und der Nebel des Alkohols schien zu verfliegen. Klar und deutlich sah er alle Konturen in der dunklen, verrauchten Taverne. »Ich muss etwas tun, Alex.«

»Was?«

»Das weiß ich selber noch nicht. Jedenfalls muss ich etwas unternehmen, für Schottland, für mich selbst. Und vor allem für Grace.«

Seit fast einer Stunde spielte sie die Gastgeberin und fragte sich, wann Alex mit Fox zurückkehren würde. Bei der Ankunft der Besucher hatte sie versichert, Fox würde bald erscheinen.

Aber während sie den Leuten noch mehr Tee anbot, fürchtete sie, die beiden würden nie mehr auftauchen. Was war mit ihnen geschehen?

»Vielleicht sollten wir später noch einmal kommen«, schlug eine junge Frau namens Elsbeth MacLinn vor, die von ihrem Vater begleitet wurde. Der große, kräftig gebaute Mann, dem Aussehen nach ein Hochländer, hatte erklärt, er sei Fox schon einmal begegnet.

In diesem oder einem anderen Leben?, hätte Grace beinahe gefragt. Jedenfalls waren die beiden interessante Gesprächspartner, vor allem für Grace, der es an Gesellschaft mangelte. Aber die Minuten verstrichen, und sie fühlte sich immer unbehaglicher. »Wenn ich bloß wüsste, wo Mr. Morgan so lange bleibt … Irgendetwas muss ihn aufgehalten haben.«

»Machen Sie sich deshalb keine Gedanken«, bat Mr. MacLinn. »Es war uns ein Vergnügen, Sie kennen zu lernen, Lady MacCammon.«

Schließlich standen sie auf, und Grace begleitete die Gäste aus dem Salon. Sobald sie die Halle erreichten, flog die Haustür auf, Fox stolperte herein, einen Arm um Alex' Schultern gelegt. Offensichtlich waren beide betrunken, was den Besuchern nicht entging.

»Liebste Grace!«, lallte Fox und rannte zu ihr. »Ich habe mich so gut mit meinem alten Freund Padraic unterhalten – eh, ich meine, Alex. Verdammt, ich muss ihn mit seinem richtigen Namen anreden, und ich wünschte, ich könnte jenes andere Leben vergessen. Ich will für immer bei dir bleiben.«

Lächelnd ergriff er ihr Hand und wollte sie küssen. Aber Alex' ehrfürchtiger Ruf hielt ihn davon ab.

»Bei Gott, das ist MacLinn!«

»Wer?« Verwundert wandte sich Fox zu dem großen Schotten. »Ah, jetzt erkenne ich Sie, Sir – Sie gaben mir Ihr Schwert beim Kampf gegen meinen – gegen Lord Morgans Sohn.«

»Ja. Heute kam ich hierher, um herauszufinden, wie es Ihnen beiden geht.«

»Wie Sie sehen, geht es mir gut, und meinem …« Hastig legte Fox einen Finger an seine Lippen. »Nein, so darf ich ihn nicht nennen. James Morgan ist mittlerweile genesen.«

»Nun, das freut mich. Sein Verschwinden hat großes Aufsehen erregt.«

»Keine Angst, die Probleme sind bereits gelöst«, versicherte Fox grinsend. Dann verengten sich seine Augen. »Ich kenne Sie.«

»Ja, soeben sagten Sie, ich hätte Ihnen mein Schwert geliehen.«

»Nein, das meine ich nicht«, erwiderte Fox. »Ich kenne Sie von früher.«

Warnend berührte Grace seinen Arm. Doch sie konnte ihn nicht zurückhalten. Er trat näher an den Laird heran und musterte ihn fasziniert.

»Bitte, Fox, überleg dir, was du tust!«, flehte sie, ohne Erfolg.

»Mein Gott, Sie sind Keegan MacLeod!«

»Um Gottes willen …« In wachsender Sorge beobachtete Grace, wie Fox um den Mann herumging und den Namen wiederholte. Sichtlich verwirrt, beobachtete der Laird den Engländer, der sich so seltsam verhielt, und Grace konnte nichts unternehmen.

Außer …

»Tu etwas, Alex!«

Zweifellos war es die Schuld ihres Freundes, dass Fox sich sinnlos betrunken hatte. Jetzt sollte er der peinlichen Szene gefälligst ein Ende bereiten. Aber als sie ihn anschaute, fügte sie sich resignierend in ihr Schicksal. Von ihm war keine Hilfe zu erwarten. Offenbar hatte es ihm die Sprache verschlagen. Reglos stand er da, starrte die Tochter des Lairds an und grinste albern.

15

Die Rollen wurden vertauscht.

Jetzt saßen Grace und Fox und Alex in einem Salon und warteten, nachdem sie zu MacLinns Schloss geritten waren, das ein paar Meilen außerhalb der Stadt lag.

»Sehen wir gut genug aus?«

Grace musterte erst Alex, der die Frage gestellt hatte, dann Fox, der in ihren Augen immer wundervoll aussah, und nickte. »Zumindest besser als gestern.«

»Dafür entschuldige ich mich, Gracie«, murmelte Alex und rückte wieder einmal sein Jackett zurecht.

»Unsinn, es war meine Schuld«, protestierte Fox. Am Vortag hatte er in seinem Selbstmitleid geschwelgt. Der arme Fox, in ein Universum geschleudert, in dem die Dinge nicht so waren, wie sie sein sollten ... Wo ihn geheimnisvolle Mächte zwangen, seinem Vater und seinem Großvater zu begegnen, die Zukunft zu prophezeien und sich in eine Frau zu verlieben, die ihm wahrscheinlich niemals angehören würde ... Über das alles hatte er viel zu gründlich nachgedacht, und das Ergebnis waren heftige Kopfschmerzen, die nicht nachließen.

»Statt euch schuldig zu bekennen, solltet ihr lieber die Gunst des Lairds gewinnen, den ihr mit eurem Benehmen sichtlich schockiert habt«, schlug Grace vor. »Wenn wir Schottland retten wollen, brauchen wir seine Hilfe.«

Fox rieb seine Schläfen und wünschte, das qualvolle Pochen würde endlich aufhören.

»Vielleicht müssen wir akzeptieren, dass wir die Geschichte nicht ändern können.«

Ehe sie zu widersprechen vermochte, schwang eine Tür auf, und Duncan MacLinn betrat den Raum. Weder Alex noch Fox gönnte er einen Blick. Aber er lächelte Grace freundlich an. »Freut mich, Sie wiederzusehen, Lady MacCammon.« Fast widerstrebend fügte er hinzu: »Und Sie beide willkommen zu heißen, Gentlemen.«

»Es ist mir eine Ehre, Laird MacLinn kennen zu lernen«, verkündete Alex. »Seit Ihrer Ankunft in Edinburgh habe ich mich um eine Audienz in Ihrem Stadthaus bemüht.«

»Das weiß ich.«

Bestürzt räusperte sich Alex. »In diesen bedeutsamen Zeiten würde meine Partei gern auf Ihre Unterstützung zählen.«

»Während Sie zusammen mir Ihren Freunden flammende Reden im Parlament schwingen.«

»Nun, das – das müssen wir doch ...«, stammelte Alex.

»Gegen die Engländer sind Sie machtlos, mein Junge. Sogar Sie sollten das einsehen.«

»Was könnten wir nach Ihrer Meinung tun, Sir?«, fragte Grace und zog den Blick des Lairds auf sich.

»Es geht keineswegs darum, was wir tun, sondern was wir nicht zulassen werden.«

»Die Herrschaft der Engländer in Schottland?« Jetzt erregte Fox die Aufmerksamkeit des Hausherrn.

»Ah, der wackere Schwertfechter ...«

»Wenn Sie's so nennen wollen ...« Fox versuchte sich nicht erneut zum Narren zu machen, was er am Vortag zweifellos getan hatte. Aber er musste den Laird mit seinen Kenntnissen konfrontieren – vor allem, weil er spürte, dass MacLinn irgendetwas in ihm wiedererkannte.

»Natürlich wollen sich die Hochländer nicht den englischen Gesetzen unterordnen. Ebenso wenig würden Sie eine schottische Invasion in Ihrem Land hinnehmen.«

»Eine Union wäre keine Invasion.«

»Wirklich nicht?«

Fox zuckte mit den Schultern. Was sollte er diesem Mann antworten? *Ob es Ihnen passt oder nicht, die Union steht unmittelbar bevor. Ihr Protest wird Ihnen nichts nützen und Ihr geliebtes Hochland ins Unglück stürzen ...* Genau das erwartete Grace von ihm, wie ihr eindringlicher Blick deutlich verriet. »Wenn Ihnen die Union auch missfällt, Sir – sie würde Schottland zum Wohlstand verhelfen.«

»Zu welchem Preis?«

»Viele Menschenleben könnten gerettet werden. Wenn sich die Schotten weiterhin gegen die Union sträuben, werden sie ihr Blut in einem schrecklichen Krieg vergießen.«

»Oh, das klingt beinahe so, als könnten Sie in die Zukunft sehen.« Von der Tür drang eine weibliche Stimme herüber, und Fox wandte sich zur Tochter des Lairds, einem hübschen Mädchen mit braunen Augen und dunklem Haar. »Diese Zukunft will ich nicht sehen, Lilianne.« Was er gesagt hatte, wurde ihm nur bewusst, weil sie zu lachen begann.

»Lilianne? Warum nennen Sie mich so? Ich heiße Elsbeth. Und an unsere erste Begegnung erinnern Sie sich sicher nicht ...«

»Doch.« Lächelnd schaute er zu Alex hinüber, der das Mädchen genauso hingerissen anstarrte wie am vergangenen Tag. Jetzt erkannte Fox, warum.

»Meine liebe Elsbeth, würdest du Lady MacCammon durch

den Garten führen?«, bat der Laird. »Und vielleicht möchte sich Mr. MacDonald anschließen.«

»Natürlich, Papa, nur zu gern zeige ich Lady MacCammon und …« Schüchtern erwiderte sie Alex' Blick. »… und Mr. MacDonald die wunderbaren Blumen, die meine Tante züchtet – die schönsten Rosen von ganz Schottland.«

Grace überlegte zögernd, warum MacLinn allein mit Fox sprechen wollte. Aber Alex stand bereits neben Elsbeth – plötzlich zu einem erklärten Blumenfreund geworden. Fox hob die Brauen und gab Grace zu verstehen, er wüsste nicht, was der Laird beabsichtigte, aber er würde sich in Acht nehmen.

Sobald die beiden Männer allein waren, wies der Hausherr auf einen Tisch, auf dem mehrere Wein- und Cognacflaschen standen. »Bitte, bedienen Sie sich, wenn Sie etwas trinken wollen.«

»Davon hat mich meine gestrige Episode erst mal kuriert.«

»Vermutlich haben Sie etwas zu tief ins Glas geschaut.«

»Warum möchten Sie mit mir reden?«, fragte Fox ohne jede weitere Umschweife.

»Nun, Sie interessieren mich, Mr. Morgan.«

»Wieso?« erkundigte sich Fox, nachdem sie Platz genommen hatten.

»So genau weiß ich das nicht.« MacLinn lachte leicht verlegen. »Irgendwie erinnern Sie mich an meine Frau.«

»Tatsächlich?«

»Ja, Rose war eine Schönheit – und das Licht meines Lebens. Vor zehn Jahren starb sie und hinterließ mir Elsbeth – ihr Vermächtnis.«

»Ein reizendes Mädchen.«

»Gewiss …« Nur widerstrebend schien Duncan MacLinn in die Gegenwart zurückzukehren. »Als ich Sie auf der Straße sah, erinnerten Sie mich an Rose – oder vielleicht an den Sohn, der mir nicht vergönnt war.«

»Oh, ich fühle mich geschmeichelt.«

»Deshalb lieh ich Ihnen mein Schwert.«

»Vielen Dank, das war sehr freundlich von Ihnen.«

»Der junge Spund muss sich glücklich schätzen, weil er *Sie* beleidigt hat. Die meisten anderen Männer hätten ihn skrupellos erstochen.«

Während Fox eine belanglose Antwort gab, fragte er sich, wann der Laird endlich zur Sache kommen würde. Allzu lange musste er nicht mehr darauf warten.

»Gestern Nachmittag sprachen Sie mich mit einem anderen Namen an.«

»Keegan MacLeod.«

»Ja. Warum?«

»Ich fürchte, ich war ziemlich betrunken.«

»Offensichtlich. Trotzdem gewann ich den Eindruck, Sie hätten gewusst, was Sie sagten.«

»Wahrscheinlich erinnern Sie mich an jemanden.«

»An diesen Keegan MacLeod?«

»Ja.«

»Wer ist er?«

Fox lehnte sich in seinem Sessel zurück. Was sollte er antworten? Würde dieser Mann die Wahrheit verkraften? Um das herauszufinden, müsste er einiges riskieren. Womöglich würde er seine Glaubwürdigkeit verlieren. Nach Alex' Ansicht könnte der Laird eine wichtige Rolle im Bestreben spielen, Frieden zwischen den Tiefland- und den Hochlandschotten zu stiften, zwischen den Royalisten und den Jakobiten. Auch Grace vertrat diesen Standpunkt. »Keegan ist ein Schotte, ein Hochländer und Patriot.«

»Seltsam, dass ich nie von ihm gehört habe …«

»Auf dieser Welt gibt es viele Dinge, die sich nicht erklären lassen.«

»Zum Beispiel, warum Sie mich so sehr an Rose erinnern?«

Zoe? Nachdenklich runzelte Fox die Stirn. Lebte die Seele der verstorbenen Lady MacLinn in seiner Schwester weiter? Früher wäre ihm dieser Gedanke lächerlich erschienen. Aber inzwischen fand er nichts mehr unmöglich. »Ja, zum Beispiel.«

»Und ich erinnere Sie an Ihren Freund?«

Forschend betrachtete Fox den Mann, der ihm gegenübersaß. Versuchte der Laird ihm etwas mitzuteilen? Würde er die unfassbare Geschichte von der Zeitreise ernst nehmen?

»Erzählen Sie mir von diesem Schotten, Mr. Morgan.«

»Was wollen Sie wissen?«

»War er tapfer?«

»Sehr tapfer. Aber so sollten wir nicht über ihn reden – als hätte er sein Leben schon hinter sich.«

»Also lebt er noch?«

»Ja, ich glaube schon.«

»Was für ein sonderbarer Mann Sie sind …«

»Vielleicht – in gewisser Hinsicht«, erwiderte Fox und verschränkte die Arme vor der Brust. »Schottland könnte sich in ein riesiges Schlachtfeld verwandeln.«

»An das Klirren der Schwerter hat sich unser Volk längst gewöhnt.«

»In der Zukunft muss es mit viel schlimmeren Gefahren rechnen. England wird die Union erzwingen.«

»Sprechen Sie jetzt als Engländer?«

»Als ein Mann, der Bescheid weiß.« Fox stand auf und trat ans Fenster. Wer sich gegen die Union sträubt, wird sterben.«

»Das klingt wie eine Drohung.«

»So meine ich es nicht. Ihre Blicke trafen sich, und Fox glaubte, in die andere Zeit zu schauen, in der ihm dieser Mann begegnet war.

Beklommen senkte der Laird die Lider und rang nach Atem. »Wer sind Sie?«

»Meinen Namen habe ich bereits genannt.«

»Nach Ihrem Namen frage ich nicht.« Auch MacLinn erhob sich. Erregt begann er umherzuwandern. »Sind Sie ein Prophet?«

»Nein.«

»Trotzdem behaupten Sie, die Zukunft zu kennen.«

Da Fox nicht wusste, was er antworten sollte, schwieg er.

»Was erwarten Sie von mir, Mr. Morgan?«

»Die Bereitschaft, Kompromisse zu schließen.«

»Also eine Kapitulation«, stieß der Laird hervor.

»Keineswegs. Ich bitte Sie, mit den Männern, die Sie für Ihre Feinde halten, die Zukunft Schottlands zu erörtern. Ja, das wünsche ich mir. Versuchen Sie ein Abkommen auszuhandeln, mit dem alle leben können.«

»Sie verlangen sehr viel von mir.«

»Das weiß ich.« Nach einer kurzen Pause fügte Fox hinzu: »Und ich wage es nur um unserer künftigen Freundschaft willen.«

Durchdringend starrte Duncan MacLinn ihn an. »In der Tat, Sie gleichen meiner Rose. Keinem anderen Menschen ist es jemals gelungen, mich von einer festen Überzeugung abzubringen. Sie wandte sanftere, typisch weibliche Methoden an. Aber sie lehrte mich, niemals Nein zu sagen.«

»Dann wären Sie bereit, mit den Royalisten zu verhandeln, Sir?«

»Habt Ihr jemals ein so vollkommenes Lächeln gesehen?«

Grace und Fox wechselten einen Blick, und jeder fand das Lächeln des anderen unübertrefflich.

»Ja, sie ist sehr schön, Alex«, antwortete Grace.

»Nicht, dass sie dir ebenbürtig wäre, Gracie. Ich werde dich immer für die schönste Frau der Welt halten. Das weißt du.«

Ihr melodisches Gelächter übertönte die Hufschläge.

Zwischen den beiden Männern ritt sie die Straße entlang, die von MacLinns Schloss nach Edinburgh führte. »Ich hege keinen Groll gegen Elsbeth, lieber Alex. Ich finde, sie ist ein wunderbares Mädchen – und meines guten Freundes würdig.«

»Das glaube ich auch«, ergänzte Fox. Er *wusste* es. Doch das brauchte er nicht auszusprechen.

»Welchen Eindruck habt ihr gewonnen? Mag sie mich?«

»Sogar sehr, Alex«, betonte Grace. »Bei unserem Spaziergang im Garten war ich Luft für Elsbeth.«

»Aber sie hat dich höflich behandelt?«

»O ja. Ich wollte nur andeuten, dass sie dich bevorzugt hat.«

»Das kam mir auch so vor«, stimmte Alex grinsend zu.

Plötzlich krachte ein Schuss. Eine Taubenschar aus den Büschen am Straßenrand.

»Was zum Teufel ...« Fox zügelte sein Pferd, die anderen folgten seinem Beispiel.

»Aus welcher Richtung ...«, begann Alex. Im selben Moment knallte ein weiterer Schuss und ließ keinen Zweifel daran, wem die Kugeln galten.

Verängstigt begannen die Pferde zu tänzeln. Fox tätschelte beruhigend Graces Stute, dann riss er seine Pistole aus dem Jackett. »Verschwinden wir! Zieht die Köpfe ein!«

Der dritte Schuss jagte einen brennenden Schmerz durch

Alex' Arm. Entsetzt schrie er auf, blieb aber im Sattel, während sich sein schwarzer Ärmel blutrot färbte.

Fox schaute über seine Schulter und versuchte, die Verfolger zu erspähen. Aber eine dichte Staubwolke nahm ihm die Sicht, er hörte nur donnernde Hufschläge. Pfeifend raste eine Kugel an seinem Kopf vorbei. »Verdammt!«

Die Augen zusammengekniffen, suchte er die Straße ab, die sich vor ihm erstreckte. Bald würden sie ein Wäldchen erreichen, das ihm auf dem Weg zum MacLinn-Schloss aufgefallen war. Vielleicht würden sie nicht so weit kommen, aber sie mussten es versuchen.

»Reiten Sie weiter!«, rief er Alex zu. »Bringen Sie Grace in die Stadt!« Er glaubte eine Frage nach seinen eigenen Absichten zu hören, ignorierte sie aber. »Beeilt euch!«, schrie er und lenkte sein Pferd auf die Bäume zu.

In halsbrecherischem Tempo durchpflügte der Hengst das Unterholz, Zweige schlugen Fox ins Gesicht. Dann zügelte er das Pferd und stieg ab, jagte es mit einem Schlag auf die Kruppe davon und kehrte zur Straße zurück. Geduckt wartete er zwischen den Büschen.

Wenige Sekunden später galoppierten zwei Männer heran, die offenbar nicht merkten, dass sich einer der Verfolgten von den anderen getrennt hatte. Um eine Taktik zu ersinnen, fand er keine Zeit. Deshalb trat er auf die Straße und feuerte einfach. Einer der Reiter fiel aus dem Sattel, der andere riss den Hals seines Pferdes nach hinten und richtete seine Waffe auf Fox, der seine Pistole erneut hob. Schnaubend sprang das Pferd zur Seite und verwehrte den Männern, genau zu zielen. So rasten die Kugeln durch die Luft, ohne ihr Ziel zu erreichen.

Während sich der Pulverrauch auflöste, beobachtete Fox, wie der berittene Schurke in sein Jackett griff. Entschlossen sprang Fox vor, packte sein Bein und zerrte ihn vom Pferd. Ineinander verkeilt, fielen sie zu Boden. Zuerst lag der Halunke obenauf, dann Fox. Mit aller Kraft schmetterte er seine Faust in das Gesicht des Mannes, Blut quoll aus der Nase.

Doch sein Gegner war groß und stark, und ein gebrochenes Nasenbein beeinträchtigte seine Kampfkraft nicht im Mindesten. Entschlossen rammte er sein Knie empor, und Fox musste sich seitwärts werfen, um seine empfindlichen Körperteile zu schützen. Ein Fausthieb traf ihn an der Schläfe. Vor seinen Augen tanzten Sterne. Blinzelnd schüttelte er den Kopf.

Sobald das Schwindelgefühl verflogen war, sprang er auf, packte seinen Widersacher am Kragen und zog ihn auf die Beine, um ihn mit einem weiteren Schlag niederzustrecken.

Halb benommen blieb der Mann liegen, aber Fox zerrte ihn wieder hoch. Die Lider halb gesenkt, starrte er ihn mit glasigen Augen an.

»Warum haben Sie auf ihn geschossen?«, fragte Fox und schüttelte ihn. »Wer hat Sie beauftragt?« Aus dem Mund des Gauners quoll blutiger Speichel. »Antworten Sie, verdammt noch mal!«

Der Mann bewegte die Lippen, aber kein Laut kam aus seiner Kehle.

»Nun?«

Irgendwo klickte es – eine Pistole wurde entsichert. Erschrocken schaute Fox sich um. Im selben Augenblick krachte ein Schuss, und der Mann, den er am Kragen festhielt, sackte zu Boden. Blut spritzte auf Fox' Jackett. Nicht sein eigens, noch nicht.

Am Straßenrand stand der andere Bandit. Er war verletzt, aber offensichtlich nicht tot, wie Fox vermutet hatte.

Der Mann richtete seine Pistole auf ihn. Die Explosion, die

direkt darauf folgte, überraschte ihn nicht – nur die Tatsache, dass er nicht zusammenbrach.

Verwirrt starrte Grace die qualmende Waffe in ihrer Hand an, dann den Mann, der verkrümmt auf der Straße lag. Für ein paar Sekunden nahm sie nichts anderes wahr. Und dann wurde ihr das Allerwichtigste bewusst – Fox lebte.

Er eilte zu ihr, hob sie aus dem Sattel. Sie zitterte am ganzen Körper. »Grace! Liebste!«

»Tut mir Leid, ich konnte sie nicht zurückhalten«, entschuldigte sich Alex und zügelte sein Pferd. »Sobald sie merkte, dass Sie uns nicht folgten, kehrte sie um. Großer Gott, wäre ich bloß hier geblieben, um Ihnen beizustehen!«

»Schon gut«, erwiderte Fox und streichelte Graces schmalen Rücken. Was in ihr vorging, wusste er nur zu gut. Es war niemals einfach, einen Menschen zu töten. Und sie hatte es zweifellos zum ersten Mal getan.

Mit tränenfeuchten Augen schaute sie zu ihm auf. »Er wollte dich erschießen.«

»Ja. Zum Glück ist es ihm nicht gelungen. Das verdanke ich dir.«

Da lächelte sie und befreite sich aus der Umarmung. Geflissentlich wandte sie ihren Blick von den beiden Leichen ab, lief zu Alex und berührte seinen Arm.

»Nicht so schlimm, Grace, nur ein Kratzer«, versicherte er.

»Trotzdem muss Maude die Wunde behandeln.« Erst jetzt verzerrte sich Alex' Gesicht zu einer schmerzlichen Grimasse.

Obwohl er nur leicht verletzt war, fügte er sich in sein Schicksal und erlaubte Maude, die Wunde zu reinigen und zu verbinden. Dann sprach er mit Fox über den Zwischenfall auf der Straße.

»Vielleicht war es einfach nur ein Überfall«, meinte Alex. »In dieser Gegend wimmelt es von Dieben.«

»Wenn sie uns nur bestehlen wollten – warum haben sie uns dann nicht aufgehalten und sich unsere Börsen mit Waffengewalt angeeignet?«

»Wahrscheinlich dachten sie, wenn sie uns von hinten angreifen, könnten sie uns leichter überwältigen ... Zum Teufel, ich weiß es nicht. Aber ich vermute, Sie haben Ihre eigene Theorie, Foxworth.«

»Ich glaube, sie wollten uns ermorden, zumindest einen von uns.«

»Grace?«

»In letzter Zeit wird ihr immer öfter nach dem Leben getrachtet«, erwiderte Fox grimmig.

»Warum?«

»Fragen wir uns lieber, *wer* ihr den Tod wünscht.« Wütend ballte Fox die Fäuste. »Das werde ich herausfinden.«

16

»Du musst meinen Schlaf nicht bewachen.«

»Glaubst du, ich würde nur deshalb bei dir bleiben?«

Grace legte die Haarbürste mit dem silbernen Griff auf den Toilettentisch. »Ich weiß nicht …«

»Sei versichert, das ist nicht der wahre Grund.« An den Pfosten der Tür gelehnt, die ins Schlafzimmer führte, hatte Fox beobachtet, wie sie ihr Haar bürstete, und wieder einmal erkannt, wie viel sie ihm bedeutete. Nun richtete er sich auf. »Aber wenn du mich wegschickst …«

»Warum sollte ich?« Lächelnd drehte sie sich zu ihm um.

So zauberhaft sah sie aus, so verletzlich – Fox konnte sie einfach nicht verlassen. Er eilte zu ihr, kniete nieder und ergriff ihre Hände. Liebevoll presste er seinen Mund auf die zarte Haut an den Innenseiten ihrer Handgelenke.

»In letzter Zeit ist viel geschehen«, seufzte sie. »Manchmal wünschte ich …«

»Was, Grace?«, fragte er, als sie zögerte.

»Ach, ich weiß es nicht«, erwiderte sie und küsste seinen Scheitel. Unter ihren Lippen fühlte sich sein dunkles Haar wie Seide an. »Vielleicht, dass wir nach Glenraven zurückkehren und all die Sorgen vergessen könnten.«

»Genauso geht es mir auch.« Fox hob den Kopf, den er in ihren Schoß gelegt hatte. »Anfangs wollte ich nicht glauben, was mit mir passiert, dann suchte ich Erklärungen.« Stöhnend schlang er die Arme um ihre Hüften. »Und jetzt möchte ich alles vergessen – alles außer dir.«

Welch eine wunderbare Vision … »Leider ist es unmöglich.«

»Ja«, bestätigte er resignierend, die Stimme von den Falten ihrer seidenen Röcke gedämpft.

»Früher rannte ich davon …«

»Dazu hattest du auch allen Grund.«

»Mag sein. Aber jetzt frage ich mich, was sich ereignet hätte, wäre ich in Edinburgh geblieben.« Ihre Finger spielten mit einer seiner dunklen Haarsträhnen. »Wahrscheinlich fürchtete ich, was ich herausfinden würde, wenn ich Nachforschungen anstellte.«

»Meinst du – was den Tod deines Mannes betrifft?«

»Ja.«

Nachdem er vergeblich auf weitere Enthüllungen gewartet hatte, holte er tief Atem. »Er nahm sich das Leben.«

»Ja.«

»Warum hast du es mir verschwiegen?«

»Weil ich nicht daran denken wollte. Es war so beschämend. Das musst du verstehen.« Fox blickte wieder auf. In beschwörendem Ton fuhr sie fort: »Was die Leute über seinen Diebstahl behaupteten, nahm ich nicht ernst. Nicht einmal, als die teure Kutsche und das Tafelsilber geliefert wurden. Aber an dem Tag, an dem Alex und ich Dugalds Leiche fanden …« An ihren Wimpern schimmerten Tränen. »Wie konnte ich da noch an seiner Schuld zweifeln?«

»O Grace!«

»Und da er schuldig war, bin ich es auch.«

»Unsinn …«

»Natürlich hatte ich keine Ahnung, woher all das Geld

stammte. Aber Dugald stellte immer mehr Dienstboten ein, dauernd hingen neue Kleider in meinem Schrank. Da hätte ich protestieren müssen. Die Darien-Kolonie hatte fast unser gesamtes Vermögen verschlungen. Und ein Leben in bitterer Armut hätte mir missfallen. Das erwähnte ich vielleicht. Oder ich sah unglücklich aus. Mein Vater war sehr reich, und er wollte meine Heirat verhindern, weil Dugald keine gehobene gesellschaftliche Position einnahm. Trotzdem steckte Papa eine Menge Geld in das Projekt – und verlor jeden Penny. Das wusste Dugald.«

»Also hat er die Investoren dir zuliebe bestohlen. Das darfst du dir nicht vorwerfen.«

»Nicht nur ich zog diesen Schluss. Darauf kamen auch andere.«

»Dein Onkel?«

»Ja. Und Lord Archey. Oh, er warf mir nichts vor, er gab mir nur mehr oder weniger deutlich zu verstehen, was andere Leute von mir halten.«

»Wie nett von ihm …«

»Sei nicht sarkastisch! Ja, ich weiß – du magst den Earl nicht. Aber damals half er mir immerhin, nach Glenraven zu fliehen.«

Und er schickte dir einen Diener, der dich zu ermorden versuchte. Um Himmels willen, Grace, meine Abneigung gegen diesen Mann ist durchaus berechtigt, weil ich ihn *kenne.*«

»Aus deinem anderen Leben.«

»Ja. Ich täusche mich nicht. Glaubst du mir?«

»Natürlich … Aber im Augenblick will ich nicht darüber nachdenken.«

»Bitte, verzeih mir.« Zerknirscht erinnerte er sich an die schrecklichen Ereignisse dieses Tages und umarmte sie noch fester. »Ich bin nicht in deine Suite gekommen, um mit dir zu streiten.«

»Und warum bist du hier?«

Die Frage klang nicht kokett, und Fox antwortete genauso freimütig. »Weil ich es ohne dich nicht aushalte.« Voller Sehnsucht hauchte er sanft einen Kuss auf ihren Mund.

»Das sollst du ja auch gar nicht«, flüsterte sie an seinen Lippen.

Ihr Kuss wurde immer leidenschaftlicher. Grace vergrub ihre Finger in seinem Haar, öffnete seufzend den Mund und nahm seine Zunge auf. Ihre Knie bebten. Plötzlich wurde sie hochgehoben, an eine breite Brust gepresst. Fox trug sie zum Bett. Eng umschlungen sanken sie auf die Matratze.

Als er auf ihrem Körper lag, umfing er ihren Kopf mit seinen Unterarmen. Die Lippen feucht von seinen Küssen, die Augen vor Begierde verschleiert, sah sie zu ihm auf. Da brachte er die Stimme seiner Vernunft zum Schweigen. »Ich liebe dich. Niemals will ich mich von dir trennen.«

»Und ich mich nicht von dir«, wisperte sie und streichelte seine Wangen. »O Foxworth, wenn du mich verlassen müsstest …« Sie küsste sein Kinn, seine Nasenspitze. »Das würde ich nicht ertragen.«

»Keine Angst, ich bleibe bei dir«, versprach er und vergrub sein Gesicht in ihren duftenden Haaren. Während er ihre Ohrmuschel mit seiner Zungenspitze liebkoste, fürchtete er, es würde nicht in seiner Macht liegen, Wort zu halten.

Zunächst hatte er dem rätselhaften Schicksal gezürnt, dem er die Zeitreise verdankte. Aber jetzt, in Grace MacCammons betörender Nähe, empfand er tiefe Zufriedenheit und eine überwältigende Liebe. Dass diese wunderbaren Gefühle ein Ende finden könnten, mochte er sich nicht vorstellen.

Diese Frau war die einzige Realität in seiner Welt. So fest wie nur möglich umfing er sie mit seinen starken Armen. Sie drehten sich zur Seite, tauschten Zärtlichkeiten aus und wünschten, sie hätten ihre Kleider abgelegt, bevor sie aufs Bett gefallen waren. Überall wollte er Grace berühren. Die weiche Haut ihres schlanken Halses schmeckte wie süßer Wein. Langsam wanderten seine Lippen zu ihrem Dekolleté hinab, und er war entzückt von ihrem wohligen Stöhnen. »Ich möchte deinen nackten Körper spüren«, murmelte er in die seidigen Locken hinter ihrem Ohr.

»Und ich deinen …« Ungeduldig zerrte sie sein Hemd aus der Reithose, rieb ihr Gesicht an seiner behaarten Brust und atmete seinen maskulinen, sinnlichen Duft ein. Sein Schauder ermutigte sie, und sie erregte ihn mit ihrer Zunge.

»O Gott …« Er griff nach ihrer Hand und drückte sie gegen die schwellende Wölbung unter dem Wollstoff seiner Hose. »Da siehst du, was du mir antust.« Als ihre Finger das harte Zeichen seines Verlangens umschlossen, rang er nach Luft. »Dreh dich um«, bat er heiser.

»Ich dachte, es gefällt dir.«

»Viel zu sehr. Wenn wir uns nicht sofort ausziehen, werde ich mich womöglich nicht zurückhalten können … Dreh dich um – lass mich die Verschnürung öffnen!«

»Hmmm …« Aufreizend langsam kehrte sie ihm den Rücken zu. Seine bebenden Finger zerrten an den Schnüren und Ösen. Vielleicht hätte er das Werk schneller vollbracht, wäre es nicht so verlockend gewesen, immer wieder Graces Nacken zu küssen.

Endlich lösten sich die Bänder, und Fox schob das Oberteil des Kleides nach unten. Grace drehte sich um und bot ihm ihre Brust, deren Knospen ihre Sinnenlust erhärtet hatte.

Mit der feuchten Hitze seines Mundes schürte er ihre Leidenschaft. Sie klammerte sich an ihn, presste sein Gesicht zwischen ihre Brüste und versuchte, unter seinen Schenkeln die Beine zu spreizen. Da erhob er sich auf die Knie, zog sie hoch und streifte ihr Kleid bis zur Taille hinab. Er zerrte das Hemd über seinen Kopf, und sie schmiegten ihre nackten Oberkörper aneinander.

Hastig schlüpften sie aus der restlichen Kleidung. Unterröcke, Reithose und Stiefel landeten auf dem Boden.

Schließlich lagen sie nackt beisammen, und die Hektik verebbte. Mit sanften Händen reizte Fox Graces Brüste und genoss den träumerischen Blick, der ihm galt. »Wir gehören zusammen«, beteuerte er, während er in sie eindrang, »für immer.«

»Für immer«, wiederholte sie atemlos, »für immer.«

In harmonischem Rhythmus bewegten sie sich. Jede Liebkosung führte sie näher an die Schwelle der Erfüllung heran und festigte das Band, das sie vereinte. Nicht nur die Körper verschmolzen, auch ihre Seelen.

Dann hielten sie sich zufrieden in den Armen, und Fox wusste, dass er nach Hause gekommen war.

Unter der Decke, die Fox über sie beide gebreitet hatte, schlief sie ein. Als sie erwachte, liebten sie sich erneut und schwelgten in Träumereien über ihre Zukunft und der Erkenntnis, wie gut sie zueinander passten. In diesem Moment waren alle Sorgen in weite Ferne gerückt.

Grace erzählte von ihrer Begeisterung für die Stickerei. »Mit Nadel und Faden kann ich Dinge erschaffen, die meilenweit entfernt sind, weil ich sie in meinem Herzen sehe.«

»Um dieses Talent beneide ich dich.« Fox zog ihre Finger an seine Lippen – die schmalen, geschmeidigen Finger einer

Künstlerin. Im schwachen Licht sah er das gestickte Bild über dem Kamin nur undeutlich. Aber er erinnerte sich an die ausdrucksvollen Farben und sorgsam gestalteten Einzelheiten. Beinahe glaubte er den Wind zu spüren, der über dem Adlerfarn hinwegfegte. »Du liebst das Moor, nicht wahr?«

Gedankenverloren zauderte sie. War es Liebe, was sie empfand, oder eine seltsame Sehnsucht? Nach einer Weile antwortete sie: »Irgendwie habe ich das Gefühl, ich müsste im Moor leben. Es scheint mich zu rufen.«

»Bald kehren wir zurück, das verspreche ich dir.«

»Darüber wäre ich sehr glücklich. Früher genoss ich das rege Leben und Treiben von Edinburgh – jetzt nicht mehr.« Leise seufzte sie, als seine Lippen die empfindsame Haut ihres Handgelenks berührten. Er küsste sie dorthin, erwärmte ihr Blut. »Aber würdest *du* dich da draußen in der Einsamkeit wohl fühlen?«

»Solange ich mit dir zusammen bin, brauche ich keine andere Gesellschaft«, versicherte Fox und zog sie an sich.

Nachdem sie sich geliebt hatten, träumte Grace von den Liebenden, die sich vor langer Zeit im Moor getroffen hatten. Von ihren Freuden und Leiden. Von ihrer Trennung. Es war ein trauriger Traum, der nur wenige Sonnenstrahlen hindurchließ.

Und dann änderten sich die Bilder. In ihrem Schlummer lächelte Grace. Als sie die Augen öffnete, erinnerte sie sich lebhaft an den neuen Traum und schilderte ihn. »Einerseits war ich jene Frau – andererseits nicht. Hast du schon einmal an diese Möglichkeit gedacht?«

»Ja«, flüsterte Fox in die Nacht.

»Ich könnte dir nicht erzählen, welches Kleid ich trug, wie ich hieß – keinesfalls Grace, das weiß ich. Aber ich war glücklich. Mit dir.«

»Dann waren wir beide glücklich.«

Bis sie am frühen Morgen erwachten, blieben sie in ihrer Fantasiewelt. *Warum lässt das Tageslicht die Wirklichkeit so grausam erscheinen?*, fragte sich Grace.

»Wir müssen irgendetwas tun, um dich zu schützen.« Die Arme hinter dem Kopf verschränkt, lag Fox neben Grace im Bett.

»Ja«, stimmte sie seufzend zu, »aber ich kann kaum glauben, dass mir jemand nach dem Leben trachtet.«

»Vielleicht solltest du nach Glenraven zurückkehren«, schlug er vor.

»Das kann ich nicht.« Sie richtete sich auf und schaute in seine Augen. »Wenn du mich auch albern findest – ich will versuchen, Schottland zu retten. Das ist mir sehr wichtig.«

»Natürlich ist es nicht albern, Grace. Aber – verdammt, ich will nicht, dass dir etwas passiert.«

»Das will ich auch nicht.« Lächelnd fügte sie hinzu: »In letzter Zeit bedeutet mir das Leben sehr viel. Trotzdem musst du meine Gefühle verstehen. Mein ganzer Clan war stets patriotisch gesinnt. Und dass so viele Schotten glauben, ich wäre fähig, mein Land zu betrügen – dieser Gedanke ist unerträglich für mich.«

»Wen interessiert es schon, was andere Leute denken?« Fox wusste, wie selbstsüchtig er war. Doch in diesem Augenblick konnte er sich nicht beherrschen.

»Mich, mein geliebter Engländer«, erwiderte sie und strich ihm das Haar aus der Stirn. »Und dich auch.«

Da war er sich nicht so sicher.

Obwohl er sich an all die namenlosen Schotten erinnern wollte, die auf dem Schlachtfeld von Culloden sterben würden – er dachte nur an Grace.

Hastig schlüpfte er in den neuen Anzug, den er sich hatte schneidern lassen. Dann blickte er ehrfürchtig in den hohen Standspiegel. In dieser Kleidung sah er aus, als wäre sie für ihn geschaffen. Ein Gentleman aus dem Jahr 1705. Allmählich glaubte er sogar, er würde in diese Zeit gehören, und er überlegte gar nicht mehr, wie er ins Jahr 1749 zurückkehren könnte. Hier fühlte er sich zufrieden – nein, glücklich – an Graces Seite.

Wieder einmal fragte er sich, wie er sie schützen sollte. Nach Glenraven würde sie erst reisen, wenn sie versucht hatte, die zerstrittenen schottischen Parteien miteinander zu versöhnen. Also musste Fox möglichst bald Verhandlungen herbeiführen, damit sie wenigstens über ihre Meinungsverschiedenheiten diskutierten.

Mit MacLinn hatte er bereits gesprochen. Nun war es an der Zeit, seinen Großvater noch einmal aufsuchen. Auch den Vater wollte er für seinen Plan gewinnen. Aber vorher musste er etwas erledigen.

Wie sich herausstellte, brauchte er Maude nicht zu suchen. Als er die Tür seines Zimmers öffnete, stand sie im Flur und jagte ihm einen gewaltigen Schrecken ein. »Verdammt, warum lauern Sie mir auf?«

»Wollten Sie nicht mit mir reden?«

»Nein, ich gehe aus. Bleiben Sie bei Grace – und lassen Sie Ihre Schwägerin nicht aus den Augen, bis ich zurückkomme.«

»Wohin gehen Sie?«

»Ich möchte unserem ehemaligen Patienten meine Aufwartung machen.« Auf dem Weg zur Treppe hielt er plötzlich inne und drehte sich um. »Maude?« Sie stand immer noch vor seiner Tür. »Waren Sie zu Hause, als Ihr Bruder Selbstmord beging?«

»Wer sagt denn, dass er sich umgebracht hat?«

»Stimmt das denn nicht?«

»Dugald war kein Feigling. Nur ein Feigling würde sich das Leben nehmen.«

»Immerhin befand er sich in einer verzweifelten Lage.«

»Er hat nichts verbrochen. Das wusste er.«

»Behauptet das seine loyale Schwester?«

»Eine Frau, die Bescheid weiß.«

»Sagen Sie mir die Wahrheit«, bat er und ging zu ihr zurück.

»Was wollen Sie hören, Reisender?«

»Wenn er die Investoren des Darien-Projektes nicht bestohlen hat, woher kam dann das ganze Geld, das er mit vollen Händen ausgab?«

»Er besaß keinen einzigen Penny.« Als Fox die Brauen hob, fuhr Maude unbeirrt fort: »Glauben Sie, was Sie wollen – es ist mir gleichgültig.«

Fox eilte die High Street entlang und betrat das Gebäude, in dem der Sitzungssaal lag. Zweimal täglich trat das schottische Parlament zusammen, außer samstags und montags.

An diesem Tag, einem Dienstag, verließen die Parlamentarier gerade den Saal, als Fox eintraf. Er entdeckte Alex, der neben Andrew Fletcher stand, und ging zu ihnen. »Haben Sie Lord Morgan gesehen?«

»Da drüben unterhält er sich gerade mit Lord McKinzie«, erwiderte Alex. »Aber es wird Ihnen nichts nützen, mit den beiden zureden, Foxworth. Ich schlug Lord Morgan eine Unterredung zwischen den Jakobiten und den führenden Mitglieder der Country Party vor. Da lachte er mich nur aus.«

»Die Tories schließen keine Kompromisse«, warf Andrew Fletcher ein. »Und sie haben es auch gar nicht nötig.«

»Trotzdem will ich es versuchen. Wenn mich die Gentlemen

entschuldigen würden ...« Fox verbeugte sich und bahnte sich durch das Gedränge im Hof einen Weg zu seinem Großvater. Als der ältere Mann ihn entdeckte, sagte er etwas zu seinem Gesprächspartner.

»Ah, Morgan – stimmt es, was ich da höre?«, fragte Lord McKinzie. »Wurde ein weiterer Anschlag auf Graces Leben verübt?«

»Ja. Glücklicherweise ist ihr nichts zugestoßen. Aber ich finde, sie dürfte nicht länger in Edinburgh bleiben.«

»Vielleicht sollte sie zu mir ziehen. Gewiss, wir hatten unsere Differenzen ...«

»Diese Einladung wird sie wohl kaum annehmen. Nach meiner Ansicht sollte sie wieder auf Glenraven wohnen – zumindest so lange, bis wir herausgefunden haben, wer sie zu ermorden versucht. Bedauerlicherweise weigert sie sich abzureisen.«

»Natürlich«, seufzte Lord McKinzie, »sie war schon immer ein halsstarriges Kind. Was hält sie eigentlich in dieser Stadt?«

»Ihre Liebe zu Schottland«, antwortete Fox und betonte jede einzelne Silbe.

»Nun ja«, murmelte Lord McKinzie, »wir alle lieben Schottland.«

»Tatsächlich?«

»Was für eine Frage, junger Mann? Mein ganzes Leben habe ich dem Wohl dieses Landes gewidmet.«

»Mr. Morgan, ich fürchte, Sie vergessen sich«, mahnte Fox' Großvater.

»Ich wollte mich keineswegs respektlos verhalten, Sir.«

»Was erwarten Sie von mir, Morgan?«, stieß Lord McKinzie hervor. »Und was will Grace?«

»Dass Sie sich bereit erklären, andere Meinungen zu berücksichtigen – und Kompromisse zu schließen.«

»Das versuchen wir schon den ganzen Vormittag. Und am Nachmittag werden wir unsere Bemühungen fortsetzen. Darin liegt die Aufgabe unseres Parlaments.«

»Und dann stimmen Sie ab. Was dabei herauskommen wird, wissen wir beide. Jahrelang werden die Schotten gegen die Union kämpfen. Das Blut wird in Strömen fließen. Verlange ich denn zu viel von Ihnen, wenn ich Sie bitte, bei den gegnerischen Parteien um wechselseitiges Verständnis zu werben?«

»Was für eine leidenschaftliche Rede, Morgan! Glauben Sie wirklich, das würde zum Erfolg führen?«

»Auch ich zweifle daran. Aber man muss jede Möglichkeit nutzen, um den Frieden zu sichern.«

»Denkt Lord McKinzies Nichte genauso?«, fragte Lord Morgan.

»O ja.«

»Hier geht es nicht um meine Nichte«, warf Lord McKinzie ein.

»Wenn sie in Edinburgh bleibt, setzt sie ihr Leben aufs Spiel«, gab Fox zu bedenken. »Das sehen Sie doch ein, nicht wahr, Sir?«

»Gar nichts sehe ich ein! Nur dass sie ein dummes, eigensinniges Mädchen ist!«

»Das mit aller Macht für Schottland kämpft – was, Morgan?« Viel sagend hob Fox' Großvater die Brauen. »Albert, ich glaube, der junge Mann hat eine gute Idee.«

»Aber …«

»Denk erst einmal darüber nach. Wenn es auch nicht viel nützen wird – es wäre besser, etwas mehr Stimmen für die Union zu gewinnen.« Lord Morgan wandte sich wieder Fox zu. »Falls die Royalisten einer Zusammenkunft zustimmen – wie sollen wir die Country Party dazu bringen?«

»Laird MacLinn hat mir bereits sein Wort gegeben«, antwortete Fox und ignorierte Lord McKinzies sichtliche Verblüffung. »Auch Andrew Fletcher und Alexander MacDonald haben zugestimmt.«

»Großer Gott, die beiden benehmen sich schon im Parlament unmöglich, und ich sehe keinen Grund zu weiteren Begegnungen außerhalb des Sitzungsaals.«

Obwohl Lord McKinzie den Plan missbilligte, schien sich der Earl of Clayborne zusehends dafür zu erwärmen. Ohne den Protest seines schottischen Freundes zu beachten, entschied Fox' Großvater: »Die Verhandlungen müssten an einem Ort unserer Wahl stattfinden.«

»Auf neutralem Boden«, konterte Fox.

»Wenn Sie meinen.« Lord Morgan schüttelte die dunklen Ringellöckchen seiner Perücke. »Das dürfte schwierig werden … Mal sehen, was ich tun kann.«

Damit musste sich Fox vorerst begnügen.

17

Am nächsten Morgen erhielt Fox tatsächlich eine Nachricht seines Großvaters auf edlem Pergament, versiegelt mit dem Familienwappen. Die Mitteilung war kurz und bündig. *Besuchen Sie mich heute um elf Uhr fünfzehn.*

Fox schlug das zusammengerollte Pergament auf seine Handfläche. In Gedanken versunken, bemerkte er Graces Anwesenheit erst, als sie seine Schulter berührte. »Worüber grübelst du?«

»Ah, Grace …« Jedes Mal, wenn er sie sah, verblüffte ihn der Zauber, der sie umgab. Sie glich einer frischen, duftenden Frühlingsblume – oder einem tröstlichen Kaminfeuer, das eine kalte Regennacht erwärmte. In ihrer Nähe glaubte er immer wieder, heimzukehren.

»Wie ich sehe, hast du eine Nachricht bekommen.«

»Ja …« Fox bemühte sich, sie nicht wie ein liebeskranker Narr anzustarren. »Von Lord Morgan.«

»Also von deinem Großvater.«

»Er bittet mich um einen Besuch.«

»Glaubst du, er kann meinen Onkel veranlassen, MacLinn und die anderen Unionsgegner zu treffen?«

»Hoffentlich. Aber darüber habe ich nicht nachgedacht.«

»Nein?« Aufreizend streichelte sie sein dunkles Haar. Die letzte Nacht hatten sie zusammen verbracht und sich an diesem

Morgen noch einmal geliebt. Aber da sie ihn mittlerweile gut kannte, nahm sie an, er würde sich erneut in amouröser Stimmung befinden.

Fox, der an Graces Schreibtisch saß, wandte sich zu ihr um und umschlang ihre Taille. »Was für eine kühne Frau du bist, Grace MacCammon … Das gefällt mir. Aber ob du es glaubst oder nicht – im Augenblick war mein Gehirn mit anderen Dingen beschäftigt.«

»Dann sollte ich dich allein lassen, damit du in Ruhe nachdenken kannst.« Lachend versuchte sie, sich loszureißen. Als er sie noch fester umfing, kicherte sie.

»Du bleibst hier, verstanden?« In ernsterem Ton fuhr er fort. »Gestern sprach ich mit einem Kaufmann, einem gewissen Mr. Henry McGreger. Sagt dir der Name etwas?«

Die Stirn gerunzelt, lehnte sie sich an ihn. »Nein. Sollte ich ihn kennen?«

»Vor knapp fünf Jahren hat er eine Kutsche für deinen Haushalt importiert.«

»Oh … Und warum bist du an ihn herangetreten?«

»Weil ich gestern mit Maude geredet habe. Sie ist überzeugt, dass ihr Bruder weder stahl noch eine Menge Geld ausgab.«

Graces Lächeln erlosch. »Glaubst du das auch?«

»Ja. Seit meinem Gespräch mit Mr. McGreger.«

»Diesem Mann bin ich nie begegnet. Also habe ich auch keine Kutsche bei ihm gekauft.«

»Moment mal …« Eisern hielt Fox die widerstrebende Grace fest. »Deinetwegen stelle ich keine Nachforschungen an. Ich habe dir von Anfang an geglaubt.«

»Aber warum …«

»Nur an Dugalds Unschuld habe ich gezweifelt. Jetzt weiß ich, dass auch er die Kutsche nicht bestellt hat. Mr. McGregers

Gedächtnis lässt zu wünschen übrig. Trotzdem erinnert er sich an jene Transaktion, weil sie ihm seltsam vorkam.«

»Wieso?« Nun wehrte Grace sich nicht mehr gegen die Umarmung.

»Der Mann, der ihm den Auftrag erteilte, war kein Gentleman, sondern ein Dienstbote. Ein schlauer Bursche, wie sich McGreger entsinnt. Er fragte nach einer eleganten englischen Kutsche. Und sie sollte möglichst schnell geliefert werden.«

»Das verstehe ich nicht.«

»Bei der Ankunft des Vehikels bezahlte er McGreger in Sterling. Dann ließ er die Kutsche in Dugalds Stall bringen.«

»Und was beweist das?«

»McGreger erkundigte sich, ob der Wagen wirklich hierher in die High Street geliefert werden sollte, denn er kannte den Diener. Deshalb nahm er an, der Mann habe die Kutsche für seinen Herrn erworben.«

»Wer ist der Dienstbote?«

»Leider musst du fragen, wer er *war*, Grace. Falls McGregers Beschreibung zutrifft, fiel jener Diener aus deinem Fenster.«

»William? Er hat für Lord Archey gearbeitet ...« Graces Atem stockte. »Heißt das etwa ... Warum sollte er eine Kutsche für uns kaufen? Er war unser Freund und versuchte, uns zu helfen. Aber – eine Kutsche? Das ergibt keinen Sinn.«

»Es sei denn, es war keine freundschaftliche Geste.«

Jetzt befreite sie sich endgültig aus der Umarmung und trat zurück. »Was deutest du an?«

»Ganz einfach. Als angesehene Schotten übten Dugald MacCammon und seine Frau einen gewissen Einfluss auf die Bevölkerung aus. Wie du mir erzählt hast, waren Dugald und Andrew Fletcher die treibenden Kräfte hinter dem Darien-Projekt, und dein Mann brachte das Geld dafür auf.«

»Ja, das bestreite ich nicht.«

»Und deine Ansichten über die schottische Politik?«

»An erster Stelle stand immer meine Heimat. Wir strebten ein starkes Schottland an, das nicht auf die Union mit England angewiesen sein sollte.«

»Und wenn sich gewisse Leute dagegen sträubten?«

»Die gab – und gibt es natürlich. Mein Onkel gehört dazu.«

»Allerdings. Bei jeder politischen Frage bilden sich unterschiedliche Meinungen, auch bei der Unionsfrage. Und das ist gut so. Erst wenn unmoralische Personen eingreifen, entstehen Probleme.«

»Ja, ich weiß – du glaubst, Lord Archey aus einem anderen Leben zu kennen.«

»Ich *kenne* ihn«, betonte Fox, stand auf und fuhr sich mit gespreizten Fingern durch sein Haar. »Alles, was ich dir erzählt habe, nimmst du für bare Münze. Nur an diesem einen Punkt zweifelst du.«

»Tut mir Leid«, seufzte Grace und ging zum Fenster. Zögernd drehte sie sich zu Fox um. »Es fällt mir schwer, schlecht von Lord Archey zu denken. Nicht zuletzt, weil er mit meinem Vater befreundet war und ihm das Leben gerettet hat.« Sekundenlang schloss sie die Augen, dann bat sie: »Erzähl mir, welche Schlüsse du gezogen hast.«

»Vorerst ist es nur eine Theorie.« Er ging nicht zu ihr, denn in ihrer Nähe würde er sich versucht fühlen, seine Anklage abzuschwächen. Und das würde der Sache nicht dienen. »Nach meiner Überzeugung ist der Earl nicht der ehrenwerte Patriot, für den er sich ausgibt, sondern ein kaltherziger, tückischer Schurke … Nein, bevor du protestierst, hör mir zu. Nehmen wir einmal an, er spielt die Leute gegeneinander aus. Die Engländer glauben, er würde auf ihrer Seite stehen, und den Unionsgegnern gaukelt er vor, er sei ihr Bundesgenosse. In Wirklichkeit geht es ihm nur um seinen eigenen Vorteil.«

»Sicher, das wäre denkbar. Aber warum sollte er Dugald und mir eine Kutsche kaufen?«

»Um ihn in Misskredit zu bringen. Das Darien-Projekt war gescheitert, zahlreiche Geldgeber hatten ihr ganzes Hab und Gut verloren …«

»Und einer dieser Männer schien nicht im Mindesten darunter zu leiden …«

»Genau. Weil er die Investoren betrogen und Geld für sich selbst abgezweigt hat. Unverzeihlich! Noch dazu, wo er vorher ein Held gewesen war, den so viele Leute bewundert hatten.«

»So etwas hätte Dugald nie getan.« Grace wanderte zum Kamin. »Wie ich zugeben muss, habe ich Verdacht geschöpft – die Beweise waren einfach überwältigend. Aber im Grunde wusste ich immer, dass er unfähig war, ein solches Verbrechen zu begehen.«

»Bedauerlicherweise wirkt der Anschein oft realistischer als die Tatsachen.«

»Natürlich dachten die Leute, wir hätten die teure Kutsche gekauft.«

»Was auch für das Tafelsilber gilt, für deine schönen Kleider …«

»Oh, mein Gott!« Grace sank in den nächstbesten Sessel. »Glaubst du wirklich, Lord Archey hat das alles eingefädelt? So viel Geld auszugeben, nur um uns zu verunglimpfen … Da hätte er einfachere Mittel und Wege finden können.«

»Umso glaubwürdiger erschien die Schuld deines Mannes –

weil kein Mensch annahm, jemand anderer würde sich Dugalds Wohlstand so viel kosten lassen.«

»Wenn der Earl das alles wirklich getan hat – warum sollte er meinen Tod wünschen? Die Mordanschläge gehören doch auch zu deiner Theorie, nicht wahr, Foxworth?«

»O ja. Da gab es zu viele Zufälle. Williams Anwesenheit auf Glenraven, der Angriff hier in deinem Schlafzimmer ... Aber *warum* Lord Archey dich umbringen lassen will, weiß ich nicht. Es sei denn ...«

»Es sei denn?«

»Könnte er befürchten, du würdest etwas herausfinden? Vielleicht irgendetwas, das mit Dugalds Tod zusammenhängt?«

»Keine Ahnung ... Glaubst du, Dugald hat sich gar nicht das Leben genommen?« Fröstelnd zog Grace die Schultern hoch.

»Wie wurde er gefunden?«

»Mit einer Pistole in der Hand. An seinem Schreibtisch.« Bei dieser Erinnerung drohte ihr die Stimme zu brechen. All das Blut ... »Und an seiner Schläfe eine Schusswunde. Was ich mit eigenen Augen sah, konnte ich kaum fassen. Dugald und ich haben geheiratet, weil wir freundschaftliche Gefühle füreinander empfanden – keine große Leidenschaft. Aber ich mochte ihn.« In ihren Augen schimmerten Tränen. »Und was ich von ihm dachte, hat er nicht verdient.«

»An diesen schrecklichen Ereignissen trifft dich keine Schuld, Grace.« Jetzt eilte Fox zu ihr, weil er sie trösten musste. Seine Hypothese war ihm zunächst selbst ziemlich absurd erschienen. Doch dann hatte sie immer realere Züge angenommen. Behutsam zog er Grace aus dem Sessel hoch, nahm sie in die Arme und streichelte ihren Rücken. Er glaubte, sie würde weinen. Aber als sie zu ihm aufblickte, sah er keine Tränen mehr in ihren grünen Augen, sondern kalte Entschlossenheit.

»Falls du Recht hast, muss der Earl für alles, was er Dugald und Schottland angetan hat, gerade stehen.«

»Da bin ich ganz deiner Meinung. Aber vorläufig können wir nichts beweisen. Vergiss nicht, es ist nur eine Theorie.«

»Eine einleuchtende Theorie«, erwiderte sie und befreite sich aus der Umarmung. »Wenn ich an die Zeit vor Dugalds Tod zurückdenke ... Wir waren so verzweifelt über den Fehlschlag der Darien-Kolonie. Und dann der vermeintliche Wohlstand ... Hätten wir bloß miteinander geredet! Dann wäre uns sicher klar geworden, dass keiner von uns jenes Geld ausgab. Aber ich fühlte mich so verwirrt. Und ich wollte glauben, Dugald würde unseren luxuriösen Lebensstil finanzieren – weil ich den Gedanken nicht ertrug, jemand könnte mir ein Unrecht zutrauen.«

»In deiner Situation hätte jede Frau ...«

»Nein, du darfst mein Verhalten nicht entschuldigen, Foxworth. Jetzt mache ich mir bittere Vorwürfe. Hätte ich doch mit Dugald gesprochen! Ich dachte immer, ich wäre einfühlsam und warmherzig ...«

»Hör mir zu, Grace. Wenn meine Theorie stimmt, ist Lord Archey für das Unglück verantwortlich. Damit solltest du dein Gewissen nicht belasten. Und er hat seine Machenschaften keineswegs beendet. Er versucht dich nach wie vor zu töten. Daran müssen wir ihn hindern.«

»Natürlich. Wenn ich bloß wüsste, warum er mir nach dem Leben trachtet ... Es war Dugald, der Macht und Einfluss besaß. Nicht ich. In der Gesellschaft von Edinburgh bin ich immer noch unwillkommen. Das spüre ich seit meiner Rückkehr – jedes Mal, wenn ich das Haus verlasse.«

»Beruhige dich, wir werden herausfinden, warum der Earl deinen Tod anstrebt.«

Pünktlich traf Fox in Lord Morgans majestätischem Stadthaus ein. Er nahm an, er müsste eine Zeit lang warten, aber sobald er die große Halle betrat, wurde er von einem livrierten Diener die Treppe hinauf in einen Privatsalon geführt.

Sein Großvater saß in einem vergoldeten Stuhl am Fenster und winkte ihn zu sich. »Ah, Sie kommen keine Minute zu spät. Das weiß ich zu schätzen.«

»Diese Gewohnheit verdanke ich meiner militärischen Laufbahn.«

»Zweifellos.« Lord Morgan zeigte zu einer Karaffe, die auf einem Wandtischchen stand. »Wenn Sie eine Erfrischung wünschen, bedienen Sie sich. Und dann sagen Sie mir, wer Sie sind.«

»Foxworth Morgan.«

»Sind wir miteinander verwandt?« Als Fox schwieg, fuhr der Earl of Clayborne fort: »Darüber zerbreche ich mir seit unserer ersten Begegnung den Kopf. Vielleicht eine Liaison in meiner Jugend ...«

»Deuten Sie an, ich könnte Ihr Bastard sein?«

»Stimmt das?«

Ärgerlich schüttelte Fox den Kopf. »Nein.«

»Trotzdem heißen Sie Morgan, und Sie gleichen meinem Sohn. Übrigens auch mir. Also muss es eine Verbindung zwischen uns geben.«

»Vielleicht. Aber das ist vorerst unwichtig.«

»Und was erscheint Ihnen wichtig?«

»Grace MacCammons Sicherheit. Und meine Bemühungen, blutige Kämpfe zwischen Schottland und England zu verhindern.«

»Dafür wird die Union sorgen«, meinte Thomas Morgan zuversichtlich.

»Ja, ich weiß – davon sind Sie fest überzeugt ...«, begann Fox und unterbrach sich. Dass er die Zukunft kannte, würde sein Großvater niemals glauben. Und wie sollte er diesem Mann erklären, er sei sein Enkel? In seinen Sessel zurückgelehnt, verschränkte Fox die Arme. »So oder so, die Union wird zustande kommen. Und zahlreiche Schotten werden dagegen rebellieren, was sich wohl kaum verhindern lässt. Aber einige Patrioten vertreten einen gemäßigten Standpunkt, und man könnte sie überreden, sich auf Ihre Seite zu schlagen, Sir – wenn Vernunft und Kompromissbereitschaft die starrsinnige Opposition besiegen.«

»Deshalb schlagen Sie Verhandlungen vor?«

»Ja – eine Gelegenheit für alle Beteiligten, ihre Ansichten zu bekunden.«

»Die kennen wir schon.«

Fox strich über seine Stirn. Als er nach einer langen Pause zu sprechen anfing, schien seine Stimme aus weiter Ferne heranzudringen. »Auf blutigen Schlachtfeldern werden Schotten und Engländer sterben. Dagegen müssen wir etwas unternehmen.« Beschwörend schaute er in die Augen seines Großvaters. Was wir hier und jetzt tun, wird das Schicksal künftiger Generationen entscheiden.«

Die Verhandlungen würden stattfinden.

Hoffnungsvoll kehrte Fox in Graces Haus an der High Street zurück. Die gegnerischen Parteien würden sich bald zusammensetzen und ihre Probleme erörtern. Vielleicht würde sich Lord McKinzie dagegen sträuben, aber letzten Endes den Entschluss seines Freundes, des Earl of Clayborne, akzeptieren.

Fox betrat die Halle, hochzufrieden mit dem Ziel, das er erreicht hatte, und in bester Laune – bis Maude ihm entgegenkam. »Stimmt was nicht?«, rief er beunruhigt. »Geht es Grace gut?«

»Ja, Reisender, vorerst droht Ihrer Grace keine Gefahr. Aber Sie können meine Schwägerin nicht schützen.«

»Wovon reden Sie? Natürlich werde ich sie vor allem Übel bewahren.«

Die alte Frau lachte meckernd. »Haben Sie auf Ihrer Reise nichts gelernt? Ihre Möglichkeiten sind begrenzt.« Langsam sprach sie weiter und betonte jedes einzelne Wort. »Das müssten Sie verstehen.«

»Ich habe keine Ahnung, wovon Sie reden …«

»Sie sind machtlos, Sir. Nicht einmal die Zeit, in der Sie leben, können Sie sich aussuchen! Wie wollen Sie da für Grace sorgen? Warum bilden Sie sich ein, Sie hätten die Geschichte unter Kontrolle?«

»Ich tue nur mein Bestes.«

»Aber die Dinge sind nun mal so, wie sie sind. Vergessen Sie das nicht, Reisender.«

18

»Du darfst mich nicht begleiten! Um Himmels willen, du kannst dich nicht in seine Festung wagen!«

Langsam drehte sich Grace auf dem Hocker vor ihrem Toilettentisch zu Fox um, der seine Wanderung durch ihr Ankleidezimmer beendete. »Ich habe Maymont nie für eine Festung gehalten.«

»Das solltest du aber! Wenn du ermordet wirst ...«

»Liebster Foxworth!« Sie stand auf und ging zu ihm. »Beinahe wäre ich in meinem eigenen Schlafzimmer getötet worden. Unserem Schicksal sind wir hilflos ausgeliefert.«

»Hast du mit Maude geredet?« Erbost kehrte er ihr den Rücken. Warum war sie so verdammt leichtsinnig? Nein, er würde ihr nicht erlauben, ihn von den wichtigen Dingen abzulenken, um die er sich kümmern musste.

»Was hat Maude damit zu tun?«

»Nichts. Sie erklärte nur zum wiederholten Mal, wir könnten unser Schicksal nicht bestimmen.«

»Damit hat sie Recht.«

»Ja, zum Teufel. Aber deshalb brauchst du nicht das Opferlamm zu spielen, das sich selber ans Messer liefert ...« Abrupt wandte er sich ihr zu. »Ist es das, was hinter deinem Entschluss steckt? Willst du dich opfern, um für ein Verbrechen zu büßen, das du gar nicht begangen hast?«

»Unsinn! Glaubst du, mein Leben bedeutet mir so wenig?«

Seufzend fuhr er durch sein dunkles Haar. »Ach, ich weiß nicht mehr, was ich denken soll – nichts ergibt einen Sinn. Am liebsten würde ich dich nach Glenraven bringen und alles vergessen.« Er umfasste ihre Schultern und zog sie an sich. »Verdammt, Grace, ich liebe dich«, flüsterte er in ihre seidigen Locken, »wie ich noch keinen Menschen geliebt habe ...«

»Und ich liebe dich«, beteuerte sie und schlang ihre Arme um seine Taille. »Ich liebe dich so sehr, und das jagt mir manchmal Angst ein. Als würde ein Leben für diese tiefen Gefühle nicht genügen.«

»O Gott, Grace ... Verlass mich nicht. Schwöre es mir ...« Noch während er sprach, erkannte er, wie töricht seine Worte klangen. Ein solches Versprechen konnte sie ihm nicht geben. Und er ihr ebenso wenig.

In der Tat, er musste Maude zustimmen. Auf das Schicksal übte er keinen Einfluss aus. Das hatte er immer wieder erlebt: auf dem Schlachtfeld von Culloden, als seine Schwester Zoe mit MacLeod in die Neue Welt gezogen war, und nachdem ihn höhere Mächte in eine andere Zeit geschleudert hatten. Trotzdem versuchte er die Ereignisse zu beeinflussen.

»Tut mir Leid, Grace, so etwas dürfte ich nicht von dir verlangen.«

»Wenn die Entscheidung bei mir läge, würde ich dich nie verlassen, Foxworth.«

Er legte einen Finger unter ihr Kinn, hob ihr Gesicht und zwang sich zu einem Lächeln. »Und ich würde mich niemals freiwillig von dir trennen, Grace.« Dann ging ihm ein anderer Gedanke durch den Sinn, und sein Lächeln wurde warm. »Wir sollten heiraten ... Ja, natürlich! Bitte, nimm meinen Antrag an!«

Nach Dugalds Tod hatte sie kein einziges Mal an eine zweite Ehe gedacht. Aber jetzt zögerte sie nicht. »Ja, heiraten wir«, entgegnete sie voller Leidenschaft.

»Wann?«, fragte er eifrig. »Sofort? Ich suche einen Priester«, erbot er sich, ließ sie los und eilte zur Tür. »Wo finde ich einen Geistlichen? Ach ja, in der Kirche …«

»Moment mal, Foxworth!«, rief sie und brach in Gelächter aus. »So schnell geht das nicht. Sei vernünftig. In einer knappen Stunde reiten wir nach Maymont, vorher können wir unmöglich vor den Traualtar treten … Nein!« Als er ihr ins Wort fallen wollte, hob sie warnend eine Hand. »Ich will nicht überstürzt heiraten. Dafür haben wir später immer noch Zeit. Warten wir erst einmal ab, was auf Maymont geschehen wird … Ja, ja, ich weiß, du willst mich davon abhalten, dich zu begleiten. Aber es ist sehr wichtig für mich. Das musst du verstehen.«

»In diesem Schloss wirst du mit Lord Archeys Personal konfrontiert. Und wozu einer seiner Diener fähig war, haben wir erlebt.«

»Ich werde nicht allein sein.«

»Grace!«

»Überleg doch – MacLinn wird mit seinem ganzen Clan auf Maymont eintreffen. Und mein Onkel. Falls der Earl mich tatsächlich töten will … Schau mich nicht so an! Ich nehme deine Theorie sehr ernst. Aber in Anwesenheit so vieler Gäste wird er keinen Mordanschlag riskieren. Wahrscheinlich drohen mir unter seinem Dach sogar weniger Gefahren als anderswo.«

»Jedenfalls werde ich keine Sekunde lang von deiner Seite weichen.«

Aufreizend lächelte sie ihn an. »Das will ich hoffen.«

»Lenk mich bloß nicht von meinen Pflichten ab, Liebste!«, mahnte Fox belustigt. »Ich werde dich nur beschützen. Sonst nichts ...«

»Sonst nichts?«, hauchte sie und schob eine seiner dunklen Haarsträhnen beiseite.

»Kleine Hexe!«, schimpfte er, riss sie in die Arme und trug sie zum Bett. Lachend und kreischend wehrte sie sich, ohne Erfolg. Sie landete auf der Matratze, dann warf er sich auf sie und hielt sie mit seinem Gewicht fest.

»Lass mich los!«, bettelte sie, »dafür haben wir jetzt keine Zeit!«

»Ah, plötzlich dieser Sinneswandel! Willst du mich nun nicht mehr mit deinen magischen Händen verführen?«

»Nein, nein ...«

»Das werden wir sehen.« Fox umfasste ihre zerbrechlichen Unterarme und erkannte wieder einmal, wie verletzlich sie war. Liebevoll küsste er ihre Hand und genoss den Duft ihrer Haut. »Wenn die Verhandlungen vorbei sind – bist du dann zufrieden?«

»Meinst du, dann hätte ich mir genug Mühe gegeben?«

»Ja.«

»Mehr kann ich doch nicht tun, oder?«

»Zumindest fällt mir nichts ein.«

»Ich muss noch herausfinden, was wirklich mit Dugald geschehen ist.«

»Überlass das nur mir.«

»Was hast du vor?«

»Darüber muss ich erst mal nachdenken. Bitte, unternimm nichts auf eigene Faust. Verstanden?«

»Jawohl, Sir.«

»Mach dich nicht lustig über mich, Grace!«

»So etwas würde ich niemals wagen, Sir. Wo Sie doch mein künftiger Gemahl sind …«

»Ja, bald werden wir heiraten.«

»Nach der Besprechung auf Maymont reiten wir nach Glenraven.« Aufmerksam sah er sie an, hoffte auf ihre Zustimmung und wurde nicht enttäuscht.

»So schnell es geht. Schon jetzt fühle ich mich wie deine Frau.« Sie nahm eine seiner Hände und presste sie auf ihr Herz. »Da drin.«

Diese Gefühle teilte er. Sie waren ein Herz und eine Seele. Ungeduldig sehnte er die Rückkehr nach Glenraven herbei. Dort im Moor würden sie allein sein. Für immer vereint.

Auf Maymont herrschte reges Leben und Treiben. Hoch zu Ross oder in eleganten Kutschen trafen die Gentlemen ein – der Clan MacLinn zu Fuß, ein farbenfroher Tross im Schottenkaro mit Dudelsäcken.

»Damit versucht er die Royalisten einzuschüchtern«, flüsterte Fox seiner Begleiterin zu, während sie auf dem Rasen vor dem Schloss standen und die Parade beobachteten. »Bei den Verhandlungen kann der Laird nicht viel in die Waagschale werfen, und so will er seine Gegner auf andere Weise beeindrucken.«

»Wie mitreißend die Dudelsackmusik klingt!«, meinte Grace. »Findest du nicht auch, Foxworth?«

»O ja.« Nur zu deutlich erinnerte er sich an diese Melodien. »Wenn man sie auf dem Schlachtfeld hört, gefriert einem das Blut in den Adern.«

»Das kann ich mir vorstellen«, erwiderte sie, nicht ohne Stolz.

Fox verschwieg ihr, welche Zukunft diesem Musikinstrument drohte. Nach der Schlacht von Culloden würden die Engländer die Dudelsackmusik verbieten. Und dann würde sie in der rauen Wildnis des Hochlands verstummen. Auch die Plaids mussten verschwinden und die Schotten durften keine Waffen mehr tragen. Das alles würde geschehen, wenn die nächsten Tage erfolglos verliefen.

Denn Lord Morgan und Graces Onkel hatten verkündet, sie würden nur fünf Tage hier bleiben. Innerhalb von fünf Tagen sollte ein Abkommen getroffen werden, das alle Beteiligten zufrieden stellen würde. Doch die Engländer fühlten sich nicht bemüßigt, irgendwelche Zugeständnisse zu machen, weil es viel einfacher war, Stimmen zu kaufen.

Fox sah Alex über den Rasen schlendern und winkte ihm.

»Ah, da seid Ihr ja!«, rief Alex. »Was haltet Ihr von diesem Aufmarsch? Ein großartiges Spektakel!«

»Soeben hat Fox erwähnt, wie die Dudelsäcke auf dem Schlachtfeld klingen«, bemerkte Grace.

»Vor allem, wenn man auf der Gegenseite steht«, ergänzte Fox.

»Hier wird nicht gekämpft«, betonte Alex. »Wenigstens nicht mit Schwertern und Pistolen.«

»Glauben Sie, bei diesen Verhandlungen wird etwas Gutes herauskommen?«

»Das lässt sich wohl kaum abschätzen. Ich weiß nicht, ob die Jakobiten kompromissbereit sind. Im Augenblick protestieren sie gegen die Union in jeder Form.«

»So wie du und die Country Party«, fügte Grace hinzu.

»Vielleicht wären wir eher zu einem Kompromiss bereit.«

»Was ich von den Royalisten nicht erwarte«, seufzte Fox. »Immerhin sitzen sie am längeren Hebel.«

»Das stimmt«, betätigte Alex. »Eines Tages müssen Sie mir

erzählen, wie Sie diese Leute an den Verhandlungstisch gebracht haben ... Seien Sie nicht zu bescheiden Foxworth, vorhin erklärte Lord McKinzie, er sei nur Ihretwegen hier.«

»Aber es war gewiss nicht *meine* Idee, die Besprechung auf Maymont abzuhalten.«

»Einen besseren Ort gibt es gar nicht. Wie wir alle wissen, steht Lord Archey weder auf der einen noch auf der anderen Seite. Vermutlich weiß er selber nicht, ob er die Union wünscht.«

»Irgendwie wird er sich sicher einmischen«, meinte Fox und bot Grace seinen Arm. Inzwischen war die imposante Parade beendet und der Laird hinter den Schlossmauern verschwunden. Die Mitglieder seines Clans schlugen ein Lager an der Südseite des Rasens auf. Dort würde sie fünf Tage lang kampieren.

Für Grace und Fox waren Zimmer im Hauptgebäude vorbereitet worden, allerdings in verschiedenen Flügeln. *Glaubt der Earl tatsächlich, ich würde Grace auch nur eine Sekunde lang aus den Augen lassen?*, überlegte Fox. Natürlich war sie nicht allein – Maude bewohnte das Zimmer neben ihrem.

»Nach der Mahlzeit beginnen die Gespräche.« Voller Stolz fügte Alex hinzu: »Obwohl Andrew Fletcher unsere Partei repräsentiert, bat er mich, die Eröffnungsrede zu halten.«

»Und Elsbeth MacLinn wird zuhören«, prophezeite Grace.

»O ja. Sie wollte ihren Vater unbedingt begleiten. Darüber ist er gar nicht glücklich. Ich fürchte, er mag mich nicht.«

»Wahrscheinlich ist es eher Ihre Politik, die ihm missfällt«, erwiderte Fox, während sie dem Ziegelweg folgten, der zum Schloss führte. »An Ihrer Stelle würde ich das Mädchen trotzdem umwerben.«

»Genau das habe ich vor. Und ich glaube, das Herz der Lady gehört mir schon jetzt.«

»Kein Wunder …«

»Mich überrascht es auch nicht«, versicherte Grace. »So ein zauberhaftes, schönes Mädchen … Ich würde mich wirklich für dich freuen, Alex.«

»Jetzt werde ich dich nicht mehr mit meinen Heiratsanträgen belästigen.«

»Oh, die fand ich sehr schmeichelhaft.«

»Übrigens, für dich freue ich mich ebenfalls, Gracie. Was immer in den nächsten Tagen geschehen wird – du bist nicht mehr die Frau, die nach Glenraven geflohen ist.«

»Vielleicht irrst du dich. Nach den Verhandlungen reise ich ins Moor.«

»Wir werden heiraten«, sagte Fox etwas zögernd. Allzu viel Zeit war nicht vergangen, seit er im Adlerfarn Alex' Heiratsantrag und Graces Ablehnung gehört hatte. Aber Alex lächelte entzückt und rief sogar seinen Freund Andrew Fletcher herbei, um ihm die Neuigkeit mitzuteilen. Ehe Fox und Grace wussten, wie ihnen geschah, schienen alle Anwesenden Bescheid zu wissen.

Wenige Minuten später wurden sie von Gratulanten umringt, die sich vor Grace verneigten und auf Fox' Schultern schlugen. Für einen Augenblick vergaß er beinahe, warum sie sich alle in Maymont versammelt hatten. Aber nach der Mahlzeit suchten die Kontrahenten und ihr Publikum den Ballsaal auf, und die Realität kehrte zurück.

In der Mitte des Raumes stand ein großer, blank polierter Tisch. Angespannt schaute Fox sich um. Würde er hier weiteren Personen aus seinem anderen Leben begegnen? Als er einen durchdringenden Blick spürte, drehte er sich abrupt um und hielt nach Grace Ausschau. Aber es war Lord Archey, der auf ihn zukam.

»Unsere liebe Grace hat sich mit den anderen Damen zurückgezogen. Vermutlich wollen sie sich vor dem abendlichen Amüsement frisch machen.«

Ironisch hob Fox die Brauen. Es fiel ihm schwer, den Earl zu betrachten, ohne den verwerflichen Sir Edwin White aus jener anderen Zeit zu sehen. »Also glauben Sie, die Verhandlungen werden amüsant verlaufen?«

»O ja. Erzählen Sie mir bloß nicht, nach Ihrer Ansicht würde etwas Gutes dabei herauskommen.« Lord Archey lachte leise. »Oder etwa doch?«

»Nachdem Sie darauf bestanden haben, die Besprechungen in Ihrem Schloss abzuhalten, verblüfft mich Ihre Skepsis.« Fox sah sich wieder um und hoffte, Grace zu entdecken. So fest hatte er sich vorgenommen, stets an ihrer Seite zu bleiben. Und jetzt war ihm nicht einmal aufgefallen, dass sie sich entfernt hatte.

»Stammt dieser Vorschlag von mir? Ich entsinne mich nicht. Aber welcher Gastgeber würde sich sträuben, so zahlreiche interessante Gäste zu beherbergen?«

»Lauter Leute, die nicht wissen, wo Sie in der Unionsfrage stehen, Sir. Ein lebhaft erörtertes Thema … Zweifellos haben Sie sich eine Meinung gebildet.«

»Ah, mein lieber Junge, ich lernte schon vor vielen Jahren, meine Ansichten für mich zu behalten. Deshalb habe ich nur wenige Feinde.«

»Und noch weniger Freunde?« Falls Fox erwartet hatte, den Earl zu ärgern, wurde er enttäuscht. Lord Archey lachte schallend.

»Aber ganz im Gegenteil! Fragen Sie doch Ihre schöne Braut.«

»Das tat ich bereits«, entgegnete Fox. »Übrigens, ich habe

einige Ausdrucksformen Ihrer *Freundschaft* miterlebt. Wenn Sie mich jetzt entschuldigen würden – ich muss nach Grace sehen.«

Zu seiner Erleichterung sah er sie mit Maude an der Tür stehen, die zur Terrasse führte, einen Fächer in der Hand. »Um Himmels willen! Habe ich nicht gesagt, du sollst stets in meiner Nähe bleiben?«

»Du hast dich so angeregt mit Lord Archey unterhalten. Da wollte ich nicht stören.«

»Bitte, Grace, ich meine es ernst. Maude, würden Sie ihr das klar machen?«

»Sie versuchen immer noch, die Dinge zu beeinflussen, Reisender.«

Mühsam unterdrückte Fox einen Fluch und wandte sich wieder Grace zu.

»Ich habe etwas Interessantes herausgefunden ...«, begann sie, verstummte aber, als Lord Archey ans Kopfende des großen Tisches trat. »Später«, wisperte sie, und Fox musste seinen Zorn wohl oder übel bezwingen. Was zum Teufel dachte sie sich eigentlich? Sie sollte doch nichts »herausfinden«, mochte es interessant sein oder nicht.

Lord Archey hielt eine Begrüßungsrede, die Fox vor Augen führte, warum der Mann von so vielen Leuten geschätzt wurde. Bereitwillig lachten sie über seine geistreichen Scherze und nickten ernsthaft, während er die große Bedeutung der bevorstehenden Gespräche hervorhob. Dann wurden die Sitzungsteilnehmer der Reihe nach vorgestellt, und jeder sagte ein paar Worte. Fast eine Stunde verging, bis die Verhandlungen anfingen. Lord McKinzie erörterte die guten Beziehungen zwischen England und Schottland, die dank gemeinsamer Bestrebungen zustande gekommen seien. In ehrerbietigem Ton pries er die

Königin, die auch Schottland regierte, und betonte, die Union sei ihr innigster Wunsch. Eindringlich wies er auf die wirtschaftlichen Vorteile hin, die Schottland aus einer Partnerschaft mit England ziehen würde. Das Ausländergesetz, vom englischen Parlament verabschiedet, streifte er nur kurz, ebenso die Zukunft, die schottische Bürger und Unternehmer in England erwarten würde, falls die Union nicht zustande käme.

Mit keinem Wort wurden die Darien-Kolonie und die derzeitigen finanziellen Schwierigkeiten Schottlands erwähnt. Darüber waren die Anwesenden ohnehin informiert.

Nun stand Alex auf und erläuterte die Grundsätze der Country Party. Leidenschaftlich sprach er von Patriotismus und Loyalität, und Fox verstand, warum Graces Freund zum Abgeordneten gewählt worden war.

Laird MacLinn machte keinen Hehl aus seiner Verachtung, die der englischen Thronfolge galt. Wortreich setzte er sich für König James ein, der nach seiner Meinung auf den englischen und schottischen Thron zurückkehren müsste. Dafür wollte er bis zum letzten Atemzug kämpfen.

Und so verfocht jede Gruppe ihre eigenen Prinzipien. Lord McKinzie beschwor die Stimme der Vernunft herauf, Alex appellierte an den schottischen Stolz, was ihm verdammt gut gelang. Nach dem Ende seiner Rede wäre Fox beinahe aufgesprungen, um zu applaudieren. Und MacLinn sprach einfach aus, was er empfand: Es würde keinen Kompromiss geben, ein Krieg wäre unvermeidlich.

Diesen Standpunkt konnte Fox nicht akzeptieren. Bleischwer lag die drohende Gefahr auf seiner Seele. Also war seine Zeitreise vergeblich gewesen, er würde die Geschichte nicht ändern.

1715 würde die Rebellion stattfinden, die Schlacht von Culloden würde die Herzen aller Schotten und einiger Engländer verwunden. Für nichts und wieder nichts. Mochte die Konferenz auch noch so lange dauern, das Ergebnis wäre stets das gleiche.

Als Grace seinen Arm berührte, schreckte Fox aus seiner dunklen Verzweiflung auf. »Stimmt etwas nicht?«

Er zwang sich zu lächeln, denn er spürte ihre Enttäuschung. Auch sie musste den Misserfolg der Verhandlungen vorausahnen. Aber dann las er in ihren schönen grünen Augen, was sie für ihn empfand und ergriff ihre Hand. Nur ihr zuliebe war er hierher gekommen.

Nach den einleitenden Reden begannen ernsthafte Diskussionen. Die meisten Zuhörer wurden gebeten, den Saal zu verlassen. Aber so wie im Parlament, wo an der Nordseite einige Plätze für privilegierte Bürger reserviert waren, durfte auch in Maymont ein Teil des Publikums die Debatte verfolgen. Dazu gehörte auch Fox. Aber er zog es vor, mit Grace hinauszugehen. Er hatte den Kontrahenten nichts zu sagen – nichts, was sie nicht selber erkennen würden, wenn sie in die Vergangenheit blickten. Unentwegt schien sich die Geschichte zu wiederholen, und Fox glaubte, daran würde sich nichts ändern, bis die Menschheit lernte, Kompromisse zu schließen.

Würde an diesem Tag ein erster Schritt in diese Richtung unternommen? Fox zweifelte daran.

Grace geduldete sich bis zum Abend, bevor sie das Thema William anschnitt. Nun stand sie Fox in ihrem Zimmer gegenüber und fürchtete, es würde ihm missfallen, dass sie sich bei einigen Leuten nach dem Diener erkundigt hatte. Damit behielt sie Recht. Die Arme vor der Brust verschränkt, ahmte sie eine

Pose nach, die er oft einnahm, und hörte ihm zu, während er seinem Zorn Luft machte.

Wiederholt erklärte er, sie müsse stets in seiner Nähe bleiben. Schließlich fügte er sogar hinzu, er habe sich immer eine fügsame Ehefrau gewünscht. Grace trommelte mit der Fußspitze auf den Boden.

Als Fox endlich verstummte, begann sie noch einmal von vorn. »Wie gesagt, ich erzählte Lord Archeys Tochter, mein Diener William sei davongelaufen, nachdem er mich mit einem Messer angegriffen habe. Sie kannte ihn …« Errötend senkte sie die Lider. »Ich glaube, er war ihr Liebhaber. Jedenfalls erschrak sie sichtlich, weil er zu einem solchen Verbrechen fähig war, denn er hatte stets zu den bevorzugten Dienstboten ihres Vaters gezählt.« Erwartungsvoll schaute sie Fox an, aber er schwieg beharrlich. »Nun?«

»Vielleicht weiß Lord Archey, dass William tot ist.«

»Selbst wenn das zutrifft – Lady Margaret hat keine Ahnung. Hast du mir zugehört? William war ein Günstling des Earls.«

»O Grace …« Erfolglos versuchte er, die Angst zu verdrängen, unter diesem Dach könnte ihr etwas zustoßen. »Das mag verdächtig erscheinen. Aber sosehr ich es auch bedauere, es beweist gar nichts. Wahrscheinlich wird es uns niemals gelingen, meine Theorie zu untermauern.«

»Unsere Theorie«, verbesserte sie ihn.

»Also gut – unsere Theorie.« Fox zog sie an seine Brust. »Wie gern würde ich dich für die schmerzlichen Jahre entschädigen, die du diesem Mann verdankst … Aber solange er kein Geständnis ablegt, werden wir die Wahrheit wohl nie erfahren. Es sei denn, ich fordere ihn heraus.«

»Großer Gott, das darfst du nicht …«

»Glaubst du, ich könnte ein Duell gegen Lord Archey nicht gewinnen?«

»Doch, aber …«

»Überlass alles Weitere mir, Grace. Ich kenne die Gedankengänge des Earls. Damit musste ich mich schon einmal auseinander setzen. Und ich nehme an, das weiß er. Irgendwie scheine ich seine Nerven zu strapazieren.« Fox' Augen verengten sich. »Hörst du mir zu, Grace?«

»Was? O ja, natürlich, Foxworth.« Sie hatte zugehört und gleichzeitig nachgedacht. Möglicherweise wäre es gar nicht so schwierig, dem Earl ein Geständnis zu entlocken. Und sie wusste auch, wie. Dafür würde sie Zeit brauchen. Und sie müsste allein vorgehen. Das würde ihr Foxworth nicht gestatten.

Anmutig kehrte sie ihm den Rücken. »Würdest du mein Kleid öffnen?« Sobald er ihre Schulter berührte, war es nicht mehr nötig, Begierde zu heucheln. Seine Hände glitten über ihren Rücken hinab und weder nach oben. Während er langsam die Bänder löste, die das Oberteil zusammenhielten, küsste er ihren Nacken. Das Kleid fiel hinab, und Grace drehte sich zu Fox um. Sehnsüchtig presste sie ihre nackten Brüste an ihn.

Sie sanken aufs Bett und er befreite sie genussvoll von der restlichen Kleidung. Dabei ließ er sich viel Zeit, küsste und liebkoste ihre Haut, die sich, von seinem Mund befeuchtet, wie Seide anfühlte. So einladend … Hastig schlüpfte er aus seiner Reithose.

Und dann lag er auf ihr und drückte sie noch tiefer in die Matratze. Oft genug hatte er sie geliebt, trotzdem war es jedes Mal wieder eine neue Erfahrung. Aber immer fühlte er sich stark, wenn er Grace umarmte.

Hingebungsvoll küssten und berührten sie einander, so wie alle Liebenden. Aber was Fox für Grace empfand, ging über das Hier und Jetzt hinaus. Ihre Körper verschmolzen, strebten der Erfüllung entgegen. Und ihre Seelen schwebten zum Himmel hinauf.

»Verlass mich niemals«, flüsterte er, als sie ermattet und zufrieden beisammen lagen.

Sie murmelte eine Antwort an seiner Brust, und ihr Atem kühlte sein immer noch erhitztes Fleisch. Aber sie war zu schläfrig, und so verstand er nicht, was sie sagte. Zweifellos genau das, was er hören wollte. Glücklich nahm er sie in die Arme und schlief ein.

Am nächsten Morgen erwachte er in ihrem Bett – allein.

19

Er schlenderte durch den Park und pflegte seine Rosen.

Nicht einmal eine weltbewegende Konferenz in seinem Schloss konnte den Earl an seinem allmorgendlichen Spaziergang hindern. Damit hatte Grace gerechnet.

Zwischen den sorgsam gestutzten Buchsbaumhecken eines Labyrinths ging sie zum Rosengarten und entdeckte ihn. Eine Schere in der Hand, stand er vor rosa blühenden Büschen. Um Atem zu schöpfen, verlangsamte sie ihre Schritte. Allzu tapfer war sie nicht. Zumindest hatte sie sich nie für tapfer gehalten.

Aber sie redete sich ein, ihre Sorge sei unbegründet. Immerhin würde sie dem Earl nicht hinter verschlossenen Türen gegenübertreten. Durch die meisten Fenster an der Südseite des Schlosses konnte man den Park überblicken, und sie roch die Lagerfeuer des MacLinn-Clans.

Außerdem hatte sie eine Nachricht hinterlegt.

Von diesem Gedanken ermutigt, setzte sie ihren Weg fort. Abrupt blieb sie auf dem Ziegelpfad stehen, als Lord Archey herumfuhr. »Ah, meine liebe Grace, Sie haben mich erschreckt. Warum sind Sie schon so zeitig aus den Federn gekrochen?«

»Nun ja – ich hatte gehofft, Sie unter vier Augen sprechen zu können, Sir.«

»Natürlich, sehr gern.« Der Earl kräuselte die schmalen Lippen. »Aber ich kann meine Arbeit nicht unterbrechen, denn ich ziehe es vor, meine Lieblinge zurechtzustutzen, bevor die Sonne noch höher am Himmel emporsteigt.« Lächelnd bedeutete er Grace mit seiner Schere, vorauszugehen. An seinem Arm hing ein großer Korb, in den er die abgeschnittenen Blüten warf. »Die Rosen sind hochinteressant, Grace. Wie die Menschen. Wenn sie ihr Bestes tun sollen, muss man sie gnadenlos stutzen.« Er zog einen Stängel zu sich heran und strich über die samtigen Blütenblätter einer perfekten Rose. »Zum Beispiel diese hier … Manche würden sagen, sie hätte den Gipfel der Schönheit erreicht. Und ist das nicht die wichtigste Pflicht der Rosen? Schön zu sein?«

Als Grace merkte, dass er eine Antwort erwartete, nickte sie. »Das nehme ich an. Aber sie verströmen auch einen süßen Duft.«

»Vor allem die Schönheit zählt. Jeder muss der Welt bieten, was sie von ihm erwartet.« Geschickt schnitt er die Blüte ab, und sie landete im Korb. Dann lachte er über Graces sichtliche Verblüffung.

»Sie war noch so schön.«

»Dem Zenit folgt nur mehr der Verfall, meine Liebe. Daran sollten Sie stets denken. Für das Wohl des gesamten Busches müssen sich einzelne Rosen opfern.«

»Lag das in Dugalds Absicht? Ein Opfer auf sich zu nehmen?« Ohne nachzudenken, hatte sie die Worte ausgesprochen. Auf diese Weise hatte sie ihre Anklage nicht vorbringen wollen. Jetzt ließ sich nichts mehr daran ändern.

Lord Archeys Augen verengten sich. Während er zum nächsten Rosenbusch wanderte, bemerkte er: »Dugald entschloss sich zum Selbstmord. Gewiss, eine Tragödie … Aber es war seine eigene Entscheidung.«

»Glauben Sie das wirklich?«

»Diese Ansicht teile ich mit vielen Leuten. Und wenn man Dugalds Gemütsverfassung zum Zeitpunkt seines Todes berücksichtigt, wäre es sicher sehr taktvoll und großzügig, einen Unfall zu vermuten.« Der Earl blieb stehen, um eine Rose zu prüfen. »Nun, ich bin ein großzügiger Mann.«

»Allerdings. Dienstboten, Kleider, Tafelsilber. Sogar eine Kutsche. Wer solche Dinge verschenkt, ist *sehr* großzügig.«

Fast wahllos begann er Blüten abzuschneiden. »Da irren Sie sich, meine Liebe. Ich lieh Ihnen nur ein paar Dienstboten – das war alles.«

»Ja, das dachte ich die ganz Zeit. Und ich war Ihnen so dankbar. Ich hielt Sie für einen Heiligen unter den Menschen. Insbesondere, nachdem sich die meisten Leute von Dugald und mir abwandten.«

»Dann verstehe ich Ihr Problem nicht, Grace. Meinen Sie, ich hätte zu wenig getan?«

»Zu viel. Und ich fühle mich schrecklich albern, weil ich nichts merkte. Die Kleider, das Silber … Zweifellos erwarteten Sie, ich würde Dugald diese Verschwendung anlasten – und er mir.«

»Für solche Fantasien fehlt mir die Zeit, mein Kind.«

»Es sind keine Fantasien. Das wissen Sie. Auch Dugald wusste es. Deshalb beging er Selbstmord.«

Plötzlich wandte er sich zu Grace, zückte die Schere und drängte sie auf dem Ziegelweg zurück. Dornen zerrten an ihrem Rock und zerrissen die Seide. »Davon will ich nichts mehr hören. Haben Sie mich verstanden?«

Der Impuls, die Flucht zu ergreifen, überwältigte sie beinahe. Wenn sie zum Haus rannte, würde sie Foxworth treffen, der nach ihr suchte … Sie würden ins Moor reiten, sich für immer auf Glenraven verstecken, nur füreinander leben. Dazu riet ihr die Stimme der Vernunft. Doch sie hatte sich zu weit vorgewagt, um den Rückzug anzutreten. Und es würde nicht mehr lange dauern, bis der Earl seine Machenschaften zugab.

Entschlossen blieb sie stehen, hob das Kinn und starrte in seine Augen. »Dugald hat mir alles erzählt.«

Ohne zu antworten, eilte er weiter. Hier und da schnitt er eine Rose ab, machte sich aber nicht die Mühe, sie in den Korb zu werfen. Um mit ihm Schritt zu halten, musste Grace laufen und zertrampelte die Blüten.

»Er schrieb mir einen Brief – und er hinterließ Beweise«, log sie, denn Lord Archey wirkte zwar erbost, schien sie aber nicht ernst zu nehmen.

Mit dieser Behauptung erzielt sie den gewünschten Erfolg. Als er sich umdrehte, verzerrte blanker Hass das ansonsten so freundliche Gesicht. »Es gibt keine Beweise.«

»Vielleicht keine eindeutigen ...« Nun fühlte sie sich immer sicherer. »Trotzdem würden sie genügen, um meinen Onkel zu interessieren – sogar die Königin.«

Der Earl erweckte zunächst den Eindruck, er würde Graces Drohung ignorieren. Er fuhr fort, die Rosenbüsche zu stutzen, jetzt wieder etwas sorgfältiger. Während sie ihn begleitete, wahrte sie vorsichtshalber eine gewisse Distanz.

Schließlich wandte er sich um, und sie erkannte, dass der Abstand viel zu gering war. »Was wollen Sie?«

»Die Wahrheit.«

»Oh – ich dachte, Sie wüssten Bescheid«, spottete er.

Schweren Herzens gestand sie sich ihr mangelndes Talent für Lügen und Intrigen ein. Doch sie hielt seinem herausfordernden Blick stand. »Erzählen Sie mir, wie Sie es gemacht haben, und warum.«

»Und welche Gegenleistung bieten Sie mir an? Den Galgen?«

»Ich gebe ihnen die Beweise, die Dugald hinterließ. Offenbar hat er nicht mit meiner Übersiedlung nach Glenraven gerechnet. Er nahm an, ich würde in Edinburgh bleiben und das Versteck erforschen, das wir benutzten, um Nachrichten auszutauschen – eine seiner romantischen Ideen … Diese Briefe legten wir hinter einen losen Ziegel im Kamin. Dort schaute ich erst nach meiner Rückkehr in die Stadt nach.«

»Und was hat Sie daran gehindert, anderen Leuten von Ihrer Entdeckung zu berichten?«

»Mit alldem will ich nichts mehr zu tun haben. Demnächst werde ich wieder nach Glenraven reisen.«

»Welche Beweise befinden sich in Ihrem Versteck?«

Zu ihrer Bestürzung war sie nicht auf diese Frage vorbereitet. Daran hätte sie natürlich denken müssen … Ihre Gedanken überschlugen sich. Glücklicherweise fiel ihr Foxworths Unterredung mit dem Kaufmann ein. »Dugald hatte die neue Kutsche nicht bestellt. Als ich ihm versicherte, ich wüsste ebenfalls nichts davon, glaubte er mir.« Wäre es doch so gewesen … »Er schöpfte Verdacht und sprach mit dem Händler, der den Wagen aus England importierte, einem gewissen Mr. McGreger. Dieser Mann erklärte, einer Ihrer Diener habe ihm den Auftrag erteilt. Daraufhin befragte Dugald mehrere Leute, vor allem die Dienstboten, und fand alles heraus. Seine diesbezüglichen Notizen legte er in unser Versteck.«

»Und diese Aufzeichnungen wollen Sie Ihrem Onkel zeigen?«

»Ja. Falls Sie mir nicht die Wahrheit gestehen.«

»Nur zu, Grace. Selbstverständlich werde ich bestreiten, was Sie mir vorwerfen. Oder ich gebe zu, ich hätte meinen lieben

Freunden eine Kutsche geschenkt.« Vor dem Eingang eines Schuppens blieb er stehen. »Das wird man mir wohl kaum übel nehmen.«

»Doch, wenn sich herausstellt, dass Sie das Geld der Darien-Investoren veruntreut haben.«

»Das hat Dugald Ihnen mitgeteilt?«

»Ja«, log sie.

»Oh – jetzt habe ich Sie durchschaut.« Der Earl betrat den Schuppen, in dem Gartengeräte verwahrt wurden, und Grace blieb ihm auf den Fersen. »Davon wusste Ihr Gemahl nämlich nichts«, fügte er hinzu und schloss die Tür. »Diesen Teil der Geschichte erzählte ich ihm erst, ein paar Minuten bevor ich ihn erschoss. Und so fand er keine Zeit mehr, um Sie darüber zu informieren, meine Teure.«

Hastig schlüpfte Fox in seine Reithose, die Stiefel und das Hemd, bevor er aus Graces Zimmer eilte.

Was zum Teufel bildete sie sich eigentlich ein?

Auf der Treppe stieß er beinahe mit einer Dienerin zusammen, die ein Silbertablett mit einer Kanne Schokolade und Tassen nach oben trug. Als er sie an der Schulter rüttelte, klirrte das Geschirr bedenklich. »Wo ist der Rosengarten?«

»Draußen, Sir«, würgte sie verängstigt hervor.

»Verdammt, das weiß ich! Wo draußen? Vor oder hinter dem Haus? Hat es Ihnen die Sprache verschlagen?«, fauchte er, als sie ihn einfach nur anstarrte.

Fluchend rannte er die restlichen Stufen hinab und zur Vordertür hinaus. Er spähte nach rechts, dann nach links. Nirgends entdeckte er einen Rosengarten. Auf dem Weg zur Seitenmauer des Schlosses traf er einige Clanmitglieder, die ihm keine Auskunft geben konnten. Erbost lief er durch den Küchengarten, zerquetschte Zwiebeln und Kräuter unter seinen Sohlen.

Zur Rechten fand er das Buchsbaumlabyrinth. Ohne Rücksicht auf die gepflegten Hecken stürmte er hinein. Endlich erreichte er den Rosengarten. »Grace!«, rief er in wachsender Panik.

Ein paar Sekunden später hörte er Stimmen und bog nach links. Zwischen zwei Rosenspalieren gelangte er zu einem runden Kiesplatz, in dessen Mitte ein Brunnen plätscherte. Drei Männer saßen auf einer Bank.

»Wo ist sie?«, schrie Fox, packte Lord Archey am Kragen und zerrte ihn hoch. Lord McKinzies Protest gegen dieses ungehörige Benehmen drang nur vage in sein Bewusstsein. »Sagen Sie es, oder ich töte Sie mit bloßen Händen, so wahr mir Gott helfe!«

»Foxworth!«

»Mr. Morgan!«

Vier Hände zerrten an ihm.

»Helft uns doch! Kommt hierher!«

Die beiden Männer, die ihn bekämpften, konnte er mühelos abwehren. Aber was einer der Gentlemen sagte, drang in Fox' Bewusstsein.

»Wenn Sie ihn erwürgen, kann er Ihnen nichts mehr erzählen«, stieß Lord McKinzie hervor.

Langsam lockerte Fox seinen Griff, aber er ließ den Kragen des Earls nicht los. »Was haben Sie mit ihr gemacht?«

»Mit wem, Foxworth?«, fragte sein Großvater.

»Das weiß er!« Fox' Finger krallten sich in die feine Seide des Jacketts. »Wo ist Grace? Was haben Sie mit ihr gemacht, Archey? Hoffen Sie zu Gott, dass sie noch am Leben ist!«

»Meine liebe Grace ...« Die Stimme des Earls klang hoch

und schrill, und er räusperte sich. Dann begann er noch einmal von vorn. »Meine liebe Grace habe ich seit gestern Abend nicht gesehen. Sie verließ den Ballsaal. Zusammen mit Ihnen, Mr. Morgan.«

»Lügner!« Fox umklammerte den Kragen des Jacketts wieder etwas fester und hob den Mann hoch. »Sie sind ein Lügner und Mörder!«

Aus seiner würdelosen Position heraus starrte Lord Archey die beiden anderen Männer Hilfe suchend an. »Ist er verrückt? Was stimmt denn nicht mit ihm?«

»Stellen Sie ihn sofort auf die Füße, Foxworth!« Irgendetwas in dieser Stimme, die Fox in seiner Kindheit oft gehört hatte, zwang ihn zu gehorchen. »Und jetzt verlangen wir eine Erklärung für Ihr Verhalten.«

Eine Zeit lang zögerte Fox, dann fasste er einen Entschluss. Es wäre vielleicht besser, den Gentlemen mitzuteilen, was er wusste. »Seit heute Morgen ist Grace verschwunden. Und sie hinterließ diese Nachricht.« Er entfernte eine Hand von Lord Archeys Kragen. Als er die Faust öffnete, kam ein zerknittertes Pergament zum Vorschein. »Sie wollte ihn treffen.« Wütend schüttelte er den Earl. »Im Rosengarten.«

Lord Morgan ergriff das Pergament und brauchte nach Fox' Ansicht endlos lange, um es zu glätten. Dann überflog er die wenigen Zeilen. »Ja, das hat sie geschrieben.«

»Aber ich war nicht mit ihr verabredet«, behauptete Lord Archey. »Und ich habe sie auch nicht gesehen. Sie beide waren mit mir zusammen! Sagen Sie ihm das!«

»Das stimmt. Vor etwa einer halben Stunde haben wir uns hier getroffen.«

»Da sehen Sie es, Morgan. Wahrscheinlich will Grace Sie nur ein bisschen zum Narren halten.« Mit einem spöttischen

Grinsen fügte Lord Archey hinzu. »Die beiden sind nämlich ein Liebespaar.«

Als Fox den durchdringenden Blick zweier Augenpaare spürte, ließ er den Earl los und trat zurück. »Er versuchte, Grace zu töten. Vor ein paar Tagen ertappte ich seinen Diener William, der sie mit einem Messer bedrohte.«

»Einfach lächerlich! William ist ein vertrauenswürdiger Mann.« Seufzend strich Lord Archey sein Jackett glatt. »Seht ihn doch an!«, rief er und zeigte mit einem Finger auf Fox. »Offensichtlich ist er verrückt! Das Haar wild zerzaust, unzulänglich bekleidet läuft er umher und jagt anständigen Leuten Angst ein – und erfindet Lügen, obwohl sicher nur der Streit eines Liebespaares hinter alldem steckt.«

»In dieser Nachricht steht, dass Grace MacCammon mit Ihnen im Rosengarten sprechen wollte, Hugh«, betonte Lord Morgan. »Und sie bittet Foxworth, ihr zu folgen, wenn er erwachen würde.«

»Dann muss sie irgendwo aufgehalten worden sein. Oder sie hat einen präsentableren Liebhaber gefunden …«

Sobald Lord Archey die letzten Worte ausgesprochen hatte, landete Fox' Faust in seinem Gesicht. Lord Morgan und Graces Onkel sprangen vor, um Fox festzuhalten. Diese Mühe hätten sie sich sparen können. Mit dem niederträchtigen Bastard war er vorerst fertig.

Aber Lord Archey unglücklicherweise nicht mit ihm. Mit bebenden Fingern zog er ein Taschentuch hervor und betupfte seine blutende Unterlippe. »Hier sind Sie nicht mehr willkommen, Mr. Morgan. Verschwinden Sie!«

Das Erste, was Grace wahrnahm, war etwas Feuchtes an ihrer Wange, und pochende Schmerzen hinter ihrem linken Ohr.

Irgendwo erklang ein scharrendes Geräusch. Grace öffnete stöhnend die Augen. Behutsam strich sie über ihr Haar und schnitt eine Grimasse, als sie etwas Warmes, Klebriges berührte.

Wie dumm von mir, Lord Archey in diesen Schuppen zu folgen, dachte sie und schüttelte den Kopf. Sofort wurde sie von heftiger Übelkeit erfasst. War sie gestürzt? Oder hatte er sie niedergeschlagen? Daran erinnerte sie sich nicht.

Aber sie wusste, was er ihr erzählt hatte.

Langsam stand sie auf, ignorierte das Schwindelgefühl und die quiekenden Mäuse. Während sie an einer steinernen Mauer lehnte, wartete sie, bis sich ihre Augen an die Finsternis gewöhnt hatten. Dann sah sie einen Tisch und Gartengeräte, die an den Wänden hingen. Auf dem Boden stapelten sich zusammengefaltete Säcke.

Mit vorsichtigen Schritten durchquerte sie den Schuppen. Nur durch die Ritzen rings um die Tür drang schwaches Licht herein. Grace ertastete den Knauf und versuchte ihn herumzudrehen. Als er nicht nachgab, sank sie wieder an die Wand. Doch sie richtete sich sofort auf und rief um Hilfe. Immer wieder, bis sie sich heiser schrie, bis sie kaum noch einen Laut hervorbrachte. Entweder konnte man sie nicht hören, oder man kümmerte sich nicht um ihre Notlage. Schließlich verstummte sie und schaute sich nach einem Werkzeug um. Irgendetwas, womit sie die Tür aufbrechen – oder den Earl attackieren könnte. Bevor er zurückkehrte, musste sie sich wappnen.

»Nun?«

»Um Himmels willen, Foxworth!« Als Alex herumfuhr, flatterte sein Umhang im Laternenlicht. »Schonen Sie meine Nerven!«

»Immer noch keine Spur von Grace?«

»Keine einzige. Bevor Sie mich gewaltsam aus dem Haus holten, erfüllte ich Ihren Wunsch. Ich sprach mit Lord Morgan und MacLinn. Erstaunlicherweise glauben beide Männer Ihre Geschichte, und Lord Morgan heftete sich an die Fersen des Gastgebers. Später schwor er mir, Lord Archey habe den Ballsaal den ganzen Abend nicht verlassen. MacLinn befahl seinem Clan, den Park abzusuchen. Bis jetzt haben die Leute nichts gefunden.«

»Und ich bin alle Straßen im meilenweiten Umkreis entlanggelaufen. Grace hat Maymont nicht verlassen. Also muss sie irgendwo im Schloss sein. Oder im Park. Ich gehe mit Ihnen zurück, Alex.«

»Lieber nicht. Lord Archey hat erklärt, er würde einige seiner Diener bewaffnen. Womöglich befiehlt er den Leuten, Sie zu erschießen, sobald Sie sich blicken lassen, Foxworth. Bei der Konferenz verkündete er lauthals, Sie seien ein elender Schurke und eine ungeheure Gefahr für den Erfolg der Besprechungen.«

Von solchen Neuigkeiten ließ Fox sich nicht einschüchtern, und das hatte Alex auch gar nicht erwartet. »Wie entwickeln sich die Verhandlungen? Wurden inzwischen irgendwelche Fortschritte erzielt?«

»Nein. Die Hannoveraner haben immer noch das Sagen, und die Jakobiten drohen den Royalisten alle paar Minuten eine Revolution an. Nur in einem Punkt sind sich alle einig – wir müssen Grace finden.«

Schweigend gingen die beiden Männer in Richtung des Schlosses. Die Laterne in Alex' Hand wies ihnen den Weg. Als sie sich dem Rosengarten näherten, blieb er stehen. »Noch weiter dürfen Sie sich nicht vorwagen, Foxworth … Wohin gehen

Sie? Ich sagte doch – einige Diener sind bewaffnet! Hören Sie doch, man wird Sie entdecken!«

»Vorhin haben Sie erwähnt, der verdammte Bastard sei im Ballsaal.«

»Ja, aber … Verdammt noch mal, lassen Sie mich hineingehen! Ich hole ihn heraus!«

Zu spät. Fox hatte das Schloss durch eine Seitentür betreten. Entsetzt rannte Alex ihm nach und riss eine Pistole aus seinem Jackett.

Während Fox einem Korridor folgte, ebenfalls eine Waffe in der Hand, deckte Alex ihm den Rücken.

Fox stürmte durch eine Doppeltür in den Ballsaal, und Alex blieb ihm auf den Fersen. Aufgeregt eilte ihnen Lord Morgan entgegen. »Hier ist er nicht. Nur für ein paar Sekunden kehrte ich ihm den Rücken, um mit Andrew Fletcher zu reden. Und als ich mich umdrehte, war Archey verschwunden.«

»Wann?«, fragte Fox.

»Vor einer Viertelstunde. MacLinn hat seinen Clan beauftragt, Archey zu suchen. Soeben habe ich Graces Onkel Ihre Theorie erklärt, Foxworth.«

Fox nahm sich nicht die Zeit herauszufinden, was der Earl of Denbigh davon hielt. Stattdessen stürmt er aus dem Saal. Wo zum Teufel sollte er Grace suchen?

Das Schloss war riesengroß, der Park erstreckte sich über mehrere Morgen. Wo hatte Lord Archey seine Gefangene versteckt?

»Nehmen Sie sich in Acht, Foxworth! Sie können nicht einfach hier im Flur herumstehen.«

Als sich Fox zu Alex wandte, entdeckte er sie. In ihren Schal gehüllt, stand Maude im Schatten eines Alkovens. Ihre Blicke trafen sich. Das wusste er, obwohl er ihr Gesicht unter dem

Wollstoff nicht sah. Mit langen Schritten eilte er zu ihr und fürchtete beinahe, sie würde sich in Luft auflösen.

»Um Himmel willen, Foxworth, das ist nur Maude!«, rief Alex. »Glauben Sie mir, sie kann uns nicht helfen – ich habe sie schon befragt!«

»Oh, sie weiß viel mehr, als sie uns erzählt. Nicht wahr, Maude? So wie immer …«

»Wo Ihre Liebste ist, weiß ich nicht, Reisender. Ich habe sie nicht gesehen.«

»Aber sie lebt?« fragte Fox atemlos.

»Vorerst – ja.«

Das konnte sie ebenso wenig wissen wie er selbst. Trotzdem seufzte er erleichtert. »Wo soll ich nach ihr suchen, Maude?«

Unter dem karierten Schal hoben und senkten sich die schmalen Schultern. »Am besten da, wohin sie gehen wollte. Schrieb sie Ihnen nicht, sie würde den Rosengarten aufsuchen?«

»Dort haben wir überall nachgesehen, Foxworth!«, rief Alex. »Glauben Sie mir, die alte Frau weiß nichts!«

Ohne ihn zu beachten, rannte Fox den Korridor entlang. Als er Maudes Stimme hörte, blieb er kurz stehen.

»Reisender, Grace braucht Sie nicht!«

Er drehte sich zu ihr um und sah sie eindringlich an. »Aber wir sind füreinander bestimmt, und sie will es so!«

Feuchtkalte Nachtluft jagte einen Schauer über Graces Rücken. In ihrem Morgenkleid aus dünner Seide fror sie erbärmlich. Wie lange sie schon im Schuppen eingesperrt war, wusste sie nicht. Ihr Magen knurrte. Doch das war ein geringes Übel, verglichen mit den anderen. Die Kälte, die Kopfschmerzen, die aufgeschürften Finger …

Stundenlang hatte sie sich die Hände wund gearbeitet bei dem Versuch, mit einer Hacke ein Loch in die Tür zu schlagen, ohne nennenswerten Erfolg. Als die Dunkelheit hereinbrach, begann sie zu fürchten, Lord Archey würde an diesem Tag nicht mehr zurückkehren.

Wahrscheinlich dachte er, hier wäre sie gut aufgehoben. Ihre Hilferufe hatte niemand gehört. Und um ihre Abwesenheit zu begründen, hatte er vermutlich eine Geschichte erzählt, die sogar Foxworth glaubte.

Foxworth …

Wenn sie bloß wüsste, wo er sich gerade aufhielt … Würde ihm etwas zustoßen? Lord Archey war zu allem fähig. Falls er Fox etwas antat, würde sie sich niemals verzeihen, dass sie den geliebten Mann in ihre Schwierigkeiten hineingezogen hatte.

Ihr Kopf sank gegen die Wand, die Augen fielen ihr zu. Allem Anschein nach war sie eingeschlafen, denn sie träumte, in Foxworth' Armen zu liegen, als sie ein Geräusch an der Tür hörte. Ihr erster Impuls war zu schreien, der zweite die steifen Muskeln zu bewegen und unter den Tisch zu kriechen.

Im Licht der Laterne, die er hochhielt, erkannte sie ihn. Und sie sah die Waffe in seiner anderen Hand.

»Verstecken Sie sich vor mir, liebe Grace? Das wird Ihnen nichts nützen.«

Ihr Atem stockte, während er den Schuppen langsam durchquerte.

»Oder haben Sie sich irgendwo verkrochen, um zu sterben? So hart war mein Schlag auf Ihren Kopf nun auch wieder nicht. Kommen Sie hervor, Grace! Zeigen Sie sich! Ersparen Sie uns beiden Zeit und Mühe!«

Sie hatte einen Plan geschmiedet. Und sie würde nur eine einzige Gelegenheit finden, um ihn durchzuführen. Entschlossen krallte sie ihre Finger um den Stein, den sie in einer Ecke des Schuppens entdeckt hatte. In die Nähe des Tisches hatte sie einen Krug gestellt.

Die Augen geschlossen, schleuderte sie den Stein unter dem Tisch hervor. Klirrend prallte er gegen den Krug, und sie sah Lord Archey zusammenzucken, bevor die Pistolenmündung in die Richtung des Lärms zeigte. Grace hatte bereits den schweren Stiel einer Heugabel umklammert, als sie unter dem Tisch hervorsprang. Sie versuchte nicht an Foxworth zu denken – nicht an ihre übergroße Liebe. Die Zinken der Mistgabel bohrten sich gnadenlos in den Rücken des Earls.

Eine flackernde Fackel in der Hand, stürmte Fox durch den Rosengarten, als er den Schuss hörte. Er glaubte, sein Herz würde stehen bleiben. Aber irgendwie bewegten sich seine Füße immer noch, und er rannte zu der Stelle, wo der Knall die nächtliche Stille zerrissen hatte. Hinter einer Hecke fand er einen kleinen Schuppen.

Die Pistole entsichert, sprang er durch die offene Tür – auf alles gefasst.

Zuerst sah er die Gestalt, die auf dem Bauch lag. Aus Lord Archeys Rücken ragten die Zinken einer Heugabel.

»Grace?« Er wagte es kaum, ihren Namen auszusprechen. Später dachte er, sein Herz hätte erst wieder zu schlagen begonnen, als er ihre heisere Antwort hörte.

Hastig legte er die Fackel beiseite, rannte zu der Wand, vor der sie kauerte und riss sie in seine Arme.

»Ich glaube, ich habe ihn getötet«, flüsterte sie.

»Das hat er verdient.«

»Mit deiner Theorie hattest du Recht, Foxworth. In allen Punkten. Er prahlte mit seinem Mord an Dugald …«

»Still, Liebste. Jetzt musst du nicht reden.« Fox vergrub sein Gesicht in ihrem Haar. »Beruhige dich, er kann dir nichts mehr antun.«

»Aber er wird zurückkommen«, flüsterte sie, ihre Wange an seine Brust gepresst. »Wir alle kommen zurück – immer wieder.«

20

Sie kehrten nach Hause zurück.

Wie Fox erstaunt feststellte, betrachtete er England nicht mehr als seine Heimat. Auch die Zeit schien keine Rolle mehr zu spielen. Er war in Schottland, im Sommer des Jahres 1705, und er fühlte sich zu Hause, weil Grace hier lebte.

Fast zwei Wochen lang ritten sie nordwärts, nach Glenraven. Es war keine so hektische Reise wie jene, die sie nach Edinburgh geführt hatte. Diesmal versetzten sie die Pferde in gemächlichen Trab und genossen das milde Wetter, die Schönheit der Täler und Seen.

Maude begleitete sie, und ein Dutzend Pferde und Lasttiere folgte ihnen. Nachdem sich Lord Archeys Schuld am Scheitern des Darien-Projektes herausgestellt hatte, waren seine Ländereien und sein Vermögen beschlagnahmt worden. Grace hatte die Behörden ersucht, das Geld zu verwenden, um die verarmten Investoren zu entschädigen.

Wenn Fox auch bezweifelte, dass die gesamte Summe in ihre Taschen fließen würde – Grace lehrte ihn, seinen Zynismus zu mäßigen.

Auf Lord McKinzies Wunsch war ein Teil des konfiszierten Vermögens an Grace gegangen, zum Lohn für ihre Initiative, denn man verdankte ihr die Aufklärung der von Lord Archey verübten Verbrechen. Dagegen protestierte sie zunächst, dann nahm sie das Geld an, um Glenraven restaurieren zu lassen.

Dieser Plan faszinierte und beunruhigte Fox gleichermaßen. Tief in seiner Erinnerung vergraben, lauerte der Gedanke, dass er Glenraven nie erblickt hatte, als er während seines anderen Lebens im Drummoissie Moor gewesen war. Falls Grace das Schloss renoviert hatte – müsste er es nicht gesehen haben? Die Angst, diese alten Mauern könnten einstürzen, quälte ihn unentwegt. Doch das war unmöglich, wenn Grace ihre Absichten verwirklichen würde.

Entschlossen schüttelte er den Kopf, um seine Sorgen zu verdrängen. Er wollte nur noch an sein Glück denken – an Grace.

Das flammend rote Haar offen, das bezaubernde Gesicht voller Vorfreude, ritt sie neben ihm. Sie galoppierten voraus, Maude und die Karawane, die langsam dahintrottete, blieben hinter ihnen zurück. Seit sie das Moor erreicht hatten, vermochte Grace ihren Enthusiasmus nicht mehr zu bezähmen.

»Bald sind wir am Ziel!«, rief Fox.

Ihr Lächeln erwärmte sein Herz. »Ja – und ich kann es kaum erwarten.« Trotz ihrer Worte zügelte sie ihr Pferd, und er folgte ihrem Beispiel.

»Stimmt etwas nicht? Hast du Kopfschmerzen?«

»Nein, die Wunde ist gut verheilt.« Entzückt betrachtete sie die Landschaft. »Wie ich mein Moor vermisst habe ...«

»Wir müssen nie mehr von hier fortgehen«, erwiderte Fox und bändigte seinen ungeduldigen Hengst.

»Das weiß ich.« Nachdenklich runzelte sie die Stirn.

»Bist du traurig, weil bei den Verhandlungen über die Union keine Fortschritte erzielt wurden? Wenn es dich bedrückt, reite ich nach Edinburgh zurück und tue mein Bestes ...«

Langsam und vorsichtig schüttelte sie den Kopf, auf jene Weise, die sie sich angewöhnt hatte, nachdem Lord Archey sie niedergeschlagen hatte. Wann immer Fox daran dachte, bedauerte er den Tod des Schurken, denn er hätte ihn am liebsten ein zweites Mal umgebracht. Grace hatte ihn ins Jenseits befördert, und Fox wusste, dass sie darunter litt.

Als sie mit leiser Stimme zu sprechen begann, beugte er sich vor und verscheuchte seine Gedanken.

»Die künftigen Ereignisse können wir nicht ändern. Das ist mir inzwischen klar geworden. Obwohl du den Konferenzteilnehmern erklärt hast, was geschehen wird, beharrt jeder auf seinem Standpunkt und behauptet zu wissen, was für Schottland am besten ist.«

»Vermutlich haben die meisten Gentlemen meine Geschichte nicht ernst genommen. Und es ist ja auch sehr schwierig, an die Möglichkeit einer Zeitreise zu glauben.«

»Aber ich sah, wie beeindruckt sie von deiner Rede waren.« Voller Stolz schaute sie ihn an. »Du warst wundervoll. Und Alex steht auf deiner Seite. Er spürt, was ihn mit dir verbindet. Ebenso wie MacLinn. Sogar dein Großvater schien die engen verwandtschaftlichen Bande zu erkennen. Sicher wissen sie, dass sie dich in einem anderen Leben wiedersehen werden. Deshalb kämpfen Alex und der Laird für dich, um einen Kompromiss zu erwirken.«

Der heftige Wind wehte eine Haarsträhne in ihr Gesicht, und Fox zog einen Handschuh aus, um ihr das Haar aus der Stirn zu streichen. »Jedenfalls haben wir alles getan, was in unserer Macht stand.«

»O ja, und ich empfinde keine Wehmut.« Grace richtete sich im Sattel auf. »Immerhin haben wir Alex geholfen, seine wahre Liebe zu finden.«

»Vielleicht hätten wir in Edinburgh bleiben und seine Hochzeit mit Elsbeth abwarten sollen.«

»Und unsere eigene hinauszögern?« Mit ihren großen grünen Augen sah sie ihn an.

Zu seinem Leidwesen hatte sie darauf bestanden, erst in Glenraven zu heiraten.

Aber wie sie wiederholt betonte – in ihren Herzen waren sie bereits vereint.

In der Ferne erklang gedämpftes Donnergrollen. Beide wandten sich nach Norden, zur unsichtbaren Bucht. Am Horizont ballten sich dunkle, unheimliche Wolken.

»Ein Gewitter!« Fox drehte sich im Sattel um. Weder Maude noch die Karawane ließen sich blicken. Aber er nahm an, sie wären nicht allzu weit zurückgeblieben. »Reiten wir zurück, schlagen wir ein Lager auf. In einem Zelt bist du wenigstens vor dem Regen geschützt.«

»O Foxworth, ich bin nicht aus Zucker. Und es wird noch eine Weile dauern, bis das Unwetter losbricht. Wenn wir uns beeilen, werden wir Glenraven rechtzeitig erreichen.«

Fox beobachtete wieder die aufziehenden Wolken. »Nein, ich fürchte …« Doch sie galoppierte bereits davon. »Verdammt, Grace!«, schrie er und spornte sein Pferd an. Bald holte er sie ein und versuchte, ihre Zügel zu ergreifen.

Lachend schwenkte sie ihre Stute zur Seite. »Keine Angst, Foxworth, das Gewitter wird uns nichts anhaben.«

Aber sie irrte sich. Innerhalb weniger Minuten verfinsterte sich der Himmel und öffnete seine Schleusen. Bis auf die Haut durchnässt, ritten sie weiter. Über der Landschaft, die selbst bei schönem Wetter düster und unwirtlich wirkte, lag eine bedrohliche Atmosphäre.

Fox' Gedanken überschlugen sich. Was sollte er tun? Dieser

wilde Galopp auf holprigem Terrain war gefährlich, besonders bei diesem Wetter.

»Schau doch!« Grace zeigte nach Norden. Ein greller Blitz beleuchtete die dunkle Silhouette von Glenraven. »Gleich sind wir da!«, jubelte sie. »O Foxworth, ich liebe dich so sehr!«

Da schöpfte er trotz seiner Sorge neue Hoffnung. Ja, sie würden es schaffen. Und das gemeinsame Leben fing gerade erst an. Er öffnete den Mund, um zu rufen, er würde ihre Gefühle erwidern – zu schreien, um den krachenden Donner und den prasselnden Regen zu übertönen. Aber die Worte kamen nicht über seine Lippen.

Denn in diesem Augenblick brach seine Welt zusammen.

Was den Sturz verursacht hatte, wusste er nicht. Eben noch war sie lachend an seiner Seite geritten – Sekunden später lag sie verkrümmt im Schlamm.

Ohne seinen Hengst zu zügeln, sprang er aus dem Sattel. Seine Stiefel versanken im nassen, weichen Torf. Stolpernd kämpfte er sich durch Adlerfarn und Heidekraut und kniete neben Grace nieder.

Mit beiden Armen umfing er ihren Oberkörper und drückte ihr Gesicht an seine Brust, um sie vor dem strömenden Regen zu schützen. »Grace! Grace!« Immer wieder rief er ihren Namen, obwohl er Bescheid wusste.

Schließlich ertrug er es nicht länger und ließ sie zu Boden sinken, schirmte sie mit seinen breiten Schultern ab und betrachtete ihre bleichen Züge. Die Augen – die schönen grünen Augen, die ihn so oft verzaubert hatten – waren für immer geschlossen.

Ringsum tobte das Unwetter, während er im Moor kniete und ihren Körper an seinen presste. Der Regen mischte sich mit seinen Tränen. Schluchzend flüsterte er Liebesworte, die sie nicht hörte. Und er verfluchte das Schicksal.

»Warum?« Dieses Wort schien in seinem Herzen anzuschwellen. »Warum?«

Warum war er umhergeschleudert worden wie ein welkes Blatt im Sturm, von einer Zeit in die andere? Gewiss nicht, damit er die Welt vor ihren Irrtümern retten konnte. Das vermochte niemand. Offenbar musste die Menschheit regelmäßig an ihre Unfähigkeit erinnert werden, aus früheren Fehlern zu lernen.

Das Einzige was er erreicht hatte, war, dass die Liebe zu Grace aus ihm einen besseren Menschen gemacht hatte. Und jetzt hatte er sie verloren.

»Warum?« Ohne zu merken, dass er sich bewegte, stand er auf und streckte die Arme dem Himmel entgegen. »Warum?«, schrie er. »Warum?«

Noch bevor das Licht ihn blendete, wusste er, was auf ihn zukam. Er hatte es gespürt. Als ihn der Blitz durchfuhr, galt sein letzter Gedanke der geliebten Frau. Besser zu sterben, als ohne sie zu leben …

Sommer 1749

»Wie lange dauert es noch?«

Malcomb MacClure betrachtete die Landschaft durch das Kutschenfenster. Dann wandte er sich seiner Tochter zu. »Bald sind wir da.«

Mary lehnte sich in die Lederpolsterung zurück. »Das dachte ich mir. Vielleicht hältst du mich für verrückt. Aber ich fühle die Nähe des Hauses.«

»Nur weil du so viele Geschichten darüber gehört hast.«

Mary schenkte ihrem Vater ein sanftes Lächeln. Natürlich fiel es ihm schwer, hierher zurückzukehren. Beinahe hätte er die Reiseroute geändert – und das keineswegs, weil ihm der Tod drohte, wenn er hier festgenommen wurde. Während sie durch das Hochland fuhren, hing diese Gefahr ständig über ihren Köpfen, wie ein riesiges Damoklesschwert.

Nein, es war das Moor, das ihn bedrückte.

Culloden.

Obwohl sie sich inbrünstig danach sehnte, diese Gegend kennen zu lernen, beugte sie sich vor. »Papa, wir müssen nicht zum Culloden House fahren. Kehren wir nach Inverness zurück und warten wir auf unser Schiff.«

»Nein, ich muss ihnen von unserer Kolonie erzählen.«

»Das kann jemand anderer übernehmen. Zum Beispiel ich.«

Malcomb riss seinen Blick von der Landschaft los, die am Wagenfenster vorbeiglitt, und lächelte seine Tochter liebevoll an. »Schon gut, Mary. Wirklich. Seit der Schlacht sind einige Jahre vergangen.« Unbewusst berührte er seine Schulter, in die sich ein englisches Bajonett gebohrt hatte. »An den schrecklichen Ereignissen trägt das Moor keine Schuld. Und ich bin stark genug, um zu betrachten, was von jenem Schlachtfeld übrig blieb.«

»Das weiß ich, Papa. So viel hast du für die Überlebenden getan.«

»Nicht nur ich bin für die Kolonie in den Carolinas verantwortlich – wenn es mein Vaterherz auch beglückt, dass du das vermutest.« Seine grünen Augen funkelten. »Glücklicherweise hast du mich dazu überredet, dich nach Schottland mitzunehmen. Du bist eine reine Freude.«

»Oh, ich will dir einfach nur helfen.«

»Ja, gewiss. Seit dem Tod deiner Mutter bist du mir ein wundervoller Trost.«

Dankbar lächelte sie ihn an. »Wie ich gestehen muss, wollte ich das Hochland wiedersehen. Als wir von hier fortgingen, war ich erst achtzehn.«

Nach der Niederlage der Jakobiten bei Culloden waren sie zur Flucht gezwungen worden. Oder man hätte sie erbarmungslos gejagt. Nur zu gut erinnerte sie sich an die Angst und Verzweiflung ihres verwundeten Vaters. Geschwächt und fieberkrank hatte er seine Familie an Bord eines Schoners gebracht, der zur Neuen Welt gesegelt war.

Sie waren in den Carolinas gelandet, in Wilmington. Später zogen sie nach Norden, den Cape Fear River hinauf, nach Cross Creek. In North Carolina trafen sie viele andere Schotten. Ihr Vater kaufte ein Stück Land und eine Fabrik. Mit dem Vertrieb von Schiffsproviant hatte er zum zweiten Mal ein Vermögen erworben, das er jetzt verwendete, um weitere Schotten nach Amerika zu holen. Dort sollten sie einen neuen Anfang wagen – ein Leben ohne Furcht führen, ohne die Angst vor grausamer Verfolgung. Vor zwei Monaten waren Mary und ihr Vater nach Schottland zurückgekehrt. Sie hatten bei Mitgliedern ihres Clans und verschiedenen Jakobiten gewohnt. Sorgsam wichen sie den Engländern aus und beschrieben Cross Creek in leuchtenden Farben. Allen Leuten, die in die Carolinas auswandern wollten, bot Malcomb eine kostenlose Passage und ein Grundstück an.

Nun legten sie die letzte Strecke ihrer Reise zurück. Am nächsten Morgen würden sie in Inverness die Schotten treffen, die ihre Heimat verlassen wollten, und gemeinsam die Fahrt über den Atlantik antreten.

Aber vorher würden sie Culloden besuchen.

Mary beobachtete ihren Vater und merkte sofort, in welchem Augenblick er das Schlachtfeld wieder erkannte. Über sein Gesicht schien ein Schatten zu fallen. Vielleicht glaubte er, die Dudelsackklänge zu hören, den Donner der Geschütze, das Geschrei der Verletzten. Voller Mitleid berührte sie seinen Arm, eine tröstliche Geste. Verwirrt wandte er sich zu ihr, dann klopfte er mit seinem Gehstock gegen das Wagendach, um dem Fahrer ein Zeichen zu geben. Die Kutsche hielt, und sie stiegen aus.

Während der Wind über die öde Landschaft fegte, schien er ein trauriges Lied zu singen. Was Mary erwartet hatte, wusste sie nicht genau – wahrscheinlich irgendwelche unheimlichen Visionen, Leichen oder dämonische Engländer, die sie lüstern anstarrten. Nichts dergleichen erschien vor ihrem geistigen Auge. Sie hörte nur den melancholischen Wind.

Arm in Arm wanderten sie über den Torfboden, jeder in seine eigenen Gedanken versunken. Auf einer Anhöhe blieb Malcomb stehen, und Mary ahnte, dass er in seiner Fantasie die Schlacht noch einmal erlebte, seine Brüder und seine Söhne sterben sah.

Eine Zeit lang wartete sie an seiner Seite, dann ging sie weiter. Irgendetwas schien sie anzulocken, eine unsichtbare Macht, der sie nicht widerstehen konnte, die sie auch gar nicht bekämpfen wollte.

Mit aller Kraft zerrte der Wind an ihrem Hut und wehte rote Haarsträhnen über ihr Gesicht. Ihre Schritte und ihre Atemzüge beschleunigten sich. Schließlich begann sie zu laufen und stolperte beinahe über einen Mann, der im Adlerfarn lag.

»Mein Gott!«, rief sie, kniete neben ihm nieder und berührte seine Wange. Seine Haut fühlte sich warm an. Erleichtert atmete sie auf. Er war nicht tot, aber offensichtlich verletzt. Über sein Gesicht zogen sich dunkle Rußstreifen.

Sie schaute sich nach ihrem Vater um. Aber er schien in seiner eigenen Welt gefangen, und so wandte sie sich wieder dem Mann zu, der reglos im Gestrüpp lag. Plötzlich öffnete er die Augen. Als er sie verwundert anstarrte, lächelte sie.

Und da lächelte er zurück. Sein liebevoller Blick erwärmte ihr Herz. »In einem schrecklichen Traum hatte ich dich verloren«, erklärte er. »Aber es wird niemals geschehen. Das weiß ich jetzt.«

Epilog

Cross Creek, North Carolina, April 1760

»Papa! Da sind sie! Gerade ist ihre Kutsche in die Zufahrt gebogen.«

Fox blickte von seinem Hauptbuch auf und lächelte seine zehnjährige Tochter an. »Bist du diesmal ganz sicher?« Er erhob sich von seinem Schreibtisch und trat an das Fenster, das zur langen, von immergrünen Eichen gesäumten Auffahrt hinausging. »Kein falscher Alarm?«, neckte er das kleine Mädchen.

»Letztes Mal war es nicht meine Schuld, Papa. Camden begann zu bellen, und da dachte ich, sie hätte den Wagen gesehen.«

Lachend zupfte er an den kastanienroten Löckchen seiner Tochter. »Diesmal hast du Recht – es ist die Kutsche deines Onkels Keegan. Er reitet mit Padraic und Zoes Söhnen nebenher.«

»Und Lucy steckt ihren Kopf aus dem Fenster.«

Padraics Tochter Lucy, ein Jahr älter als Fox' Tochter, war ein lebhaftes Mädchen und ihre beste Freundin. Bei allen Familienzusammenkünften sorgten die beiden für gute Laune. »Lauf zu deinen Brüdern und sag es ihnen«, schlug er vor. »Falls sie es nicht schon wissen.«

»O Papa, du weißt doch, dass ich Mama und dir immer alles zuerst erzähle.«

»Wo ist deine Mutter?«

»Ich habe das Baby geholt«, erklärte Mary, als sie die Bibliothek ihres Mannes betrat. »Ein so grandioses Ereignis sollte Thomas nicht versäumen.«

»Da ist ja mein großer Junge.« Fox nahm seinen jüngsten Sohn aus den Armen seiner Frau und küsste ihre Stirn. Liebevoll blickte sie zu ihm auf, mit strahlenden grünen Augen.

»Hast du die Buchhaltung beendet?«

»Soeben. Und es freut mich, dir mitzuteilen, dass wir genug Geld für Bänder und Rüschen in rauen Mengen besitzen.«

Belustigt lächelte sie ihm zu. Die Plantage Glenraven zählte zu den größten und einträglichsten in North Carolina. »Sehr gut – wenn wir unsere riesige Familie für längere Zeit verköstigen müssen, brauchen wir ziemlich viel Geld«, meinte sie und warf einen Blick durchs Fenster. »Oh, ich freue mich so, Zoe wieder zu sehen. Und Lilianne – natürlich auch die anderen … Jetzt haben sie die Veranda fast erreicht!«

»Hast du das gehört, Grace? Lauf endlich los und gib Ben und Chris Bescheid … Nein, warte – die Jungs sind schon im Garten«, fügte Fox hinzu. Aber seine Tochter war bereits davongerannt.

»Wie aufgeregt sie ist … « Mary gab ihrem Baby einen Klaps auf die runden Hinterbacken und hängte sich bei Fox ein.

»Jetzt sind wir alle zusammen. Es war wirklich eine großartige Idee von dir, eine Familienfeier zu veranstalten, teure Gemahlin.« Seit elf Jahren waren sie verheiratet, und er liebte Mary mit jedem Tag inniger.

»Freut mich, dass du dieser Meinung bist. Manchmal finden wir einfach zu wenig Zeit für die Menschen, die uns ans Herz gewachsen sind.«

»Was für ein kluger Engel du bist … « Fox führte sie zur Tür, wo er stehen blieb und sich umdrehte. Nachdenklich betrachtete er die gerahmte Stickerei über dem Kamin der Bibliothek. Seine Gedanken schienen in eine andere Zeit zu wandern.

»Bereust du es, Fox?«

»Dass ich Schottland und England verlassen habe? Keine Sekunde lang. Du etwa?«

»Nein. Aber ich habe Schottland auch nur besucht, als ich dich kennen lernte.«

»Ich auch.«

»Das stimmt. Aber wann immer du diese gestickte Moorlandschaft anschaust, frage ich mich, ob du Heimweh hast.«

»Hier habe ich alles, was ich brauche – was ich mir wünsche.« Fox küsste seine Frau und spürte eine kräftige Babyfaust im Gesicht. Grinsend gab er auch seinem Sohn einen Kuss. »Das Bild gefällt mir so, weil es mich an den Ort erinnert, an dem wir uns begegnet sind.«

»Im Culloden House hast du es zum ersten Mal gesehen. Du bist zum Kamin gegangen, die Augen voller Tränen. Und weil du es unbedingt besitzen wolltest, hat Papa es für dich gekauft.«

»Es ist so schön – und es wirkt so melancholisch.«

»Ja.« Mary spähte über ihre Schulter. Dann wandte sie sich wieder Fox zu, der ihr immer noch so attraktiv erschien wie an jenem Tag, an dem sie ihn bewusstlos im Moor gefunden hatte. Von einem Blitzschlag getroffen, war er völlig verwirrt gewesen, und die elektrische Entladung hatte eine seltsame Wirkung auf seine Erinnerungen ausgeübt. Aber er hatte sich sehr schnell erholt. Und fast genauso schnell war eine leidenschaftliche Liebe zwischen ihnen entfacht.

»Mary?« Er legte einen Arm um ihre Taille. »Warum schaust du so wehmütig drein?«

»Oh, ich überlege mir nur, was das für eine Frau war, die das

Bild gestickt hat. Sie muss das Moor sehr geliebt haben. Sonst wäre ihr kein so ausdrucksvolles Werk gelungen.«

»Vielleicht liebte sie das Moor genauso, wie ich dich liebe … Komm, wir dürfen die Begrüßung nicht verpassen.«

Arm in Arm gingen sie auf die Veranda hinaus. Im selben Augenblick hielt die Kutsche vor den Stufen, und die Türen öffneten sich. Das fröhliche Gelächter geliebter Familienmitglieder und alter Freunde erfüllte die milde Luft von North Carolina.

Eine irische Romanze

18. Jahrhundert. Tagsüber ist Sir Padraic Rafferty ein eleganter Dandy, nachts dagegen der berüchtigte „Rebell", der überall in Irland gesucht wird, da er von den verhassten Engländern das nimmt, was rechtmäßig seinen verarmten Landsleuten zusteht. Als er eines Nachts nach Hause kommt, findet er seinen Vater tot auf. Eine verwirrende junge Frau behauptet, mit seinem Vater verheiratet gewesen zu sein. Er ist sich sicher, eine Mörderin und Betrügerin vor sich zu haben, doch eine gemeinsame Nacht ändert alles ...

3-404-18632-X

BASTEI LÜBBE